KB150626

나는 행복한 요양보호사입니다

나는 행복한 요양보호사입니다

초판 1쇄 인쇄_2024년 4월 20일 | **초판 1쇄 발행**_2024년 4월 25일
지은이_이양순
펴낸이_진성옥 외 1인 | **펴낸곳**_꿈과희망
주소_서울시 용산구 한강대로 76길 11-12 5층 501호
전화_02)2681-2832 | **팩스**_02)943-0935 | **출판등록**_제 2016-000036호
e-mail_jinsungok@empal.com
ISBN_979-11-6186-149-4 03810
※ 책 값은 뒤표지에 있습니다.
※ 새론북스는 도서출판 꿈과희망의 계열사입니다.

"내 가족,
내 이웃의 자화상을 담다"

나는 행복한
요양보호사입니다

이양순 지음

꿈과희망

"내 가족,
내 이웃의 오늘을 담다"

　사람들은 타고난 재능이 있어야 글을 쓸 수 있다고 생각하는 것 같다. 내 경험으로는 아니다. 유년기와 청년기에도 나는 뭔가를 기록하는 걸 지독히도 싫어했다. 일기는 거의 쓰지 않았고, 결혼 후 가계부는 써야 할 필요성을 느끼면서도 쓴 적이 없다. 그저 글을 읽는 것만 좋아했지 글을 쓴다는 생각은 해본 적이 없었다.

　이런 나에게 50대 초반 선택한 '요양보호사'라는 직업은 자연스럽게 습작 생활을 불러왔다. 제한된 공간에서 다양한 대상자(환자)들과 함께하는 생활은 노년의 삶과 치매, 질병의 고통, 인생을 생각하고 고민하는 삶의 현장이 됐다.

　요양원에서는 수많은 대상자와 보호자를 만난다. 가장 잊히지 않은 일은 태평양 전쟁 당시 전쟁터에서 일본군 '위안부'로 끌려온 환자를 우연히 만나게 된 것. 과거의 지울 수 없는 상처를 가슴속 한으로 품고 살아온 비극의 주인공을 요양원에서 마주한 후 그녀들이 겪은 가슴 시린 슬픔에 공감하게 됐다. 이 땅의 국민의 한 사람으로서 갖게 된 역사와 기록에 대한 의무감 같은 것이 나를 더욱 강하게 집필의 세계로 끌어당겼다.

요양원은 우리 시대 어느 가정이나 마을회관에서 만날 수 있는 다양한 노인들이 함께 살아가는 생활공동체다. 그 안에서 벌어지는 기쁨과 슬픔을 직접 눈으로 지켜보면서 굴곡진 인생과 노년 그리고 질병은 누군가의 삶을 넘어 우리 모두의 삶이라고 여기며 그때그때 기억에 남는 사연들을 글로 옮겼다.

치매로 모든 것을 잃고 과거의 슬픔에서 벗어나지 못하는 사람들, 저마다 가슴속에 줄무늬처럼 층층이 새겨진 남모르는 과거의 고통과 아픔을 달래는 사람들, 가족과의 생이별의 아픔을 소리없이 달래는 사람들, 자신의 의지대로 몸을 가눌 수 없는 병약한 사람들, 재활의지를 불태우며 다시 집으로 돌아가길 꿈꾸는 환자들이 요양보호사의 케어를 받으며 오늘을 살아간다.

그곳에서 일어나는 수많은 일은 내 가족, 내 이웃의 일이고, 그것이 우리 시대의 자화상이라는 생각을 하면서 나도 모르는 사이에 습작은 일상이 되었다. 그동안 써놓았던 글 중 컴퓨터 바탕화면 구석에서 오랫동안 잠자던 원고들을 다시 깨워서 이 책 한 권에 모아 보았다. 그 누구도 피할 수 없는 노년의 삶과 건강 그리고 가족에 대해 우리 모두가 함께 생각해 볼 수 있는 계기가 되었으면 하는 바람이다.

　10여 년 전 부천의 '글쓰기교실'에서 만나 좋은 글을 쓸 수 있도록 지도해 주신 박창수 작가님께 감사드리며, 그간 숨어 있던 이야기들이 세상에 나올 수 있도록 다리를 놓아준 도서출판 '꿈과희망'에 감사의 말씀을 드립니다.

2024. 4　소나무와 새들이 함께 노니는 곳에서
이양순

her STORY 둘
그들만의 세상

her STORY 셋

멈춰버린 시계

her STORY 넷

디아스포라, 나 집으로 가리라

her STORY 다섯

내일을 기다리는 사람들

우리 시대의 자화상

초고령사회가 다가왔다. 2022년 한국 65살 이상 고령인구는 90만 8천 명으로 집계됐으며 2025년은 노인인구가 20%를 넘어서는 해가 된다. 요양원과 요양병원은 이런 현실을 그대로 들여다볼 수 있는 현장이다. 일상을 그들과 함께 보내는 요양보호사는 누구나 겪어야 하는 미래의 삶을 미리 살고 있다.

"새벽 1시다. 주변은 적막하고 상가 네온사인이 번쩍이는 불빛 아래 산소통을 들고 병원 앞으로 나왔다. 차가운 가을밤 공기에 으스스 한기가 돌았다. 세상은 고요하고 지금 생사를 가르는 시간에 힘겹게 생명줄을 붙들고 있는 환자를 뒤로하고 요양원으로 되돌아가기 위해 택시를 기다렸다."

– '요양원의 낮과 밤' 중에서 –

"하루는 작업치료실에 다녀온 후 종이비행기를 날리고 있었다. 작업치료사가 접은 종이비행기를 할머니께 준 모양이다.

"떴다 떴다 비행기 날아라 날아라 하늘 높이 날아라 우리 비행기"

동요를 부르는 할머니의 모습은 70여 년의 세월을 거꾸로 돌려놓은 듯, 순수한 어린이의 표정이다. 내가 본 할머니의 가장 행복한 모습이었다."

– '특별한 동행' 중에서 –

시간을 잃어버린
그녀들과 나

요양원의 거실은 소통의 장소다. 여러 어르신이 빙 둘러앉아서 담소를 나누는 것은 흔한 일상이다.

자식들과 이별의 아픔을 얘기하던 할머니가 한숨을 내리쉰다. 비교적 경제적 어려움 없이 살면서 딸 둘을 결혼시킨 지난날들이 꿈만 같단다. 동호회 회원들과 테니스 치러 다니며 운동으로 체력을 잘 관리했었고 비록 혼자 일상생활을 해도 크게 불편할 것이 없었다. 종종 백화점 돌면서 쇼핑도 하고 어려움 없이 노년을 즐기며 살았지만 갑자기 사위가 암 선고를 받으면서 그녀의 삶도 바뀌었다. 딸은 사위의 건강관리를 위해 친정어머니에게 신경 쓸 여력이 없었다. 구십이 넘은 나이에 서서히 노쇠해 가는 몸은 어느 날부터인가 혼자 생활을 할 수 없는 지경에 이르고야 말았다. 상실감에 빠질 즈음, 딸은 요양원 입소를 제의했고 마음의 준비 없이 엉겁결에 이곳으로 들어온 것이다. 설 명절이면 집에 가야 한다며 날짜를 헤아리던 할머니는 명절이 되어도 마음대로 움직일 수 없는 몸으로 즐거운 나들이를 기대할 수 없다는 푸념이다.

"호랑이다! 늑대가 나타났다. 여우야 여우야!"

91세의 약사 출신 할머니는 동물원의 동물들을 나열하듯 소리친다. 할머니 침상으로 갔더니 갑자기 내 멱살을 움켜쥐었다.

"내 돈 이천만 원 내놔. 내 돈 가져와!"

움켜쥔 손을 펴려고 해도 어디서 그런 초인적인 힘이 나오는지 놀라울 따름이다. 혼자 제대로 앉아 있지도 못하고 죽만 먹고 연명하는 할머니다. 손을 겨우 뜯어내고 빠져나왔다. 잠자는 시간 빼고는 항상 알 수 없는 말을 노래하듯 혼자서 끊임없이 지껄인다. 젊은 날 약국을 경영하면서 4남매를 교육하고 집과 상가건물까지 마련해 준 억척스러운 파워우먼이었다. 유능했던 그녀의 지식도, 넉넉했던 경제력도 이제는 삶의 무대 뒤로 사라졌다. 화려했던 과거는 하루하루 살아가는 데에 아무런 도움이 되지 못한다. 유난히 돈에 대한 집착이 강한 그녀 옆에서 있다가 갑자기 내 돈 내놓으라고 멱살을 잡혔다. 그 누구도 알아보지 못한다. 그녀의 영광스러웠던 젊은 날도 이젠 과거속으로 안개처럼 사라져 버렸다.

휠체어에 앉아 있던 또 다른 할머니는 꾸벅꾸벅 졸고 있다. 동료 요양보호사와 함께 들어 침대에 올리려 다리를 드는 순간 고개 숙이고 있는 내 머리채를 움켜쥐었다. 두 사람이 힘을 합해도 쥐고 있는 손을 펴지 못했다. 이러다가는 멱살 잡히고 머리채 잡히고 정신이 나갈 것만 같다. 혼자 숟가락 잡고 식사하는 방법은 몰라도 폭력적 공격성은 여전하다. 눈앞에 사람만 보이면 얼굴을 향해 침을 퉤퉤 뱉는다. 불과 한두 시간 사이에 두 분 할머니에게 공격당하자 정신이 얼떨떨해졌다. 가끔 피하지 못하고 폭력을 당할 때면 나도 사람인지라 뜨거운 감정이 꿈틀거리곤 하지만 그것도 그 순간뿐이다. 내가 선택한 직업이 아니던가.

언젠가 출퇴근 시간에 다음 근무자와 인수인계할 때였다. 한 요양보호사가 무방비 상태로 공격을 당하면 우리도 같이 때리게 법을 바꿔줬으면 좋겠다는 말을 해서 한바탕 웃음바다가 된 적이 있다.

요양보호사들은 인권 사각지대에 서 있다. 계절을 구별하지 못하고 낮과 밤을 제대로 구별하지 못한 그들의 삶의 마지막을 함께 하지만 지각 능력이 없는 그들의 공격을 순간적으로 피하지 못하면 폭력에 그대로 노출되고 만다. 맞아도 대상자에게 법적 책임을 지울 수 없다. 알아서 조심하는 방법밖에 없는 게 불편한 현실이다.

요양보호사와 보호 대상자들과의 관계는 사실 인간과 인간의 끈끈한 정으로 이어져야만 한다. 그래야만 요양보호사들의 근로 의욕이 꺾이지 않고 그들을 내 가족처럼 돌볼 수 있다. 신입 요양보호사들 중 며칠 견디지 못하고 돌아가 버리는 이들을 자주 본다. 조건을 따지거나 이해관계를 따지면 일하기 어렵다는 걸 모르고 현장에 투입됐기 때문이다.

오늘은 컴퓨터 자판 두드리는데 옆에 한 할머니가 와 있다. 휠체어에 앉아서 컴퓨터 화면을 자세히 바라본다. 뭔가 알고 싶은 궁금증이 일어난 모양이다. 화면 속에서 움직이는 커서를 따라다니던 눈길이 멈춘다.

"지금 뭐 하는 거예요? 아무에게도 말하지 않을 테니 뭐 하는 건지 나한테만 알려줘요. 비밀 지킬게요."

"어르신들 식사하고 약 드신 것, 목욕한 것 기록하는 거예요."

그런 건 왜 하느냐고 연신 묻는다. 정부에서 복지기금 지원을 받기 때문에 건강관리공단에 제출해야 할 문서라는 말을 듣고는 쓸데없는 짓거리를 한다며 슬며시 자리를 뜬다.

시간의 바다에 떠다니는 그들의 지워진 과거와 추억은 바람 따라 흔들리는 일엽편주나 다름없다. 지금 어느 공간에 누구와 함께 있는지, 가족들의 얼굴까지도 몰라보는 그들과 삶을 함께하는 요양보호사! 보건복지부 산하 건강보험공단에서 비용을 지원하지만 생의 마지막 끝에선 그들에게 제공된 복지 혜택을 실행하는 곳은 요양원이고 요양보호사는 요양대상자들과 직접 몸으로 부딪치는 사람들이다. 비바람 부는 날 그들을 가려주는 우산 역할을 한다. 시간이 흐르다 보면 우산도 낡아지겠지만 그래도 찢어지지 않는 튼튼한 우산이 될 것이다.

나는 행복한

특별한 동행

순백의 목련꽃이 소리 없이 땅 위에 수를 놓았다. 사나흘 짧게 피었다가 청초한 아름다움을 끝내고 바닥에 애잔하게 떨어진 목련꽃을 보면서 몇 년 전 어느 봄날 우리 곁을 허무하게 떠났던 잊지 못할 지선 할머니를 떠올린다.

내가 요양보호사 자격증을 취득하고 처음 취업한 곳이 노인요양원이었다. 출근 첫날 심호흡을 하고 요양원 생활실에 들어갔다. 첫 시간부터 왁자지껄 시끄러운 할머니들의 싸움소리가 복도까지 새어 나왔다. 할머니 두 분이 싸우고 있었다. 최 할머니는 얼굴이 벌겋게 상기된 채 옆 침대의 지선 할머니를 향해 소리를 질렀다.

"우리 아저씨 못 들어오게 그렇게 앉아 있으면 어떡해. 빨리 자리 비켜줘!"

"여기는 원래 우리 집이야. 우리 집에 세 들어 살면서 방세도 안 내고 나보고 왜 나가라는 거야?"

여느 사람들에게는 낯선 풍경이지만 이곳에서 일하는 요양보호사에게는 일상이다. 4인실 생활실이 서로 자기 집이라고 우기는 그들의 싸움은 끝이 안 난다. 두 할머니가 밤새 안 자고 눈동자가 반쯤 풀린 상태로 아침까지 침대에 앉아 있을 때가 많았다. 보다 못해 서로 마주치지 않게 자리를 바꿔 놓으려 했더니 최 할머니는 창가가 좋다는 이유로, 지선 할머니는 휠체어 타기가 좋다는 이유로 절대 자리를 안 바꾸겠다고 한다. 두 사람 모두 당신은 옮기기 싫다며 상대를 다른 자리로 보내라고 하니 어쩔 도리가 없다. 말싸움을 지켜보는 수밖에……

치매에 걸린 노인들의 특징은 10분 전의 일도 포맷된 컴퓨터처럼 전혀 기억하지 못한다. 식사하고도 왜 밥 안 나오느냐며 투정을 부리는 건 예삿일이다. 하지만 신기하게도 옛날 일은 거의 다 기억해 낸다. 지선 할머니는 어린 시절 얘기를 가끔씩 꺼낸다.

"학교 다닐 때, 비 오는 날이면 우리 아버지가 도라꾸(트럭)에 태워서 학교에 데려다줬지. 친구들이 부러워서 다음번 차 타고 학교 올 때 자기들도 꼭 좀 태워 달라고 난리였어."

유년기에는 사업하는 부모의 장녀로 태어나 유복하게 보냈다. 치매로 잃어버린 현실과 과거 속에서 헤매는 할머니의 가슴 아픈 사연을 알게 된 것은 할머니를 돌본 지 한참 지나서였다. 찾아오는 가족이 별로 없었다. 어쩌다 한 번씩 할머니를 많이 닮은 여자 한 분이 면회를 와서 간식거리를 사주고 가는 정

나는 행복한

도였다. 별로 나이 차이가 안 나는 것 같아서 동생이냐고 물었더니 그냥 아는 분이라고 얼버무린다. 알고 보니 동생이 아니라 단 하나밖에 없는 딸이었다. 나이에 비해 훨씬 늙어 버린 모습이 동생으로 착각케 할 정도였다. 잊을 만하면 종교 단체에서 과일을 사 들고 와서 할머니께 드리고 갈 때면 그들은 할머니 불편한 것 없도록 잘 좀 부탁한다며 깍듯이 인사를 하고 갔다. 의례적인 인사라기보다는 할머니의 마음을 잘 보듬어 달라는 뜻같이 느껴졌다.

비 오는 어느 날, 또 두 할머니의 싸움이 벌어졌다. 최 할머니가 시비를 걸었다.

"우리 아저씨 곧 퇴근해서 올 텐데. 그렇게 옷 벗고 있으면 못 들어오니 빨리 옷 안 입을 거야?"

"옷을 안 벗으면 군인 놈들이 발로 차고 하도 때려서 안 맞으려면 차라리 이렇게 벗고 있어야 돼."

그제야 지선 할머니의 이해할 수 없는 이상한 행동들이 약간은 이해가 되었다. 추운 겨울에도 틈만 나면 침대에서 옷을 모두 벗어버리고 있거나, 종교 단체에서 와서 할머니를 각별히 부탁하는 것도, 할머니의 주변 친척이 안 찾아오는 것도 조금씩 의문이 풀리기 시작했다. 정신이 오락가락 안갯속을 헤매다가도 어떤 날은 딴 사람처럼 멀쩡해질 때도 있었다.

작업 치료실에 갔다 생활실로 오실 때 꽃 한 송이 가지고 와서 내 손에 쥐어 주고는 아픈 과거를 털어놓았다. 일본식민통

치 시대를 살아온 이 땅의 어른들이 겪은 나라 잃은 설움은 어느 개인이라고 비켜가지 않았다. 할머니는 자신의 의지하고는 상관없이 원치 않은 운명의 쓰나미에 휩쓸려 일본군 '위안부'로 끌려가게 됐다. 젊은 청춘을 이국땅에서 휘어지고 굴곡진 형벌의 세월 속에 갇혀 있었다. 살아가는 것이 아니라 삶의 영역에서 벗어나 살아지는 나날이었다. 모진 성적 학대와 구타 속에서 늘 죽음만을 생각하며 사는 삶이었다.

"이렇게 사느니 차라리 죽는 게 낫다 싶어서 죽으려고 해도 그게 마음대로 되질 않아. 일본 패망 직전 미군폭격기가 비행하면 나도 모르게 죽지 않으려고 몸을 숨겼어. 그때 삶에 대한 본능이 강하다는 것을 깨달았지. 이제 남은 것은 빈 껍데기 같은 병든 육신뿐인데 지워버리고 싶은 치욕스러운 과거가 내 발목을 잡고 있어서 살아 있는 것 자체가 아무런 의미가 없어. 내가 살아온 과거는 지옥의 세월이었어."

긴 숨을 뱉어내며 말을 마쳤다. 파르르 떠는 눈꺼풀 속에 눈물이 이슬처럼 맺혔다.

광복이 된 후에 같이 끌려간 동료들의 생사도 모르고 뿔뿔이 헤어진 채 생존자의 한 사람으로 꿈에도 그리던 조국 땅을 밟았다. 피폐하고 망가진 육신으로는 차마 고향으로 갈 수 없었다. 서울에서 모진 고생 끝에 다방을 운영하다가 남편을 만났다. 가정을 이루고 딸을 하나 낳았다. 겨우 이룬 가정이었지만 행복은 그들 모녀 곁에 머물지 않고 안개처럼 사라졌다. 결국 과거가 발목을 잡았다. 영원히 곁에 있어줄 줄 알았던 남편과 헤어지는 또 다른 아픔을 겪어야 했다. 딸과 둘이서 살아온 삶이 쉬울 수는 없었지만 힘들고 어려울 때 인생을 포기하지 않은 이유는 세상에서 오직 하나뿐인 딸이 있었기 때문에 삶의 끈을 놓지 않았다고 했다.

그날은 맑은 정신으로 또랑또랑한 목소리로 결코 평범하지 않은 지난 삶을 얘기했다. 머리를 한 대 얻어맞은 기분이었다. 한 맺힌 과거를 더듬어서 쏟아내는 할머니의 고백에 잠시 내 머릿속은 하얗게 변해버렸다. 나는 더이상 아무것도 묻지 않았다. 아니 물어볼 용기가 나지 않았다. 침대에 앉아서 왼쪽 가슴이 아프다며 불행했던 과거의 기억을 좀처럼 지우지 못하고 웅크리고 앉아 있는 쭈글쭈글 주름 잡힌 할머니의 손을 붙잡고 등을 감싸주었다.

수많은 세월이 흘렀어도 가슴에 새겨진 주홍 글씨를 지우지 못하고 인고의 세월을 살아왔던 지선 할머니! 평생을 고통스러운 어둠의 기억 속에서 헤매며 가슴에 맺힌 한을 안고 살아왔다. 울분 맺힌 과거 때문인지 때로는 상당히 공격적인 돌출행동을 보이기도 한다. 한밤중 자다가도 잠결에 비틀거리면서 침대에서 자꾸 내려오려고 한다. 내려오다 넘어지면 그대로 골절로 이어지기 십상이다. 주무시라고 못 내려오게 하면 "왜 내 마음대로 내려가지도 못하게 하는 거야? 이놈의 집구석 불을 확 싸질러버릴 거야."라며 울분을 토해내듯 소리를 고래고래 질렀다.

하루는 작업치료실에 다녀온 후 종이비행기를 날리고 있었다. 작업치료사가 접은 종이비행기를 할머니께 준 모양이다.

"떴다 떴다 비행기 날아라 날아라 하늘 높이 날아라 우리 비행기"

동요를 부르는 할머니의 모습은 70여 년의 세월을 거꾸로 돌려놓은 듯, 순수한 어린이의 표정이다. 내가 본 할머니의 가장 행복한 모습이었다.

얼마나 지났을까? 지선 할머니에게 불청객처럼 폐렴이 찾아와 몸 안에 자리를 잡았다. 갑자기 열이 오르고 식사를 제대로 하지 못하자 병원중환자실에 입원했다. 초췌한 모습으로 나타난 지선 할머니 딸의 표정으로 상황을 짐작할 수 있었다.

"병원에 계신 어르신은 좀 어떠세요?"

"어머니 짐 챙기러 왔어요. 어젯밤에 조용히 세상 떠나셨어요. 어머니 모시느라 선생님들 수고 많았습니다. 감사드립니다."

딸은 지선 할머니 유품을 들고 문 밖으로 나갔다가 다시 들어왔다. 가방 속 안경 밑에 놔둔 종이비행기를 꺼내서 내게 건네주었다. 몸 나으면 다시 요양원으로 오겠다던 할머니는 그 약속을 지키지 못하고 애달픈 삶에 종지부를 찍고 하늘나라를 향해서 먼 길을 떠났다.

안타까운 소식에 가슴이 아팠다. 할머니는 켜켜이 쌓인 한을 실타래처럼 풀어놓고 봄날 목련꽃이 떨어지듯 내 곁을 떠났다. 어쩌다 식민지역사의 희생자가 되어야 했던 할머니. 요양보호사와 대상자라는 관계로 만났다가 가슴 아픈 추억을 남긴 채 할머니와 마지막을 함께 했던 특별한 동행은 그렇게 끝이 났다.

죽음은 삶의 끝이 아닌 또 다른 삶의 시작이다. 소멸된 육체를 통하여 그의 영혼은 천국을 향할 거라는 믿음이 있었다. 어린 시절, 밤하늘에서 떨어지는 유성을 보며 어느 누군가 세상을 떠나면 한 사람의 영혼이 별똥별이 되어 하늘에서 땅으로 떨어진다고 믿었다. '또 하나의 별똥별이 떨어졌구나.' 잠시 생각에 잠겼다. 할머니가 꿈꾸는 평화로운 곳에서 행복하기를 바라는 내 눈에 뜨거운 눈물이 쏟아졌다. 주인 잃은 할머니의 빈 침대를 바라보았다.

"지선 할머니! 고통도 눈물도 없는 하늘나라에서 행복하게 사세요."

＊고인 신상정보 때문에 할머니의 이름은 가명입니다.

요양원의 낮과 밤

   밤 10시. 환자들은 잠자리에 들 시간이다. 수면을 방해하지 않기 위해 실내등을 소등하고 조명등을 약하게 켜놓고 야간 업무일지를 쓴다. 의료진이 상주하지 않은 요양원에서는 긴급 상황이 발생하면 당직요양보호사가 당황할 때가 많다. 당직 간호사가 N할머니의 상태를 살피더니 심상치 않다면서 긴급 상황이 발생하면 보호자한테 연락하고 병원으로 모시라고 당부하면서 퇴근했다. 각 층마다 2인 1조로 근무하기 때문에 교대로 취침하고 근무를 이어간다. 수면시간이 끝나고 아침 7시까지 일하면 하루 근무가 아침에 끝나고 다른 팀이 이어서 근무하는 형태다.

   동료근무자가 수면을 위해 수면침실로 내려가고 나 혼자 남게 됐다. 아무래도 N할머니의 상태가 불안해서 전날부터 미리 가족에게 연락해 놨다. 보호자는 전날 잠깐 보고 가면서 긴급 상황이 되면 다시 연락하라는 말을 남기고 집으로 돌아갔다고 했다. 요양원 측에서 병원으로 모시기를 부탁했지만 보호자는 환자를 이리저리 옮기는 것을 원치 않았다. 어차피 고령에 병원에 가서 인위적으로 생명을 연장해 봐야 기본적인 해결방법이 아니라는 이유에서다. 병원에서 며칠 목숨을 연장해서 고통스럽게 사는 것보다는 편히 보내드리는 게 환자와 가족을 위한 합리적인 선택이라는 이유라고 했다.

노인 환자들은 낮에는 평온하다가도 유독 밤에 상태가 안 좋은 경우가 많다. 낮에 깊은 잠에 빠져 있는 듯하던 할머니는 지금은 호흡이 부자연스럽게 가끔씩 몰아쉬며 흔들어 깨우면 실눈을 뜨고는 다시 감아버린다. 경각에 달린 목숨이 바람이 불면 날아갈 것처럼 나뭇가지 끝에 매달린 낙엽처럼 위태롭다. 사람마다 생활과 생각이 다르듯이 죽음을 받아들이는 사람들의 생각도 다르다. 임종을 지키지 못하면 한이 될지도 모른다는 생각을 하고 시시각각 상황을 체크하는 보호자가 있는가 하면 잠시 스쳐 지나가는 세상살이인데 꼭 죽음에만 무게를 두지 않겠다는 보호자도 있다. 할머니의 시간은 죽음을 향해 달려가고 있었다. 삶의 벼랑 끝에 서서 바람 앞에 깜박거리는 등불 같다. 금방 꺼질 듯하다가도 다시 살아난 불꽃 같다.

삶과 죽음의 회색 선상 위에 있는 환자를 위해 내가 할 수 있는 것은 보호자한테 전화로 긴급한 상황을 설명하고 병원으로 모시는 일이다. 보호자는 잠에서 덜 깬 목소리로 전화를 받았다. 지금 가까운 D병원으로 모실 테니 병원 응급실로 오라고 하고 엠뷸런스를 불렀다. 아직 자고 있는 동료 요양보호사를 깨워서 병실 당번 근무를 세우고 병원에 갈 준비를 했다. 산소통에 줄을 연결해 환자 코에 Airway를 걸쳐 산소를 공급해서 호흡을 원활하게 할 수 있게 응급조치를 하고 산소통을 들고 앰뷸런스에 올랐다. 응급실에 환자를 내려놓고 당직 의사에게 환자를 인계하자 아들이 헐레벌떡 들어왔다. 내 임무는 거기까지다.

새벽 1시다. 주변은 적막하고 상가 네온사인이 번쩍이는 불빛 아래 산소통을 들고 병원 앞으로 나왔다. 차가운 가을밤 공기에 으스스 한기가 돌았다. 세상은 고요하고 지금 생사를 가르는 시간에 힘겹게 생명줄을 붙들고 있는 환자를 뒤로하고 요양원으로 되돌아가기 위해 택시를 기다렸다. 택시 한 대가 서서히 내 앞에 오자 손을 들고 세우려는데 바로 앞에서 머뭇거리던 택시가 갑자기 속력을 내어 도망치듯 사라졌다. 참 별사람 다 봤다 싶었다. '빈 차로 가면서 태우지 않고 가버린 건 뭐람' 하며 혼자 중얼거리는데 택시 한 대가 다시 왔다. 역시 손을 들자 차 옆문을 약간 내리고 무슨 말을 할 듯하더니 사나운 개한테 쫓기는 아이처럼 도망치듯 쏜살같이 사라졌다. 여자 혼자서 사람들도 거의 없는 시간에 택시를 잡으려 하면 편의를 봐주는 게 인지상정이거늘 마치 도망치듯 지나쳐버린 택시기사들이 야속했다.

늦가을 새벽, 졸고 있는 가로등 불빛 아래 찬바람이 귓전을

나는 행복한

스친다. 산소통만 아니면 걸어서라도 요양원으로 가고 싶었다. 그때까지도 나는 내 차림새를 훑어보지 못하고 있었다. 정신없이 환자를 태우느라 외투를 제대로 챙겨입을 여유가 없었다. 짧은 반팔티셔츠에 몸빼 바지처럼 헐렁한 흰색 바지를 입고 머리를 감아서 풀어 흩어진 긴 머리는 가을 찬바람에 흩날렸다. 신발은 슬리퍼를 신고 있었다. 이런 내 모습을 자각한 것은 두 대의 택시가 내 앞에서 도망치듯 가버린 다음에 깨달았다. 거기다가 산소통을 붙들고 있었으니 정신 이상한 여자가 폭발물통을 들고 다닌 것쯤으로 보였을 것이다. 마침 사회 불만 세력이 지하철역 보관함에 폭발물 설치해서 폭발사고가 있던 후라 경계심 때문인지 택시 잡기가 수월치 않았다. 스며드는 가을밤의 한기 때문에 온몸이 오돌오돌 떨렸다.

안 되겠다 싶어 병원 모퉁이를 돌아 사람들 통행이 많은 곳으로 이동해서 택시를 잡으려 자리를 옮겼다. 밤업소의 찬란한 네온사인의 불빛이 화려했다. 젊은 남녀 한 쌍이 걸어가는 모습이 보였다. 그들은 자신들의 특권인 젊음을 만끽하며 얘기를 주고받으며 걷고 있었다. 모퉁이를 돌아 내 앞에 가까이 온 여자가 화들짝 놀라 몸을 뒤로 뺐다. 남자가 무슨 일이냐는 듯 여자를 자신의 뒤로 밀치고 나를 노려봤다. 순식간에 정신 나간 여자가 돼버린 전후 사정을 말하고 요양원으로 돌아가야 하는데 택시를 잡지 못했다고 하자 남자가 지나가는 택시를 잡아줬다. 택시기사는 그런 이상한 차림으로 아무리 기다려도 택시

타기 어려울 것 같다며 요양원 앞에서 내려주고 갔다.

　N할머니도 죽음을 예견했는지 추석 명절 전 아들이 방문했을 때 아들을 보라보는 눈빛에서 집에 가보고 싶다는 마음을 읽을 수 있었다. 외로운 인생의 끝에서 마지막으로 옛집에 돌아가 손때 묻은 살림을 돌아보고 싶었을 것이다. 요양원은 삶의 마지막을 준비하는 곳이다. 가족과 집을 떠나서 노인들끼리 생활하는 공동체이고 어찌 보면 삶과 죽음의 중간지대에 있는 곳이기도 하다. 명절이 되면 가족들이 와서 대상자들을 모시고 가서 명절을 쇠고 오는 경우가 있다. 부러운 시선으로 동료를 바라보던 N할머니는 요양원에서 마지막 명절이 될지도 모르는 우울한 추석을 보낼 수밖에 없다.

　그날 밤 D병원 응급실행이 있은 후 할머니는 한 달 만에 세상의 모든 미련을 뒤로하고 거주하던 집이 아닌 영원한 안식처를 향한 긴 여행의 길을 떠났다. 화려한 은행나무가 옷을 벗듯 할머니도 오늘밤 세상 육신의 옷을 벗고 하늘나라를 향해 영면의 길을 떠났다. 불어오는 가을바람이 유난히 차갑다.

　　　　　　　　　　　　　　　　　　　　　　나는 행복한

자존심이 뭐길래

J에게서 전화가 왔다. 가라앉은 목소리가 그녀의 기분이 어떻다는 것을 짐작케 했다.

"언니, 나 이제 집으로 돌아가야 할까 봐."

"무슨 일 있었어?"

기분 언짢은 일이 생긴 것 같았다. 그녀는 잠시 후에 다시 전화하겠다는 말을 하고 전화를 끊었다. 잠깐씩 틈을 내서 전화하다가도 환자 석션을 해야 한다며 긴 통화는 하지 않은 터라 상황이 이해가 됐다.

그녀는 입주요양보호사로 일해 왔다. 두 딸은 결혼해서 살고 남편이 세상을 떠나자 일하던 요양원에서 나와서 선택한 일이 가정 입주요양보호사였다. 세상에 혼자 남겨진 외로움 때문인지 가끔씩 전화해서 환자와 보호자 사이에서의 어려움을 푸념하곤 했다. 건강보험공단의 지원이 있어도 월 삼백만 원이 넘는 돈을 요양보호사에게 지불하는 환자와 환자보호자는 요구사

항이 많을 수밖에 없다. 대상자가 요구한 대로 케어를 하다 보면 수시로 받는 스트레스를 감당할 수가 없다. 대상자들은 대부분 노인 혈관 질환으로 몸을 움직이지 못하거나 치매로 인해 공간과 현실 구분이 안 되는 분들이다. 돌보던 이가 경제적 사정으로 환자를 요양원으로 보내면 가족을 잃은 듯한 허탈감에 며칠씩 힘든 날을 보내곤 했다. 그리고 다시 일을 찾아 나섰다. 이번에는 강남 부자 동네로 간다면서 홀연히 떠났다.

그녀는 자녀들 학비로 쪼들리는 생활도 아니다. 그러기에 가정 입주요양보호사로 일하면서 에너지가 소진될 때까지 몸을 혹사하지 말고 어지간하면 집에서 출퇴근하라고 권했다. 취미 생활도 하고 쉬는 날은 운동도 하면서 몸 관리도 할 수 있는 요양원을 알아보라고 했다. 입주요양보호 일을 하면 출퇴근하는 부담감이 없고 여러 사람이 집단으로 일하는 시스템보다는 마음 복잡하지 않게 일할 수 있다는 장점을 꼽았다.

다시 전화가 왔다. 통화할 수 있는 시간도 없다며 어려움을 호소했다. 몸이 힘든 거야 어차피 각오하고 온 일이라 참을 수 있지만 보호자들로부터 받는 냉정한 대우가 참기 어렵다고 했다. 환자인 할아버지는 뇌졸중으로 몸을 움직이지 못하고 할머니는 환자는 아니지만 할아버지를 케어할 힘이 없어 가정 입주 요양보호사로 함께 살면서 자연스레 집 살림까지 맡게 된 모양이다. 자녀들은 사회 상류층으로 경제적으로 풍족하게 산다고 했다. 바로 옆집에 며느리가 살면서 가끔 들러서 할아버지를 보고 가는 정도란다.

"언니, 오늘 자녀들이 다 한자리에 모였어. 그런데 나보고 방에 들어가 있으래요. 자기네끼리 할 말이 있나 보다 하고 방에 있는 동안에 케이크 커팅하면서 생일 축하한다는 말소리가 들렸어. 그래서 생일인 줄 알았지. 큰아들이 집에 가려고 하는 것 같아서 인사하려고 방에서 나왔는데 모두 간 게 아니고 아들 혼자만 가려고 일어나 있었어. 식탁 위에 잘라놓은 케이크가 있어도 그 케이크 한 조각 먹어보란 소리를 안 하더라구요. 돈 받고 일하는 여자라고 그 자리에 끼면 안 된다고 생각한 모양이야. 불편한 자리에 끼고 싶은 생각은 추호도 없지만 세상살이가 이렇게 냉정한 곳도 있나 싶더라고."

가족들이 할머니 모시고 식사하러 나가더니 할머니가 집에 들어오면서 뷔페에서 직원 몰래 싸왔다며 닭다리 세 개를 선심 쓰듯 내놓았다고 했다. 속이 너무 상해서 종일 밥도 안 먹었다며 말끝을 흐렸다. 생활을 함께한 요양보호사가 면죄 받지 못할 죄인도 아닌데 굳이 그런 식으로 대할 건 뭔지 그들의 심리가 궁금하다고 했다.

"투명인간 취급당하니까 더이상 있기가 싫어. 내가 할아버지 케어하면서 휠체어를 한 시간 이상씩 하루에 세 번을 태우는데 면역 약한 할아버지가 욕창이 생기려고 하길래 일주일에 한 번씩 오는 가정간호사와 며느리가 얘기할 때 내가 휠체어 너무 많이 타도 욕창 생긴다고 말했더니 네가 뭘 아냐는 식으로 무시한 것 같은 느낌을 받았어. 있는 집 사람들이 너무 냉정해."

그녀는 보호자한테 인격적 모욕을 당했다고 생각하는 것 같았다. 요양보호사 구할 때까지만 있겠다며 다른 요양보호사 구하라고 말했다며 전화를 끊었다.

가진 자는 돈으로라도 자기 신분을 과시하려 한다. 자본주의 사회에서 돈의 위력은 대단하다고 생각하기 때문이다. 그녀는 보호자들이 요양사에게 내가 돈을 주기 때문에 굳이 신경 쓸 필요가 없다는 갑의 자세를 취하는 것 같다고 했다. 한 집에서 같이 생활하고 서로 배려하는 마음으로 생활한다면 환자와 요양보호사는 서로 의지하고 돌보는 가족 같은 분위기가 되고 요양보호사가 환자 케어를 기쁜 마음으로 할 수 있을 것이다.

요즘 뜨거운 화두가 갑질이다. 전혀 약자를 배려하지 않는 사회로 돌아간 것 같다. 그녀는 최선을 다해서 환자를 돌보려고 하는데 보호자들의 태도에서 실망했다며 돈도 좋지만 자존심이 상하면서까지 분위기가 살벌한 집에서 생활하는 건 견디기 어렵다며 하소연을 했다.

사람과 사람의 관계는 돈으로만 이루어질 수는 없다. 기쁜 마음으로 일한다면 환자에게 정성과 사랑이 실리겠지만 사무적으로 하는 일이라면 환자의 중심에 돈이 자리잡고 있기 때문에 서로가 불편할 수도 있다. 환자와 요양보호사는 돈으로만 계산된 자리는 아니다. 돈이 인간의 존엄성을 대신할 수는 없다. 요양보호사가 비록 자기들의 수준에 못 미치더라도 한 집에서 생활하는 이상 서로 마음의 상처를 입힐 필요까지는 없어야 한다. 돈의 가치로 사람을 대한다면 요양사도 환자를 돈의 가치로만 판단하고 돌볼 것이다. 인정은 메마르고 인성은 실종되고 사람 사는 세상이 돈의 가치로 매겨지는 현실이 가슴 아프다.

아내는 요양보호사(?)

청년은 어깨를 축 늘어뜨리고 힘없는 모습으로 걸어 들어온다. 뒤따라온 아버지는 큰 키에 마른 체형이다. 아들은 사회복지사와 면담 후 아버지와 작별인사를 하고 살며시 나간다. 아들의 뒷모습을 멀뚱히 바라보던 아버지는 로비 소파에 털썩 앉는다. 스스로는 오고 싶지 않았던 곳이라는 표정이다. 낯선 풍경에 새로 적응해야 하고 단체생활을 하다 보면 제약된 행동 또한 불편하다는 것을 이미 경험해 본 듯한 눈치다.

"내가 왜 또 여기로 오는지 모르겠어. 여기가 병원인가요?"

"여기는 요양원입니다. 여러 사람이 함께 생활하는 곳이니만큼 불편하시더라도 규칙 지키고 생활하시면 됩니다."

"아들이 나를 버렸어. 병원으로 요양원으로 데리고 다니며 저혼자 잘 살겠다고 날 버리고 가버렸어."

그는 허탈하게 중얼거렸다. 60대 중반인 그는 체중이 50Kg을 겨우 넘는 말라깽이였다. 집에서 밥 대신 술만 마시고 생활하

나는 행복한

는 아버지를 그냥 놔둔다는 것은 아버지를 방임하는 것이라며 아들이 병원과 여러 요양원을 거쳐 모시고 온 것이다. 아들이 직장에 나가면 하루 종일 마신 술병이 방안에 수북이 쌓여 있고 정상적인 생활이 불가능하자 결국엔 아버지가 적응할 수 있는 요양원을 물색하다가 모시고 왔다.

"아니 당신이 왜 여기 있어?"

요양보호사 J를 보고 반긴다. J는 무슨 소린지 어리둥절하다. J가 가는 곳마다 강아지가 주인 따라다니듯 졸졸 따라다닌다. 부인과 닮은 J를 아내로 착각하고 연신 꽁무니를 따라다니는 것이다. 아내와 헤어진 지 꽤 오래되었다는 그는 이혼 후에 정상적인 생활을 하지 못하고 술로 세월을 보내는 바람에 미혼인 아들과 딸은 지쳐 있었다. 아들은 이미 결혼 날짜까지 잡아놓았지만 아버지의 비정상적인 생활에 약혼녀로부터 파혼통지를 받았다. 부모를 탓하기 전에 자신의 운명으로 받아들인다는 아들의 탄식어린 말을 그는 아는지 모르는지 무사태평이다.

추석이 다가오자 그는 집에 가고 싶어 안달이었다. 하는 수 없이 아들은 연휴 사흘간 집에서 모시기로 하고 아버지를 데리고 갔다. 어찌된 일일까. 하룻밤 자고 밤 10시가 넘어서 다시 아들은 아버지를 모시고 요양원으로 돌아왔다.

집에 가자마자 그는 소주를 사다 마시고 방에 드러누웠다. 아버지가 잠든 줄 알고 아들이 잠시 밖에 나간 사이에 소주를 사다가 마시고 있었다. 밖에 나가지 말고 TV 보라고 문을 잠가

놓았더니 유리 창문을 넘어서 다시 소주를 사오고 계속 술 마시는 바람에 하는 수 없이 밤늦은 시간에 아버지를 앞세우고 들어온 것이다. 돌아가려는 아들을 다시 따라가겠다는 그의 눈에서는 아들을 놓치지 않으려는 간절함이 역력했다. 그때 J가 눈앞에 나타났다.

"어르신 기다렸는데 이제 오셨어요?"

J를 보자 반가웠는지 손에 쥐고 있던 귤을 건넨다. 그렇게 그가 한눈을 판 사이에 아들은 살며시 나갔다. 문이 열리고 아들이 나가는 소리를 들은 그는 "내가 죽었다는 소리 들어야 올 거냐?"고 소리치면서 분노를 쏟아냈다.

그도 젊어서는 어엿한 가장이었고 건실한 직장인이었다고 한다. 같은 직장동료인 처형이 소개한 아내와 결혼할 때는 누가 봐도 호감가는 미남 청년이었다. 하지만 대학 전공을 살려서 잘 다니던 직장도 아내와 이혼 후에 퇴직하고 이리저리 떠돌며 제대로 정착하지 못하고 생활했단다. 여전히 J뒤만 따라다니는 그는 아내에 대한 미련을 버리지 못하고 과거의 기억 속에 배회하는 것 같다.

"이제 자야 되니까 침실로 가세요."

"당신도 같이 가지."

"어르신 정신 차리세요. 나는 아내가 아니고 요양보호사 J예요."

그는 겨우 현실을 깨닫는 듯 손으로 머리를 긁적인다. '사람이 술을 마시고 술이 술을 마시고 나중에는 술이 사람을 마신다.'는 말이 실감난다. 그가 책임 있는 삶을 살았다면 아들에게 이토록 무거운 짐을 지워주지는 않았을 터이다. 처진 어깨로 발길을 돌리는 아들의 뒷모습이 눈에 밟힌다.

슬픔은
달빛을 타고

밤 11시, 쥐 죽은 듯 고요한 밤이다. 거실 한쪽을 비추는 야간 등이 하얀빛을 쏟아내고 있다. 나는 긴 간이의자에 앉아서 피곤한 몸을 기대고 있었다.

"흐윽"

울음소리가 잇몸 사이로 흘러나왔다. 박 할머니의 침대에서 나온 흐느낌이었다. 낮부터 우울하게 앉아서 뭔가 골똘히 생각하던 모습이 자신의 슬픈 감정을 누르려 했던 모습이다. 일어나 가보려다가 동료 할머니들이 자는 시간에 자칫 방해가 될 것 같은 생각이 들었다. 한참 후에 할머니 침대 옆으로 다가가서 손을 꼭 쥐어 주었다.

박 할머니는 까다로운 분이라고 동료 요양보호사들이 꺼리는 할머니다. 파킨슨병으로 심한 떨림 때문에 보행이 자유롭지 못해서 거의 침대에서 생활하는 게 전부다. 가끔 휠체어 타고 프로그램에 참여하지만 동료 할머니와도 부딪치는 일이 심심찮게 있었다.

1남 3녀를 뒀지만 삶의 마지막을 요양원에 의탁한 몸이라며 자식들에 대한 섭섭함을 푸념하곤 했다. 그 시절 모두가 배고픈 삶을 살아왔지만, 살아온 과거가 평범치 않은 할머니의 과거 얘기를 듣고는 되도록 이해하려고 노력했다. 그토록 미워했던 남편마저 세상 떠나자 아들과 함께 사는 삶이 늘 불편했었다. 유산으로 소형아파트 한 채를 남기고 하늘나라로 먼저 떠난 남편이 지금까지 생존했다면 요양원으로 오는 일은 없었을 거라며 먼저 떠난 영감님을 원망스러워했다.

젊은 시절 남편은 고물상을 해서 얼마간의 돈을 벌자 사업을 확장한다며 친구와 성남에서 동업을 했고 사업장과 집이 멀어 출퇴근이 불편하자 사업장 근처에서 혼자 생활하면서 가끔 집에 들르는 정도였다. 세월이 지나자 집에 오는 날이 뜸해지더니 언제부터인가 아예 모습을 보이지 않았다. 젊은 아내는 아이를 업고 남편을 찾아갔다. 어느 정도 감은 있었지만 남편은 새살림을 차려서 딴 여자와 함께 신혼부부처럼 살고 있었다. 자식들이 굶고 있는지 아픈지도 모르고 엉뚱한 짓을 하는 남편에 대해 분노를 쏟아냈다. 화가 머리끝까지 오르자 업고 있던 막내를 내려놓고 그대로 집으로 돌아왔단다.

그때부터 그녀는 남의 집 일을 다녔다. 그만그만한 아이들을 두고 일 갔다 오면 아이들은 엄마를 기다리며 자지 않고 저희

들끼리 방안에 쪼그리고 앉아 있는 모습에 울컥 눈물을 쏟아냈다. 하루는 일을 하고 오자 큰딸이 배고픈지 먹을 것을 찾기에 밥을 해서 그릇에 담으니 밥 한 그릇이 겨우 나왔다. 밥상에 앉아서 한 숟가락 뜨더니 "엄마 나 배 안 고파." 하면서 숟가락을 내려놓았다. 하루 종일 일하고 저녁을 굶는 엄마를 보고 먹던 밥을 놔두고 자리에서 일어난 것이다. 그날 밤 부엌에서 소리 죽여 한참을 울었다.

남편의 동업자가 찾아왔다. 말 꺼내기가 쉽지 않은지 머뭇거리더니 남편에게 두고 간 아이를 데려오는 게 나을 거라며 슬며시 아이의 안부를 흘렸다. 바람난 남편 때문에 자식들과 먹고 살기 위해서 남의 삯일하는 걸 보면서 그런 말 하게 됐냐며 쏴붙이자 돌아오는 말에 그만 정신줄을 놓을 뻔했다. 얘기인 즉 아이가 말라서 거의 죽음 직전에 있으니 낳아서 기르던 엄마 품에 있으면 죽음은 면할 것 같아서 일부러 찾아왔다는 게 아닌가. 홧김에 아이를 두 사람 앞에 내려놓고 왔지만 어미로서 어찌 그 아이를 잊고 있었을까. 그래도 분유 먹던 아이라 굶기지는 않을 걸로 생각했었는데 죽음 직전이라니 눈앞에 보이는 게 없었다. 그 길로 아이를 찾으러 남편에게 갔다. 여자는 눈에 보이지 않고 남편이 일하고 와서 저녁을 먹고 있었다. 아이를 이 지경으로 만들어놓고 입에 밥이 들어가냐고 악을 쓰고 아이를 업고 나와 버렸다.

걷던 아이는 두 달 만에 비쩍 말라서 제대로 서지도 못했다.

나는 행복한

팔다리가 장작개비마냥 말라서 불면 날아갈 것 같은 모습에 분노가 일자 눈물도 나오지 않았다. 이 아이를 업고 무슨 일을 해서 굶지 않고 살 것인지 답답한 현실 앞에 갇혀 버렸다. 아이를 업고 무작정 동네를 한 바퀴 둘러봤다. 더운 날씨라 목이 타고 갈증이 났다. 멀리서 아이스케키를 외치는 아이의 모습이 눈에 들어왔다. 어린아이들도 얼음과자 통을 메고 목이 터져라 외치며 얼음과자를 파는데 무기력해진 자신이 부끄러웠다. 아이스케키 하나를 사서 아이 입에 흘려 먹이며 아이스케키 장사 하려면 얼마만큼의 돈이 필요하냐고 아이들에게 물었다.

"왜 아주머니가 장사하게요? 돈이 없어도 장사할 수는 있지만 우리 같은 애들이나 하지 어른들은 못해요."

아이들의 기준으로 봐도 무리일 것 같은지 얼음과자 값을 챙겨서 가버렸다. 아이 업은 여자에게 일하러 오라는 사람은 없고 무슨 방법으로 돈을 벌어야 할지 가슴이 먹먹했다. 얼음과자공장으로 가서 공장 실무자를 만나서 사정 얘기를 하고 내일부터 나와서 팔러 다닐 수 있게 해 달라고 했다. 실무자는 땀을 흠뻑 흘린 모습으로 등에 업은 아이는 고개를 떨어뜨리고 자고 있는 모습을 보더니 처음부터 무리하게 많이 가지고 다니지 말고 조금씩 가지고 다니면서 팔아 보라 했다. 들로 다니며 밭 매는 여인네들에게 팔기도 했다. 아이 업은 모습이 안 돼 보였는지 동네 분들도 팔아주어서 그럭저럭 여름을 났다.

남의 베 짜는 데 가서 베 손질도 해주고 농사일 하는 집에서 밥 해주면서 입에 풀칠하며 아이들과 살아온 세월이 무심히 흘렀다. 살기에 바빠서 남편에 대해 미워할 틈도 없이 살아왔지만 어느 순간 남처럼 살던 남편이 집으로 찾아들어 왔다. 같이 살던 여자와 관계를 정리하고 들어온 남편을 차마 쫓아내지 못하고 남은 삶을 살았지만 그나마 일찍 세상을 버리고 떠났다. 홀로 남겨진 몸에 병이 생기자 요양원으로 쫓기다시피 들어왔다며 회한의 눈물을 흘렸다.

어미닭이 병아리를 품듯 비바람 불고 춥고 굶주리면서도 4남매를 품어 키웠지만 자신들 삶이 바쁜지 얼굴도 제대로 내밀지 않은 자식들에 대해 섭섭함과 그리움이 동반됐다. 급한 성격만큼이나 감정 조절이 안 되고 화가 나면 손을 파르르 떤다. 거친 세파를 이겨내며 살아온 삶이 마지막에는 자식들에게 버림받았다고 생각한다. 하루가 가면 새날이 오지만 할머니는 고달팠던 과거에서 헤어나지 못하고 있다. 어려운 시절 뒤엉켜 살았던 때가 살가운 정을 가지고 살았던 것 같다. 이제 자식들은 제각기 가정을 이루며 자기들의 행복을 찾아 살아가지만 스스로 움직이지 못해 그리운 자식들의 모습도 마음속에 담고 있을 뿐이다. 자식들에 대한 그리움과 배신감 속에서 헤매다가 고독이 밀물처럼 가슴속에 밀려오면 멍하니 창밖을 내다보는 날이 많아졌다.

박 할머니는 자신의 신세가 새장에 갇힌 새나 다름없다고 했다. 그녀가 하늘을 향해 비상하는 날개를 펼치는 꿈을 꾸는 그

날은 언제 오려나. 한밤의 고요함에 서글픈 마음의 감정을 억누르지 못하고 눈물을 흘리며 살아온 발자국을 뒤돌아본다. 지난날의 서글픈 추억의 설움이 복받쳐 쏟아지는 눈물을 훔치고 있다. 달그림자에 비친 나무가 유리창에 비친다. 나뭇가지 사이로 얼굴 내민 밝은 달이 할머니의 한 서린 마음을 위로라도 하듯 노란 달빛을 뿌리는 밤이다.

이별을 위한 선물

　밤하늘에 떠 있는 별을 보기 위해 창가에 다가섰다. 희뿌연 운무에 가려진 하늘에는 희미하게 깜박이는 별들이 듬성듬성 자리를 잡고 있다. 여름 밤하늘에 진주처럼 촘촘히 박힌 영롱한 별들이 우르르 쏟아질 듯 빛을 발하던 어린 시절의 별은 어디로 다 사라지고 구름에 가려져 흐릿한 빛만 눈에 비친다. 미세먼지로 가득한 하늘 아래 교회 불빛이 탑 위에서 세상을 향해 외롭게 빛을 쏟아내고 있다.

　요양원 야간 근무는 날이 바뀌어 새로 시작되는 새벽 시간이 길게 느껴진다. 바쁘게 째깍거리던 시침이 잠시 멈추어진 것 같은 순간, 잠깐 눈을 붙이고 일어났지만 개운치 않다. 밤 근무 시간 중에 두 시간의 취침시간은 법적으로 허용된 휴식시간이지만 그 시간에 잠을 잔다는 개념보다는 쉰다는 표현이 맞다. 수면실에서 주어진 두 시간 동안 편안하게 자는 건 불가능하다. 잠시 누워 있다가 깜박 잠든 사이 알람이 요란하게 울리면

　　　　　　　　　　　　　나는 행복한

멈췄던 기계가 돌아가는 것처럼 벌떡 일어나 근무교대를 한다. 교대 요양보호사에게 편히 쉬고 나오라는 말을 하지만 편히 못 쉬기는 교대자도 마찬가지다. 어르신들 방 침실 온도는 따뜻하지만 날씨가 추워지면서 거실엔 냉기가 감돈다.

푸른 조명등 사이로 로비 한쪽에서 물체가 움직이기 시작한다. 가까이 가봤더니 70대 중반의 건장한 M이 우적우적 걷고 있다. 잠 안 자고 뭐 하느냐고 묻자 운동하기 위해서 나왔다고 대답한다. 넓은 중앙 홀은 로비와 휴게실이 있어서 대상자들이 워킹할 수 있게 청테이프로 선을 그어 붙여놔서 그는 그 선을 따라서 걷고 있다. 그에게 낮과 밤은 별 의미가 없다. 시간에 관계 없이 아무 때나 자고 싶으면 누워서 자고, 걷고 싶으면 침실에서 나와서 밤이고 새벽이고 가리지 않고 걷는 자유인이다.

처음에는 그에게 규칙적인 생활을 하라고 권면했다. 남들 자는 시간에 움직이지 말고 자라고 권해도 틀에 박힌 생활이 되지 않는지 영 적응하지 못했다. 억지로 자유를 구속하기보다는 본인의 생체리듬대로 생활하라고 자율성을 인정해 주었더니 오히려 편안한 모습이다. 힘이 장사인 그는 가끔 자기에게 이유 없이 욕설을 하거나 시비를 거는 동료에게 말릴 틈도 없이 주먹을 날린다. 그의 주먹세례에 비바람에 감 떨어지듯 바닥에 나딩구는 동료의 모습을 본 적 있다. 그런 그도 걸림돌이 없으면 편안해 보인다. 모든 것을 다 내려놓아서 편안한 건지, 아니면 젊은 날의 기억도, 본인이 처한 현실의 문제도 다 잊었는지 누군가

시비를 걸거나 관여하지 않으면 그의 의연함은 흡사 도인과도 같은 모습이다.

새벽 다섯 시가 되면 방마다 온도 점검을 한다. 혹시 방 온도가 춥지는 않은지, 열난 어르신은 없는지 체크한다. 어르신들에게 따뜻한 물수건으로 세안을 도와주고 이동 변기를 이용하는 분들의 소변도 치운다. C할머니 방문을 살며시 열고 들어갔다가 나오면서 문을 닫는다는 게 예기치 않게 "쾅" 소리가 났다.

"손모가지가 부러졌나? 문도 제대로 못 닫고 다녀?"

할머니의 칼날 같은 앙칼진 목소리에 머리카락이 쭈뼛 섰다. 아침부터 댓바람에 욕지거리를 쏟아놓는다.

"어르신, 예쁜 얼굴로 말씀을 왜 그리하세요. 주의할게요. 죄송합니다."

"뭐? 말버르장머리? 잘했다고 지금 대드는 거야?"

"어르신 화 푸세요. 말버르장머리라고 하지 않고 말씀이라고 했어요. 불편하셨다면 사과드리겠습니다."

고개를 숙이고 뒤돌아 나오는데 가슴이 쓰렸다.

"오는 말이 고와야 가는 말이 곱지. 지들이 돈 벌러 나왔으면 똑바로 해야지 뭐 이딴 것들이 있어."

들으라는 듯 뒤통수에 대고 소리 지르는 그녀의 말은 심장을 겨누는 화살처럼 날카롭다. 그녀는 자기의 돈으로 요양보호사를 먹여 살린다고 생각한다. 언젠가 아침시간에 벼락치는 소리가 들렸다.

"어느 누구야? 누구 맘대로 왜 문 열어놨어."

동료 요양보호사가 방 안 공기가 탁해서 공기순환을 위해 미닫이문을 열어놨더니 C할머니가 바깥 공기가 들어온다며 고함을 질렀다. 무슨 일인가 싶어 다른 요양보호사들이 뛰어갔다. 동료는 고개 숙여 사과하고 할머니는 그녀를 노려보고 있었다. 자기 허락 없이 문 열었다는 이유로 삿대질에 폭언을 퍼부었다.

그날 아침 식사시간이 됐다. 나는 문밖에서 숨을 고르고 태연하게 밥상을 가지고 들어가서 상을 펴 드렸다. 자기 가족들이 가져온 게장이 없냐고 물었다. 냉장고에서 개인 반찬통을 뒤져서 얼른 찾아다 주었건만 밥상 위에서 또다시 험한 욕설이 여과 없이 쏟아져 나왔다.

"어휴 있는 반찬도 못 찾는xxx…."

게장그릇을 식탁 위에 놓고 분풀이하듯 쾅쾅 두드린다. 나는 조용히 방을 나와서 하늘을 우러러보며 깊은 심호흡을 했다. 나를 다스리는 하나의 방법이다. 어떤 경우라도 사회적 약자인 대상자와 마찰을 빚지 않겠다는 다짐을 하며 눈을 지그시 감았다. 다시 한번 심호흡을 했다.

예전에 근무하던 요양 시설에서 퇴직할 때였다. 마지막 근무를 마치고 나올 때 내가 돌보던 어르신들에게 일일이 손을 잡고 인사하며 작별인사를 나눴다. 마치 가족을 떠나보낸 것처럼 언제 다시 볼 수 있느냐며 손을 붙잡고 눈물을 주르르 흘린 어르신들의 모습을 생각해 본다. 잡은 손이 마음에서 마음으로 전해져 따뜻한 체온이 느껴졌다. 그들에게 이별의 상처를 준 것 같아 마음이 아팠던 기억이 떠오른다.

그날 집에 와서 E할머니가 선물로 준 무지갯빛 브로치를 꺼냈다. 근무 끝났다며 인사하러 다닐 때 할머니가 내게 준 선물이다. 골똘히 생각하던 그녀는 사물함에서 조그만 액세서리 통을 꺼냈다. 가지고 있는 브로치는 자기가 착용할 일이 없기 때문에 누군가에게 선물하려고 했었다며 내 손에 쥐어 주었다. 브로치는 무지개 빛깔처럼 화려하게 여러 색깔을 쏟아내며 불빛에 반짝였다. 나는 내가 가지고 있는 자주색 스카프를 할머니 목에 걸어드렸다. 순간 그녀의 눈에 반짝 이슬이 맺혔다. 외출할 때 사용하겠다며 내 손을 꼭 잡아주었다.

소중하게 간직했던 브로치를 꺼내서 코트 칼라에 달았다. 꽁꽁 얼어붙은 마음은 봄눈 녹듯 스르르 녹았다. 영롱한 무지갯빛 브로치가 깊은 시름에 잠긴 마음을 환히 밝혀주었다. E할머니도 밖에 외출할 때나 마음이 울적할 때는 자주색 스카프를 하고 있을까? 마음속을 휘감았던 먹구름이 걷어지는 순간이었다. 불빛에 화려하게 빛나는 브로치가 어린 시절 별빛이 흐르던 아름다운 밤하늘의 전경처럼 눈앞에서 밝게 빛을 발하고 있다.

나는 행복한

"증거를 대시오"

    유리창을 통해 살며시 찾아온 햇볕은 도망치듯 자리를 비켰다. 창밖에는 벌거벗은 나무에 몇 잎 남지 않은 은행잎이 위태롭게 흔들리고 있다. 따스한 햇볕이 떠난 자리에 늦가을의 쓸쓸함이 바깥 풍경을 통해 투영된다. 유리창 안의 세상은 과거 속에 멈추어 있지만 세상은 여전히 잘 돌아간다는 증명이라도 하듯 은행잎은 바람을 따라서 춤을 추며 세상을 향해서 날아간다.

    침대에만 드러누워 있는 남편이 마음에 걸리는지 태욱 할아버지의 옆에는 할머니가 찾아와서 남편의 손을 꼭 잡고 있다. 점심 식사를 먹이고 한참 동안 이야기를 나눈다. 할아버지는 언어소통이 안 되어 말하는 모습을 보지 못했다. 눈짓으로 의사 표현을 할 뿐이다. 눈빛만 봐도 남편의 표정을 읽고 가려운 곳을 긁어주면 얼굴에 나타난 시원한 표정은 남편이 말하지 않아도 소통하는 그들만의 언어와 감정을 교류하는 모습은 몇십 년을 두고 함께 살아왔던 삶의 방식이다.

거실 식탁에서 점심을 먹고 들어온 동선 할아버지는 할머니를 향해 소리를 질렀다.

"나도 오남매를 뒀는디 우리 자식들이 오믄 자고 가야 혀유. 이제는 자리를 비켜줘야 되는디유."

할머니가 못 들은 체 가만히 있자 동선 할아버지는 목청을 더 키운다.

"사람이 염치가 있어야제. 방세도 안 내고 무작정 남의 집에 있으믄 안 되지유. 온 김에 오늘 데리고 가슈."

"어르신, 여기는 어르신 집이 아니고 저 할아버지도 같이 생활할 수 있는 요양원이에요."

내 말에 지금 무슨 소리를 하냐며 펄쩍 뛴다. 내가 산 집에 아무나 둘 수 없다며 당장 데리고 나가라며 소리친다. 치매 할머니들에게 나타나는 전형적인 증상이 할아버지에게서 나타난다. 어차피 말은 논리적으로 통하지 않을 거라서 할머니 가실 때 모시고 갈 거라며 거실에서 동료들과 같이 어울리라고 데리고 나왔다. 시간이 지나면 잊어버릴 것 같아서였다. 한참 놀다가 방으로 들어오신 동선 할아버지는 할머니 어디 갔냐며 찾는다. 집에 갈 때 데리고 간다더니 언제까지 이렇게 남의 집에 있을 거냐며 염치라고는 눈곱만큼도 없는 무례하기 짝이 없는 사람이라며 빨리 찾아오라고 나를 조른다. 순간의 기억을 용케 잊지 않고 있다. 할머니가 너무 힘이 없어서 아들 데리고 와서 할아버지 모시고 갈 거라며 달래자 택시 타고 같이 가면 될 것을 왜 그리 복잡하게 생각하냐며 따진다.

한바탕 소동이 일어난 후 옆 침대 환자 G가 화장실에 갔다 오더니 자기 자리를 못 찾고 동선 할아버지 침대에 벌떡 드러누워 있다. 겨우 달래 놨는데 자기 침대에 딴 사람이 누워 있는 걸 보면 또 소란이 일 것 같다.

"어르신, 여기 남의 침대예요. 어르신 자리로 가야지 딴 사람이 어르신 자리에 누워 있으면 어떡할래요?"

"그럴 때는 발로 칵 밟아 버려야지."

빈 침대만 보면 드러눕는 그는 자기 자리를 찾지 못한다. 남의 자리에 누워 있으면서도 자기 자리만큼은 누구에게도 내어 줄 수 없다는 결기를 드러낸다. 건장한 체격으로 나이에 비해 젊어 보이는 그는 특수부대 출신이라서 화가 잔뜩 나면 어떤 돌발행동이 나올지 모르니 조심하라는 동료 요양보호사의 귀띔이 있었다. 환자라서 아무리 판단력이 없고 기억을 못 해도 사람이 느끼는 기본적인 감정은 있으니 주변 동료 환자들이 무시하는 느낌을 받으면 본능적인 감정폭발이 나올 수 있다는 걸 염두에 두라고 했다.

무슨 생각을 했는지 동선 할아버지는 태욱 할아버지 자리로 간다.

"빨리 일어나! 이러고 누워만 있으니까 병이 안 낫지. 일어나서 걸어야 병도 낫는 법이여."

침대에서도 혼자서는 앉지도 못하는 태욱 할아버지는 눈만 껌벅거리며 아무 반응이 없다.

"이렇게 답답한 사람이 있나. 일어나서 빨리 걸어 다녀. 몸을 움직여서 병이 나아야 집에 가지 언제까지 날 잡아 잡수쇼 하고 이러고 있을 거여?"

동선 할아버지는 태욱 할아버지가 게을러서 자리에만 누워 있다고 생각하는 것이다. 식당에서 올라온 구수한 된장찌개 냄새가 식욕을 자극한다. 밥 차 끄는 소리가 요란하다. 거실 식탁에 자리를 잡고 앉은 동선 할아버지는 동료들 틈에 끼어서 식사를 하고는 뒤로 나와서 앉아 있다. 명절 전날 재래시장통만큼이나 시끄럽다. 아침 식사가 끝나면 요양보호사들은 발길이 부리나케 뛰어다니며 환자들의 양치와 복약을 돕는다. 동선 할아버지는 복약 후에 방을 왔다 갔다 하더니 다른 사람은 약을 주고 왜 자기는 약을 안 주냐며 따진다.

"어르신은 약 드셨어요."

"무슨 소리를 하는 거요. 내 약 딴 사람이 갖다 먹은 거 아니요?"

"제가 분명히 드렸어요. 어르신 약은 제가 직접 어르신 입에 넣어드렸어요."

"어허! 먹은 적 없어요. 내가 먹었다는 증거를 대시오."

약을 주지 않고도 주었다고 억지 쓴다는 어이없는 표정이다. 화난 얼굴로 나를 향해 말을 한 할아버지 입에서 밥풀 하나가 튀어나와 내 볼에 붙었다. 그와 말 상대를 하면서도 웃음이 나왔다. 식사 케어하고 인수인계를 해야 하는 가장 바쁜 시간인데 환자가 복약했다는 증거를 찾아내라고 하니 쓰레기통을 뒤졌다.

"어르신이 약 드신 증거 여기 있어요. 약봉지에 '아침 약 최동선'이라고 쓰여 있죠?"

빈 약봉지를 든 나를 보고 동선 할아버지는 하얀 이를 드러내 놓고 겸연쩍게 웃는다. 실종된 과거와 분별력 없는 현실 속에서 배회하는 대상자들과 우리 요양보호사들은 하루에도 수차례씩 총성 없는 전쟁을 치른다. 대상자들과 눈높이를 맞추지 못하면 자괴감에 빠져서 헤어 나오지 못한다. 어린애의 수준으로 되돌아가 버린 대상자들은 그들만의 세상에서 느끼는 권리와 행복이 있을 것이다. 그들 세계의 행복을 지켜주는 것에 책임과 의무를 행하는 것으로 만족하는 것이 내 삶의 의무이다. 멈춰버린 고장 난 시계 때문에 시간이 정지된 것은 아니다. 그들의 삶은 과거에 머물러 있어도 시간은 미래를 향해 흐르고 있다.

숲속에서 느끼는
행복

맑은 햇살이 비친 곳에 원추리 꽃이 환한 미소로 오가는 사람들을 맞이한다. 산에서 자생한 것 같지는 않고 누군가 일부러 심어놓은 것 같다. 물오른 풀숲에서 나비 한 마리가 힘찬 날갯짓을 하며 살포시 꽃 위에 앉았다가 인기척에 놀라 화르르 날아가 버린다. 산등성이를 오르다 보면 군데군데 벤치가 있어서 산을 오르내리다 쉬어가기 좋다.

그날의 사고만 아니었으면 지금쯤 요양원에서 어르신들과 같이 있을 시간인데, 산속에서 한가로이 혼자만의 여유로운 시간을 보내고 있다. 밖에 나가고 싶어도 갈 수 없어 멀거니 유리창 밖만 주시하며 바깥세상을 동경하던 할머니들의 모습이 눈에 어른거렸다. 내 손길을 기다리는 어르신들이 계신 요양원으로 가려면 족히 한 달은 있어야 될 것 같다.

그해 5월 마지막 연휴에 남편은 강원도로 가족 여행을 가자고 했다. 강원도 고성으로 떠난 여행은 생활 속에서 받은 스트레스도 날려버리고 재충전하는 마음으로 즐거운 여행이 되리라는 설렘을 안고 떠났다. 남편은 뭐가 그리 급했는지 숙소에서 짐을 풀자마자 생선회를 떠서 먹자고 함께 시장에 가기를 재촉했다. 시장에 도착하자 남편은 승합차에서 내리면서 승합차 문을 닫았다. 하지만 그 순간 일이 벌어지고 말았다. 차 안에 손을 넣고 있는데 남편은 차안에 손이 들어간 것을 미처 보지 못하고 문을 닫았다. 오른손은 문틈에 끼었고 통증에 손이 으스러진 줄 알았는데 그래도 움켜쥐고 있는 손을 움직여 보니 쥐락펴락이 되었다. 남편은 당황해서 병원에 가자고 했지만 내 생각에 골절상은 아닌 것 같았다. 약국에 가서 약 사서 바르고 숙소로 돌아왔다. 바닷가에 가서 출렁이는 바닷물 구경나온 관광객들 속에서 놀며 모래밭에서 뛰노는 손자를 보니 상처 입은 손이 아픈 줄도 모르고 시간이 흘렀다.

여행을 끝내고 다시 생활 터전인 요양원으로 복귀했다. 대수롭잖게 생각했던 손은 퉁퉁 부어 부기가 빠지지 않았다. 병원에 가서 X-ray를 찍어보니 골절이었다. 다행히 골절 부위가 크지는 않았다. 정형외과 담당 선생님은 수술을 해야 될 것 같다고 했다. 깁스로 할 수만 있으면 수술은 피하고 싶다고 했더니 손에 부목을 대주며 며칠 있다 결과를 보고 나서 결정하자고 했다. 담당 의사는 수술을 하지 않으면 골절 부위가 빗나가서 손이 기형으로 변형될 수 있다며 수술 날짜를 잡았다. 직장에 휴가신청을 하고 어르신들께 한 달간 못 나올 거라고 인사를 드렸더니 수술 잘 받고 나오라며 위로와 격려를 해줬다.

담당 주치의는 간단한 수술이니 긴장하지 말고 마음을 편히 가지라고 했지만 결코 편치가 않았다. 입원할 때 딸이 동행했고 수술실에 들어갈 때까지 옆에 있었다. 수술실에 들어가 오른팔에 마취를 했다. 수술실 천장에 불이 켜지고 수술기구들의 달각거리는 금속성 소리가 들렸다. 담당 의사는 다친 손 수술을 집도했다. 손에서 펜치로 철사를 끊는 듯한 둔탁한 소리가 "툭 툭" 두 번 나더니 수술 끝났다고 병실로 이동했다. 마취한 팔이 풀리려면 예닐곱 시간이 지나야 된다고 했다. 손이 붓지 않게 하려면 손을 베개 위에 높이 올려두라고 간호사가 말했다. 침대를 세우고 베개를 쌓아서 팔걸이를 만들어 팔을 올려놓으면 스르르 떨어졌다. 왼쪽 손으로 팔을 들어 바로 올려놓으려 오른팔에 손을 대면 남의 피부를 만지는 느낌이었다. 팔에 마취가 안 풀린 상태라 베개 아래로 팔이 떨어지고 구르는 게 몹시 불편했다. 내 피부이지만 감각의 기능이 없으니 건강한 손으로 끌어 올릴 때마다 왼손에 와 닿는 무감각한 오른손이 섬뜩한 느낌이 들곤 했다.

요양원에서 마비 환자들이 불편한 쪽 팔을 건강한 팔로 끌어안듯 붙드는 모습을 봤지만 그렇게 불편하리라고는 미처 생각을 못했었다. 아픈 환자를 내가 편한 방식대로 어르신들을 케어했다는 생각이 들자 어르신들에 대한 배려에 인색했다는 자

나는 행복한

책감이 들었다. 잠시 겪는 불편함도 짜증스러운데, 좁은 침대에서 아픈 팔을 움켜쥐고 불편함을 참으며 살아야 하는 어르신들의 삶이야말로 요양보호사의 따뜻한 돌봄이 어떤 약보다 그들의 아픈 마음을 녹여주는 진통제가 될 것 같다는 생각이 들었다. 아마 환자들은 마비된 나무토막 같은 팔이 오히려 부담스러울 수도 있겠다는 생각을 했다.

내 몸의 아픔을 통해서 환자들의 고통을 조금이라도 이해할 것 같았다. 무심코 마비된 쪽을 스쳐서 불편을 준 환자들에게 미안한 마음이 들었다. 손이 나아서 요양원에 복귀하면 그분들의 아픈 육신의 환부뿐만 아니라 외로움에 상처 진 마음까지 보듬을 수 있는 여유로운 마음으로 대상자들을 돌보아야지….

퇴원 후 집에 와도 오른손이 불편하니 할 수 있는 일이 별로 없었다. 집에서 가까운 산에 오르는 것으로 위안을 삼았다. 산이 높지 않으니 산책길처럼 갈 수 있어서 부담감이 없다. 아는 사람들끼리 어울려 갈 수도 있지만 자연을 느끼려면 혼자서 천천히 산에 올라야 한다. 자유롭게 산속을 날아다니며 평화로운 산새 우는 소리와 스치는 바람에 서걱거리는 나뭇잎 소리, 자생하는 야생화의 초연한 아름다움과 하늘을 찌를 듯한 큰 나무의 기개를 보고 느끼는 숲속 산책은 아주 특별한 즐거움이었다. 한낮 더위를 피해서 오전에 산에 오르면 맑고 신선한 공기와 어우러진 숲속의 절경이 마치 어머니의 품처럼 포근해서 좋았다.

산으로 오르는 산책길은 마냥 호젓하지만은 않다. 다양한 군상들을 만나기도 한다. 예쁜 강아지를 안고 있는 젊은 여자도 눈에 띈다. 귀와 꼬리는 핑크색으로 염색했고 목에는 구슬 목걸이를 한 모습이 마치 예쁘게 치장한 아기처럼 보였다. 70대 중반으로 보이는 할아버지는 불편한 몸을 이끌고 숨을 고르며 힘겹게 산을 오르고 있다. 마비된 한쪽 팔을 건강한 손으로 붙잡아 안고 걷고 있는 모습이 힘겨워 보였다. 다리를 끄는 발걸음과 붙들고 있는 한쪽 건강한 팔도 지쳐 보였다. 서서히 옮기는 발걸음에 고통스런 삶의 무게가 한쪽 어깨에 얹혀 있는 것 같아 보였다. 건강한 사람이야 쉽게 오를 수 있는 산이지만 편마비 환자가 누구의 도움 없이 오르기에는 생을 담금질하는 고통스러움이 따르리라. 나뭇가지 사이로 내린 조각난 햇살이 그의 아픈 몸을 비추고 있다.

산모퉁이 한쪽이 벌겋게 파헤쳐져 신음하듯 붉은 토사를 피처럼 쏟아내었다. 누군가 농작물을 심기 위해 파헤친 것 같다. 호박잎이 춤을 추듯 커다란 잎을 펼치고 노오란 꽃을 머금고 있다. 그 옆에 길고 하얀 밤꽃이 바닥에 수북이 수를 놓았다. 벌들에게 제 몸의 자양분을 주려 했지만 벌들이 찾지 않아서 매달린 꽃들은 시간이 다하자 땅 위에 떨어져 내렸다.

한낮의 평화로운 시간에 만나는 숲에서는 자연이 주는 아름다움과 신선한 공기가 삶의 활력을 더해 준다. 푸른 나뭇가지 위에서 새들이 지저귀고 울창한 숲속 길목에 아기다람쥐 한 마리가 먹이를 찾는지 발을 부지런히 움직이고 있다. 사람을 보고 피하지 않는 것을 보니 지나가는 등산객들이 두렵지 않나 보다. 하늘은 맑고 바람이 귓전을 스친다.

"여기는 죄다 도둑년들만 있어"

"아이구 혀도혀도 너무 혀. 밤에 자는 사이에 죄다 훔쳐갔구
먼. 사람 눈 빼먹는 시상이랑께유."

쩌렁쩌렁 울리는 목소리의 주인공은 인순 할머니다. 자다가
봉창 두드리는 소리가 아닌 깨어서도 봉창 두드리는 소리를 곧
잘 하는 할머니다. 청력은 거의 상실하고 귀에다 바짝 대고 소
리를 질러서 말을 해야 알아듣는다. 정확한 기억력을 가지고
있음에도 자기 물건에 대한 애착은 끝이 없다. 잠시 어르신들
오락프로그램에 참석하고 들어오면 침대 머리맡에 둔 간식 상
자부터 살핀다. 사탕도 세어보고 건강보조식품도 없어지지 않
았나 살핀다.

끝도 없는 의심은 우리를 질리게 만든다. 치매할머니들은 당
신들 물건 없어졌다는 말을 곧잘 한다. 요양원에서 일하면서
그 말을 곧이들을 사람도 없고 신경도 쓰지 않는다. 자기 물건
을 잃어버렸다고 난리를 쳐 놓고서도 잠시 후엔 언제 그랬냐 싶

나는 행복한

을 정도로 자신이 한 말을 기억조차 하지 못한다. 그러나 인순 할머니의 경우 기억력이 정확하기 때문에 도둑질해 갔단 말을 시작하면 끝없는 잔소리로 이어진다.

"잇몸 튼튼해지라고 아들이 사다 준 인○○을 나 몰래 한 줄 빼갔어. 약이 엄청 비싸고 좋은 것이라 보통약국에서는 사지도 못 한다는디. 지들 돈으로 사서 처묵든지 혀야지. 내 약까지 훔 쳐 처먹는 아주 나쁜 년들이여. 도둑질 안 한 년이 한 년도 없 다니께."

자고 일어나서 시작한 잔소리는 끝이 나질 않는다. 말대꾸를 하자니 말이 안 통하고 듣고만 있자니 속이 상했다.

"어르신, 사회복지사 오면 말씀하세요. 그러면 우리가 사 무실에 불려가서 혼나니까 물건 잃어버렸다고 혼자 속상해하 지 말고 직원한테 말하세요. 도둑질한 사람 쫓겨나게 말씀하세 요."

"지들이 훔쳐가지 말아야지, 내가 말 해봐야 듣는 척이나 하 남. 맨날 물건 훔쳐간 년들 때문에 못살것어. 여기 있는 물티슈 하고 내가 신던 양말까지 다 훔쳐갔어. 여기는 죄다 도둑년들 만 있어."

"어르신! 도둑놈 눈에는 도둑놈만 보인다고 그러던데요. 어 르신은 우리를 도둑으로 보질 않을 것 같은데 양말 하고 물티슈 를 누가 가져갔을까요?"

그 말에 자기는 절대로 도둑질하고 살지 않았다고 펄쩍 뛴다.

젊은 시절 같은 동네에 사는 시누이가 금반지를 몰래 훔쳐가서 따지자 시누이가 자기는 절대 안 훔쳐갔다고 했단다. 그 일로 올케 시누이 지간에 서로 말도 안 하고 지내다가 여기 왔는데 여기에도 도둑년들이 득실거린다고 소리를 높였다.

한번은 간호과장이 와서 우리 요양보호사들한테 도둑질해갔다고 하면 도둑이 없는 방으로 옮길 거라고 하자 움찔했다. 방을 옮긴다는 것은 그 자리에서 쫓겨나는 일이라고 생각하기 때문에 무슨 일이 있어도 자기 자리를 고수하려고 한다. 사회복지사가 와서 무슨 일이 있었냐고 물으면 아무 일도 없다고 시치미를 뚝 뗀다. 가끔 보호자인 아들이 가져온 개인 간식을 먹고도 숫자를 잘못 세는 경우가 있다. 낮에 사탕이나 과자를 먹고 곧바로 낮잠에 빠지면 먹었다고 생각을 못 할 것 같지만 그렇지 않다. 거의 맞아떨어지는 계산을 한다. 그러니 심한 치매 상태는 아닌 것 같다.

그녀의 의심은 젊은 시절 순탄치 못한 삶과도 연관되지 않았나 싶다. 눈 한쪽은 아예 시력 0이고 다른 한쪽 눈만 정상이다. 부모는 장애를 가진 딸의 그런 외모 때문에 결혼시키기가 쉽지 않았다. 평생을 처녀 귀신으로 만들 수가 없다고 생각한 부모는 시골의 못 사는 홀아비에게 시집을 보냈다. 아이가 하나도 없는 줄 알았는데 남편이 며칠 있다가 친척집에 맡겨둔 딸을 데려왔다. 아이는 새엄마를 보더니 "엄마!" 하고 새엄마 품에 철석 안겼다. 그런 어린 딸을 보고 차마 뿌리칠 수 없었다. 아이

　　　　　　　　　　　　　　　　나는 행복한

가 무슨 죄인가 싶어서 친딸처럼 길러서 결혼시킨 딸이 가끔 면회 온다. 까다로운 엄마 성격 때문에 고생한다며 고맙다는 말을 하고 가는 것 보면 인사성이 있다.

남편은 술만 마시면 아내에게 폭력을 휘두르는 나쁜 술버릇까지 지니고 있었다. 때리는 서방보다 말리는 시어머니가 더 밉다고 했던가. 시어머니는 처음부터 아예 말리기는커녕 더 때리라고 부채질까지 했단다.

"아이구 하루는 술에 취한 서방인지 남방인지가 내 머리채를 휘어잡고 막 때리는 거야. 그런데 옆에 있는 시어머니는 멀뚱멀뚱 보고만 있고, 그래도 맞고만 있는 어미가 불쌍했는지 아들이 울고불고 난리를 치니까 때리던 손을 멈췄어. 배고픈 시절에 맞기까지 했으니 그게 사람 사는 세상이여?"

아픈 어깨를 주무르며 젊어서 남편에게 맞은 후유증이라 한다. 험한 세파를 이겨내고 살만하니까 남편은 세상을 떠났다. 남편이 보고 싶지 않냐는 질문에 꿈에라도 보일까 무섭다며 심한 거부감을 드러냈다. 아들이 자주 찾아와서 간식이 떨어지지 않게 해준다. 젊은 날 고생을 그나마 아들에게서 보상받는 것 같았다.

바쁠 때는 부지깽이도 일에 도움이 된다는 농촌에서 밤이나 낮이나 잠에 취해 있었기 때문에 시어머니는 애기를 안고 잠들어 누워만 있는 게으른 며느리를 예쁘게 보지는 않은 것 같다. 그런데다 음식을 먹을 때도 젓가락을 사용하지 않고 손가락으로 집어먹고 그 손을 입으로 쪽쪽 빠는 지저분한 모습을 보였다. 그래서인지 시어머니는 어느 것 하나 마음에 들지 않는 며느리를 더 심하게 구박한 것 같았다. 추운 겨울 아들이 학교에 갔다 오면 눈을 흠뻑 맞아 옷이며 양말이 몽땅 젖은 상태였다. 그러니 집에 오면 그 옷을 방 아랫목에 말려서 다음날 학교 갈 때 입고 가야 하는 가난한 삶이었다. 그런데도 심성 착한 아들은 엄마 손을 붙잡고 힘들어도 참고 함께 살자고 말했고 그 말에 살아갈 용기가 솟아났다고 했다. 물에 젖은 옷을 말리면서도 한 번도 짜증 부리지 않은 심성 착한 아들이 있었기에 어려운 살림이었지만 힘든 줄 몰랐단다.

어찌 보면 가정폭력의 피해자이긴 하지만 주변 사람들과도 원만한 관계는 아니었다. 시도 때도 없이 물건이 없어졌다고 불평하는 모습을 보면 시누이라고 의심을 하지 않을 리 만무했다. 지금도 금반지 훔쳐간 도둑년이라고 말하는 것을 보면 그녀의 의심은 노후에 온 치매증상이 아닌 과거 일상생활 속에서 길들여진 습관 같았다. 오늘도 없어진 양말 찾는다고 침대에 온갖 잡동사니를 가득 늘어놓고 있는 모습이 보물찾기에 나선 어린아이의 표정이다. 끝나지 않은 그녀의 의심은 한도 끝도 없다.

비 오는 날의 단상

야간근무를 마치고 퇴근하기 위해 요양원 문을 열고 나왔다. 흐릿한 아침 날씨를 보고도 괜찮겠지 하고 나왔는데 심술궂은 바람이 휘몰아친다. 따로 운동할 시간이 여의치 않자 헬스장 나가는 시간 대신 출퇴근 시간에 걷는 것으로 대신했다. 집에 도착하려면 한참을 더 걸어야 하는데 중간에 비가 부슬부슬 뿌리고 있다.

출근 시간이니 직장인들의 바쁜 발걸음이 부산하다. 말쑥하게 차리고 출근하는 사람들 사이에 밤 근무를 끝내고 부스스한 모습으로 걷고 있는 내 모습이 을씨년스런 날씨와 닮아 있다. 가는 빗방울이 조금씩 굵어지더니 겉옷을 적시기 시작한다. 집에 가서 샤워하고 자려면 내리는 빗방울을 굳이 피할 필요가 없다. 차분한 마음으로 걷고 있는 내 옆으로 젊은 여자가 바짝 다가와 우산을 받쳐 주었다. 둘이 같이 쓰기에는 작은 우산이었다. 괜찮으니 혼자 쓰고 가라고 했건만 비 맞으면 감기에 걸린

다면서 지하철역까지 같이 쓰고 가자고 한다. 딸 또래의 젊은
여자는 궂은날 비를 맞고 걷는 내가 자기 어머니의 모습으로 비
쳤던 걸까?

비 오는 날이면 이웃에 살았던 경희 엄마의 이야기가 떠오른
다. 그녀는 작은 트럭에 떡볶이며 찐 옥수수, 핫도그 등을 팔러
다녔다. 사람들이 많이 모이는 공원에 자리를 잡고 영업을 하
고 밤이 되면 집으로 돌아왔다. 사람들 모이는 곳에는 사연도
많고 얘깃거리도 많다. 비 오는 어느 날, 그녀는 영업을 하지
못하자 우리 집에 놀러왔다. 비 오는 거리를 바라보면서 그 할
머니는 지금 어디에서 어떻게 살아가는지, 아니면 세상을 떴는
지 비 오는 날이면 생각난다고 말했다.

공원에 삼삼오오 모여서 노는 사람들과 운동하느라 바쁘게
움직이는 사람들 속에서 벤치에 멀거니 앉아 지나가는 사람들
을 바라보는 할머니가 있었다. 그녀는 언제나 같은 시각 같은
자리에 홀로 앉아 있었다. 차림새로 봐서는 가족이 없거나 영
세한 가정의 노인 복장은 아니었다. 수심 가득한 모습으로 자
기를 바라보는 시선과 마주쳤다. 장사하는 자기를 유심히 보는
게 아니라 트럭 위 먹음직스런 간식 위에 눈길이 멈춰 있었다.
배가 고픈 듯했다. 따뜻한 찐 옥수수 하나를 건네자 순식간에
게 눈 감추듯 먹는 게 아닌가. 식사나 제대로 하고 사냐고 묻자
그녀는 한숨을 내리쉬며 자신이 살아온 삶의 발자취를 들추었

나는 행복한

다.

　어느 누구도 관심을 가져 주는 이 없는 일상에서 자기에게 말을 걸어주는 것만으로도 위로를 받은 듯 묻지도 않은 가정사를 실 꾸러미 풀어놓듯 풀기 시작했다. 눈물을 감추려는 듯 하늘을 쳐다보며 시작한 말은 땅으로 시선을 옮기면서 고해성사하듯 쏟아놓았다.

　50평대의 큰 아파트에서 남편과 둘이 살던 그녀는 어느 날 남편이 세상을 하직하자 홀로 남게 되었다. 세상사는 것이 돈이 전부가 아니라는 것을 느끼기에는 오랜 시간이 걸리지 않았다. 뼈저린 고독이 마음속에 밀려왔다. 가끔 길에 나와서 지나가는 사람들을 넋 놓고 쳐다보는 날이 많았다. 날마다 먼저 가버린 야속한 남편의 빈자리를 맴도는 시간과의 싸움이었다. 홀로 사는 외로움과 싸워갈 때 평소 잘 오지 않던 아들과 며느리가 자주 드나들었다. 외로운 어머니를 위로하는 아들 내외가 그나마 고마웠다. 모처럼 한 상에서 같이 밥 먹고 이야기하는 시간은 세상에 혼자가 아니라는 것을 확인했다. 아들 내외는 외로움과 함께 동거하는 그녀의 든든한 버팀목이 되어 주었다.

　어느 날 아들이 제안했다. 어머니 혼자 큰 집에서 외롭게 살지 말고 살림을 합치자고 했다. 혼자 큰 아파트에서 생활하는 것보다는 함께 살면 외롭지 않고 삶의 질이 지금보다는 훨씬 좋아질 거라고 말했다. 그녀는 선뜻 대답할 수가 없었다. 아들 내외하고 같이 살면서 불편한 문제가 생기지 않는다는 보장이 없을뿐더러 살갑지 않은 며느리의 태도도 마음에 걸렸다. 외로워도 가끔 한번씩 만나는 것도 나쁘지 않다며 지금까지 살던 대로 각자 살자고 했다.

아들은 달랐다. 혼자 사는 어머니에 대한 책임감 때문인지 두 집 살림을 합치자고 강력하게 주장했다. 며느리도 동조했다. 살림을 합치면 손자들과 함께 사는 재미도 있고 외롭지 않을 거라며 거듭된 설득에 자신의 굳은 의지도 어느 순간 서서히 허물어지기 시작했다. 과연 아들 내외에게 남은 삶을 맡겨도 괜찮을까? 어차피 언젠가는 아들과 한집에서 살 바에는 늙어서 움직이지 못할 때 억지로 떠맡겨지다시피 아들에게 가는 것보다는 자기의 의견을 말할 수 있을 때 아들의 뜻을 받아 주는 것도 괜찮은 방법이라고 생각했다. 함께 살자고 성화를 부리는 아들에게 아들 뜻대로 하겠다고 허락하자 아들은 이삿짐을 싣고 어머니 집으로 들어왔다.

아들은 직장에 가고 손주들은 학교에 가니 낮에는 며느리와 단둘이 집안에 남았다. 이미 살아온 생활문화가 서로 다른 성향의 사람들이 한 집에서 부대끼며 살아가기에는 너무 많은 이질감과 좁혀지지 않은 거리감이 있었다. 어느 순간부터 며느리의 불평이 시작되었다. 시어머니는 집에서 가까운 공원으로 피신 나오듯이 공원벤치에 앉아서 자기의 잘못된 선택을 한탄하고 있었다. 남편과 자기의 손으로 일군 전 재산인 아파트는 아들 내외가 차지했다.

나는 행복한

아들이 출근한 것을 확인하면 그녀는 공원으로 흘러들어오듯 공원에서 배회하다 아들 퇴근 시간 직전에 집으로 들어갔다. 공원 주변에 봄꽃이 만발하여도 아름다운 꽃이 져도 느낌에 대한 감동이 없었다. 흘러가는 시간이 더디기만 한 할머니는 한여름 공원에서 나무그늘 아래 앉아 있는 것이 삶의 일부가 되어 버렸다. 할머니의 모습이 보이면 경희 엄마는 안도의 숨을 내쉬었다. 자신이 할머니의 정신적 그늘이 되어 준 것 같은 생각에 그녀는 자기도 모르게 할머니의 심리적 지지자가 되어 있었다. 곁에 있을 때는 언제나 찐 옥수수를 하나씩 드렸다. 그녀는 거절하지 않고 순식간에 받아먹었다. 어느덧 경희 엄마는 할머니의 삶의 언저리에 다가서 있었다. 눈에 보이지 않으면 오늘은 왜 안 나오지? 어디가 아픈가 하고 기다려졌다.

어느 날 할머니가 수척한 모습으로 나타났다. 무슨 일이 있었냐고 묻자 몸이 아파서 집에 있었더니 무슨 미련이 있어서 집안에 있느냐며 며느리가 구박을 하더란다. 이슬비가 부슬부슬 내리는데도 우산을 쓰고 그 시간 그 자리에 있을 수밖에 없었던 것이다. 어느 날부터 공원 어디에도 보이지 않았다.

돈이 아예 없어서 못 쓰는 사람이 있는가 하면 자기 재산을 가지고도 재산권 행사를 전혀 못하고 아들 며느리에게 얹혀사는 모습이 가슴 아픈 현실이라며 비 내리는 밖을 내다보며 맥없이 말했다. 지금쯤 돌아가셨는지 아니면 요양시설에 들어갔는지 알 수 없다고 말하는 그녀의 얼굴은 소중한 친구의 행방을 몰라 안타까워하는 표정이었다.

지하철역 플랫폼으로 들어가는 젊은 여자는 예쁜 얼굴만큼 예쁜 마음을 가진 것 같다. 비 맞고 걸어가는 내게 살며시 다가와서 자기 옷자락이 젖는데도 우산을 같이 쓸 줄 아는 아름다운 심성을 가졌다.

공원으로 출근하는 할머니는 가족이지만 가족이기를 외면하는 가족 속에서 떠도는 나그네 같은 삶을 살고 있었다. 비록 누군지도 모르는 사람에게 살며시 우산을 씌워준 지하철역으로 사라지는 그녀의 뒷모습을 바라보며 갈 곳 없이 공원을 배회한 할머니의 모습을 걱정하던 경희 엄마가 생각난다. 할머니는 아직도 비 오는 거리를 배회하지는 않는지, 아니면 할아버지 곁으로 갔는지.

나를 두고 아리랑

할아버지 침대 옆으로 다가선 할머니는 누워 있는 남편을 연민의 눈으로 바라본다.

"괜찮혀?"

남편은 아내의 말에 가는 눈초리로 힐긋 보고는 눈을 감아버린다. 아무 반응이 없자 자신의 침대로 간 그녀는 순간 무시당했다는 생각이 드는지 남편을 눈흘겨 본다. 할아버지는 비교적 맑은 기억력을 유지하고 있지만 굳어버린 다리 근육 때문에 걷지 못하고 거의 침대에 누워 지낸 지 오래다.

부부가 요양원에 함께 입소해서 2인실 같은 방을 사용하지만 종일 말 한 마디 나누지 않고 하루를 보낸다. 남편은 혼자서는 거동하지 못하지만 소통이 가능하고, 아내는 거동은 자유롭지만 과거 속에 멈춰버린 고장 난 시계를 안고 산다. 녹슨 기억 속에서 안갯속 같은 희미한 과거를 배회하는 현재를 살고 있는 치매가 심한 아내와의 동거는 남편에게 불편할 뿐이다. 가끔 남편이 요양원 밖의 병원에 입원하면 침대 빈자리를 바라보며 아내는 손뼉을 치면서 아리랑을 불렀다.

"아리랑 아리랑 아라리요, 아리랑 고개를 넘어간다."

손뼉을 치면서 노래하다가 마지막 단락 끝날 때는 "탁" 소리가 나게 크게 손뼉을 치며 끝을 맺는다. 그녀가 세상에서 가장 사랑하는 사람은 아들이다. 남편이 눈에 안 보이면 "아들 어디 갔어?" 또는 "우리 아들 어디 갔어?"라면서 찾는다. 가장 사랑하는 아들 자리에 남편을 잠시 올려놓은 건지, 아니면 아들만큼 남편을 사랑한 표현의 방법인지 수시로 할아버지의 빈 침대를 바라본다.

남편이 그리울 때마다 할머니의 아리랑은 흘러나온다. 퇴원한 남편이 다시 요양원으로 돌아왔다. 반가웠는지 남편을 자꾸 바라보지만 남편은 참선한 도인처럼 주위에 전혀 신경 쓰지 않고 눈을 감고 가만히 앉아 있다. 아내에게 한마디쯤 할 법도 하건만 말 한마디 건네지 않는다. 말을 해도 대화가 되지 않지만 그동안 어떻게 지냈냐는 기본적인 말 한마디 없다. 고착된 아집인지 아니면 애써 아내를 무시하려는 자신의 고집인지 옆에서 보기에도 안타까울 정도다.

부부에겐 처음부터 사랑의 공식이란 존재하지 않았다. 낙엽처럼 건조한 메마른 정서로 부부라는 틀 안에 갇힌 삶을 살아온 이들에겐 가정이라는 울타리를 지켜온 의무감이 존재할 뿐이라고 자식들은 생각한다. 시대를 맞춰가는 아버지와 문맹인 어머

나는 행복한

니가 격에 맞지 않는다고 생각한다. 그렇다고 부부의 삶의 흐름이 빗나가지 않고 정도를 지켜온 가장의 역할에 충실한 아버지에게 후한 점수를 준 딸들은 어머니를 이해하기보다는 아버지의 입장을 더 이해하는 편이다.

그는 젊어서 직업군인이었다. 자식들이 기억하는 아버지는 항상 칼날처럼 주름 잡힌 말쑥한 군복을 입은 멋쟁이였다. 자녀들의 숙제를 직접 도와주고 필통에는 손수 깎은 연필을 항상 가지런히 챙겨주는 다정다감한 아버지였다. 세월은 그냥 지나가지 않았다. 근골격계 질환이 그의 몸을 침범했다. 아내의 정신세계는 치매가 점령해 버렸다. 자신의 건강은 안 좋아지고 아내는 치매로 일상생활이 불가능해지자 어쩔 수 없이 요양원에 같이 입소했다. 그는 일 년 중 절반은 병원에 입원했다가 절반은 요양원에서 보낼 정도로 건강이 안 좋았다.

점심밥이 들어왔다. 아내는 자기 몫의 불고기 접시를 가져다가 남편의 식판에 올려놓았다. "저리 가!" 야멸찬 할아버지 목소리가 깨진 쇳소리처럼 차갑게 방안에 울린다. 조금 전에도 무시당한 앙금이 가시지 않았는데 얼음장처럼 차가운 태도에 화가 머리끝까지 오른 아내의 반격이 시작되었다.

"뭐시여? 이 썩을 놈!"

신고 있던 슬리퍼 한 짝을 벗어서 할아버지 머리에 내려쳤다. 순간 기습폭행을 당한 남편은 머리를 좌우로 숙여 이리저리 돌려 날아오는 신발짝을 피하고 있다. 바쁜 점심시간에 부부싸움이 벌어지고 신발테러를 당한 남편은 밥상을 앞에 두고 매질을 피하느라 정신없다. 가까스로 할머니를 데려다 침대에 앉혔다.

윷놀이 프로그램시간이다. 젊은 이쁜이 할머니가 할아버지 옆에 앉았다. 남편은 젊은 여인에게 자꾸 눈길을 보낸다. 이를 지켜보던 아내의 눈초리가 매섭다. 뱉어내지 못한 욕을 우물거리며 남편 옆의 이쁜이 할머니를 째려본다. 평생을 같이 살면서 한 번도 살갑게 군 적 없는 그가 얼굴 예쁜 여자에게 관심을 보이자 가시처럼 날카로운 매서운 눈초리로 두 사람을 번갈아 본다. 할아버지 옷을 갈아입힐 때 바지를 갈아입히면 누워 있다가도 벌떡 일어나서 요양보호사를 째려보며 신경을 곤두세운다. 비록 현실 판단 감각은 없어도 여성의 본능은 살아 있다. 수평관계로 살지 못하고 수직관계로 살아왔지만 굳건한 아내의 자리를 누구에게도 틈을 줄 수 없다는 굳은 신념이 확실하다.

큰 아들이 면회를 왔다. 아들이 사 온 과일을 손에 쥐고 싱글벙글 얼굴에 행복한 웃음이 가득했다. "우리 아들이여, 나한테 참 잘했어." 하며 귤을 까서 아들 입에 연신 밀어 넣어준다. 사랑스러운 눈길이 아들에게서 떨어지지 않는다. 비록 세월이 흘러 혼미한 정신세계에서도 아들에 대한 끊임없는 사랑은 여전하다. 아들이 가겠다고 자리에서 일어나자 아리랑을 부르기 시작했다.

"아리랑 아리랑 아라리요 아리랑 고개를 넘어간다. 나를 버리고 가시는 임은 십리도 못 가서 발병 났네."

손뼉에 부딪친 탁 소리가 방안에 울려 퍼지며 아리랑은 끝이 났다. 한 맺힌 아리랑을 들으며 아들은 어머니의 손을 조용히 놓고 등을 보였다.

그날 한밤 중 조명등 아래 거실 한복판에 그림자가 움직인다. 허리를 반쯤 구부린 할머니다.

"어디로 가야 혀?"

아들이 있는 집으로 가려고 나온 것 같다.

"어르신, 아드님은 집에 갔어요. 어르신은 할아버지 하고 여기서 같이 지내야 해요."

젊어서부터 부부 사이에 진 마음의 균열은 매워지지 않고 남편에 대한 아내의 해바라기 사랑은 정신줄을 놓은 지금도 지속 중이다. 고요한 밤중에 희미한 조명등 아래에서 아내의 아리랑이 다시 울려 퍼졌다. 남편에 대한 사랑을 갈구하며 떠난 아들을 그리워하는 그녀의 노래가 마냥 구슬프게 들려오는 밤이다.

그들만의 세상

요양원과 요양병원은 노인 중심의 새로운 세상이자 작은 사회다. 부모를 요양원에 두고 떠나는 자녀들의 뒷모습과 자신을 두고 돌아서는 자녀를 보고 소리 없이 우는 어머니의 모습이 교차 되는 가슴 아픈 현장이기도 하지만 제마다 서로 다른 인생을 살아온 노인들이 함께 살아가는 공동체이기에 노인들의 천태만상이 그대로 드러나는 곳이기도 하다. 누군가는 창 밖을 보며 하염없이 눈물을 흘리고 또 누군가는 수시로 폭군이 되기도 한다. 자리다툼으로 고성이 일어나는가 하면 오로지 먹는 것에만 목숨을 거는 이들도 있다.

"은자 할머니가 보따리를 싸고 있다.

"어르신 지금 뭐 하세요?"

"아들이 내일 일찍 데리러 온다고 해서 미리 짐 싸 두려고."

집에 간다며 날마다 보따리를 싸는 은자 할머니는 뇌출혈로 쓰러진 지 5년이 됐다. 머리 앞쪽 한 부분이 수술 후 움푹 파여 있다. 잠자는 시간과 밥 먹는 시간을 빼고는 왼쪽 다리를 침대 바닥에 대고 연신 문질러 댔다."

– '최마담의 꿈' 중에서 –

" "말도 안 돼. 무슨 자리 하나가 천만 원이나 해?"

전직 은행장 출신인 그는 유독 돈의 액수에 민감한 반응을 보였다. 최고학부를 나온 그는 고급 두뇌들이 모인 금융 그룹에서 CEO로 지냈다. 포털에서 검색하면 인물 정보에 그의 프로필이 뜰 정도다. 이제는 자기 생각과 마음이 다섯 살 수준의 어린아이로 돌아가 버린 그는 자신이 누울 자리 하나에 욕심을 내고 있다."

– '자리 하나가 무슨 천만 원이야?' 중에서 –

자리 하나가
무슨 천만 원이야?

　점심시간이 다가오자 각자 자기 자리를 찾아 식탁 앞으로 모여든다. 자기 자리에 앉으려던 영태 할아버지가 갑자기 식탁 반대편 소파 앞으로 자리를 옮겼다. 자기 나이가 더 많은데 몇 살 어린 창식 할아버지가 소파 쪽의 상석에 앉은 것은 불공평하다며 잽싸게 그 자리에 앉아버렸다. 자리가 없어진 창식 할아버지는 얼굴이 붉으락푸르락 하더니 "뭐야." 하고 소리를 질렀다.

　내가 다가가서 예전에 앉았던 대로 각자 자리로 돌아가라고 하자 둘 다 그렇게는 못 하겠다며 버틴다. 기어코 일이 벌어지고 말았다. 앉아 있던 영태 할아버지가 두 주먹을 불끈 쥐고 식탁에 내려쳤다. 그러자 자리를 빼앗겼다고 생각한 창식 할아버지도 도끼눈을 뜨고 소리쳤다.

　"야, 이 도둑놈아. 남의 자리가 그렇게 욕심나냐. 빨리 네 자리로 가.”

“이 새끼 말하는 것 좀 봐라? 너 내 주먹맛 좀 볼 거야?”

영태 할아버지는 벌떡 일어서더니 주먹을 허공에 날리고는 창식 할아버지 앞의 의자를 발로 걷어차 버렸다. 며칠 조용했다 싶더니 다시 싸움이 벌어졌다. 다행히도 점심밥이 들어오자 서성거리며 멱살잡이를 할 것 같던 그들도 곧 조용해졌다. 역시 먹는 것이 좋긴 좋은가 보다.

점심식사가 끝나자 TV 앞에 모인 할아버지들 사이에서 두 사람은 언제 싸웠냐는 듯 함께 TV를 시청하고 있었다. 생각과 분노를 분산하기에는 TV 시청만큼 좋은 것도 없다. 우울하게 말없이 앉아 있던 창식 할아버지는 기분이 좋지 않은지 자기 방으로 슬며시 들어가 버렸다. 그는 언제나 자기 침상에 누워 있다가 밥 먹을 시간에만 거실에 나와서 식사를 하고는 곧장 방으로 들어가서 눕는다. 가끔 딸이 온다. 젊어서 홀로 된 아버지가 혼자서 삼남매를 고생하면서 키웠다며 노후라도 편하게 살기를 바랐는데 몸이 아파서 보행도 어렵고 우울증 증세까지 있어서 안타깝다며 마음 아파했다.

자리는 이제 두 사람의 자존심 싸움이 되어버렸다. 요양원 밖의 사람들이 보기에는 사소한 문제 같지만 그들에겐 양보할 수 없는 문제다. 한 사람은 먼저 입소한 기득권을 주장하고, 한 사람은 나이로 봐도 연장자인 자신이 상석인 자리에 앉는 게 순서라고 서로 주장한다.

휠체어에 앉아서 꾸벅꾸벅 졸고 있던 경호 할아버지의 모습이 보이지 않는다. 가끔 우리들 몰래 당신 침대로 가서 거미가 줄을 타고 기어오르듯이 침대 위로 조심스레 살살 올라가곤 한다. 영태 할아버지가 낮잠을 자겠다며 방으로 들어가기에 따라갔더니 큰 소리가 들렸다. 큰 덩치의 경호 할아버지가 자신의 침대 위에 벌렁 드러누워 있으니 화가 난 것이다. 두 시간 전에 식탁 앞에서 자리싸움으로 창식 할아버지와 멱살잡이 직전까지 갔는데 이번엔 경호 할아버지다. 자기 자리에 딴 사람이 누워 있는 걸 본 영태 할아버지는 손에 짚고 있던 보행용 워커를 바닥에 내리치며 당장 일어나라고 고래고래 소리를 지른다. 겨우 잠잠해졌는데 또 싸움이 벌어질 것 같아서 경호 할아버지에게 자리에서 일어나라고 하자 아무나 누우면 자기 자리지 뭐가 잘못됐냐고 거대한 몸집을 꿈쩍도 않는다.

"어르신 여긴 다른 분 자리이니 일어나세요. 그 자리에서 자려면 천만 원 내놓고 주무셔야 해요."

보다 못한 요양보호사 L이 한마디하자 꿈쩍도 안 하던 경호 할아버지는 천만 원이라는 말 한마디에 갑자기 몸을 벌떡 일으키며 휠체어 앞으로 다가왔다. 그리고 소리쳤다.

"말도 안 돼. 무슨 자리 하나가 천만 원이나 해?"

전직 은행장 출신인 그는 유독 돈의 액수에 민감한 반응을 보였다. 최고학부를 나온 그는 고급 두뇌들이 모인 금융 그룹에서 CEO로 지냈다. 포털에서 검색하면 인물 정보에 그의 프로필이 뜰 정도다. 이제는 자기 생각과 마음이 다섯 살 수준의 어린 아이로 돌아가 버린 그는 자신이 누울 자리 하나에 욕심을 내고 있다.

젊은 날 바쁘게 살아온 그는 하루 종일 먹고 자는 것 외에는 스스로 판단하고 선택할 일이 거의 없다. 다른 층 생활실에 있는 부인에게 갔다 오자고 하면 아쉬운 사람이 와야지 왜 굳이 자신이 가야 하냐며 거부한다. 가끔 부인이 방문하면 예전에 살던 집으로 가자고 말하곤 했는데 아무래도 화려했던 과거의 흔적이 아직은 지워지지 않고 그의 뇌리 속에 희미하게 남아 있는 것 같다.

인생은 짧다. 지나간 시간은 바람처럼 순식간에 가버리고 젊은 날의 옛 추억이 있는 집을 그리워하고 있다. 천만 원이라는 말 한마디가 침대에서 못 내려가겠다는 그의 의지를 꺾었다. 결코 수용할 수 없는 액수라고….

길을 찾다

사람들의 생김새가 다르듯이 생각과 취미도 각각 다르다. 어떤 사람은 화려했던 젊은 시절의 자신만을 생각하면서 과거 속에서 헤어나지 못하고 힘든 현실의 벽을 넘지 못하고 좌절하는가 하면, 코스모스를 연상케 할 만큼 연약한 것 같아도 어둠에 갇힌 듯한 환경 속에서도 희망의 길을 찾는 사람도 있다.

자신의 노트에 끊임없이 글을 쓰다가 어떤 날은 스케치북에 연필로 그림을 그리는 서희 할머니는 자는 시간 빼고는 손을 가만히 두지 않는다. 요양원 침대, 좁은 공간에서 그는 자신의 생각을 그림과 글로 상상의 나래를 펼친다.

그녀의 스케치북을 들여다보았다. 연필로 그려진 그림은 어느 항구의 어촌 풍경을 담고 있다. 연필로 스케치한 색채가 없는 그림이 은은하고 멋스럽다. 상상력이 한껏 동원된 그림은 화려하진 않지만 어딘지 신비감이 숨어 있는 매력이 있다. 파도치는 물결과 항구에 매어둔 어선, 방파제 너머에 옹기종기

모인 집들이 한적한 어촌 모습을 잘 드러낸다.

"어르신, 예전에 그림공부 하셨어요?"

"심심해서 그냥 그려본 거예요."

그림엔 문외한인 내가 봐도 수작이다. 시골집의 마당에 장독대가 즐비한 농촌풍경도 그려져 있다. TV에 나온 풍경을 기억해 뒀다가 스케치하기도 하고, 잡지 사진에 나온 풍경을 보고 그려놓기도 했다. 굴곡진 산봉우리와 숲을 표현한 그림도 있다. 그림과는 인연 없이 살았지만 종일 침상에 누워서 하루하루 무의미하게 보내느니 조금씩 그리다 보니 이제는 그림 그리는 일이 일과가 되어 버렸단다.

깔끔한 외모에 고운 목소리와 품위 있는 말씨, 하얀 머리카락은 나이에 걸맞게 멋스러움을 은은히 풍기고 조용한 성격을 대변한다. 가정주부로만 살아온 것 같지는 않았다. 무슨 일 했냐는 질문에 고전무용을 전공했고 학교에서 무용 교사로 재직 중일 때 군인인 남편을 만났단다. 하얀 피부에 고운 자태, 교양 있는 모습은 남자의 마음을 뒤흔들어 놓기에 충분했을 듯하다.

남자는 만난 지 얼마 되지도 않았는데 프러포즈를 했다. 여자는 직업군인인 남자의 청혼을 받고 고민이 됐다. 직업상 한자리에 정착하지 못하고 여기저기 근무지를 옮겨 다니는 군인의 아내로 살아가려면 자기의 꿈을 펼치기 어려울 거라는 생각에서다. 그녀의 마음을 눈치챘는지 하루는 'Yes냐' 'No냐' 둘 중

하나를 선택하라며 차고 있던 권총을 꺼내더란다. 청혼이 거절되면 같이 죽겠다며 뽑아든 권총 앞에 놀라서 얼떨결에 청혼을 받아들였다. 그녀는 단순히 위협하기 위해서라고 생각했지만, 나중에 권총에서 총알을 여러 발 꺼내더라며 한마디의 말이 순간의 선택으로 지금까지 살아 있다며 잔잔한 미소로 지난날을 회상했다.

남편의 반대로 학교를 떠났지만 고전무용에 대한 꿈을 완전히 꺾어 버리기에는 그녀의 열정이 식지 않았다. 자신의 끼를 물려받은 딸에게 무용을 가르쳐 리틀엔젤스 단원으로 참여시켰다. 세계 각국을 다니며 민간외교를 톡톡히 한 딸이 자랑스럽다고 했다. 그 딸도 이제는 어머니처럼 예술단 인재 양성하는 일에 전념하고 있단다.

과거를 회상하는 쓸쓸한 미소 속에 지난날의 잔상이 고요하게 비쳤다. 침대 위에 앉은 상태에서 몸의 각도를 틀자 춤사위가 바로 나왔다. 고운 어깨선은 잔잔한 물결이 흐르는 것 같고 금방이라도 날아갈 듯한 아름다운 학 같은 자태로 변했다. 일어서기만 하면 아름다운 선율이 물결칠 것 같았다.

딸이 시간 날 때마다 찾아온다는 말에 인생무상이라는 말이 실감난다. 딸은 어머니의 뒤를 이어서 예술의 혼을 펼치며 살고 있고 젊은 날에 활동하던 본인은 요양원 침대에서 스케치북에 세상의 풍경을 손끝으로 펼치고 있다.

젊어서 유복한 삶을 살았고, 요양원에 들어오면서 우아하고 격조 높은 그녀의 삶도 끝이 났다. 아니 이제 새로 시작이다. 그녀에겐 또 다른 일이 있다. 텔레비전 화면을 통해서 본 금강산도 기억력과 상상력을 동원해서 화폭을 통해서 새로운 세계로 살아 움직인다. 비록 몸이 자유롭지 못해도 팔십이 넘은 나이에 정확한 기억력을 가지고 있고 숨은 재주를 발굴하는 놀라운 신념도 있다. 꿈처럼 사라진 사막의 신기루를 쫓는 환상에 빠진 것이 아니라 현실에 적응하는 방법을 찾아낸 것이다. 수많은 책이 사물함에 가지런히 정리돼 놓여 있다. 대하소설을 읽고 추리소설을 읽고 독서로 내적 지식을 쌓고 있다. 웬만한 명작소설을 거의 섭렵한 독서광인 그녀는 책과 그림이 있어서 아픈 현실을 잘 이겨낸 것 같다. 마가렛 미첼의 '바람과 함께 사라지다' 여주인공 스칼렛 오하라를 몹시 좋아했다는 그녀는 스칼렛 오하라보다는 섬세하고 정숙한 멜라니 같은 모습을 연상케 한다. 결혼해서 함께 살아온 레트 버틀러 같은 야성적인 남편은 일찍 세상을 떠났단다.

요양원 한쪽에 놓인 침대는 그녀의 서재이고 화실이다. 몸이 불편해서 움직이지 못하자 손끝을 통한 예술적인 감성은 눈앞에 다가온 절망적인 현실을 희망으로 승화시키고 있다.

로마 철학자 세네카는 이렇게 말했다.

"당신이 갖고 있는 것이 당신에게 불만스럽게 생각된다면, 세계를 소유하더라도 당신은 불행할 것이다."

그녀는 작은 것에서 희망을 찾았고 어둠의 빛을 스스로 밝히고 있다. 레드 카펫 위를 걷는 것이 아니라 험한 길 위에 있지만 그 길을 슬기롭게 헤쳐 나갈 수 있는 지혜를 지니고 있다.

"먹으면 죽는 빵 하나 줘요"

청소기의 소음이 요란하다. TV 앞에 모여 오락프로그램을 보고 있는 동료들 사이를 빠져나와 청소하는 내 옆에 휠체어를 세우더니 여기가 어디냐고 묻는 경식 할아버지의 목소리는 패기 넘치는 청년처럼 우렁차다. 전직 대학교수였던 할아버지는 고급 두뇌인 물리학 교수였다. 과거를 거의 기억하지 못해도 자신이 재직했던 대학교와 담당했던 학과를 정확하게 알고 있다. 백세를 바라보는 나이라 비록 치아가 없어서 약간씩 발음이 새어나가도 큰 소리로 외치는 천둥 같은 소리에 동료 할아버지들을 깜짝깜짝 놀라게 한다.

"아줌마, 내 집이 있는데 내가 왜 여기 있어요?"

대상자들에게 이런 질문을 받을 때가 가장 난감하다. 아무리 치매 증상이 심해도 느끼는 감정이 있는데 어떻게 대답해야 마음 다치지 않고 이런 상황을 넘길 수 있을까 하고 선뜻 대답하기가 어려울 때도 있다.

나는 행복한

"어르신 혼자서는 생활할 수 없어서 여기 오셨어요. 저희들이 돌봐드리고 같이 생활하니 좋잖아요."

"?……"

아무리 생각해도 이해가 가지 않은 모양이다.

60대 초반인 Y는 교통사고로 뇌를 다쳐서 세 살 정도 수준의 지능에 말을 제대로 못하는데다 휠체어로 움직이는 정도다. 대화가 불가능하다. 경식 할아버지가 Y에게 다가갔다.

"아저씨, 내 나이가 몇 살이요? 아마 내가 죽을 때가 됐지요?"

유리창에 성에가 서리면 바깥 풍경이 보이지 않듯이 아무리 기억하려 해도 지난 과거가 좀처럼 떠오르지 않는 모양이다. Y는 입으로 "우우" 소리만 낼 뿐 경식 할아버지의 얼굴만 뚫어지게 바라본다. 내 나이도 모르는데 무슨 수로 남의 나이를 아느냐는 표정이다.

Y에게도 시원한 대답을 못 들은 경식 할아버지는 "내가 오늘은 죽어야겠소."라면서 의미 없는 삶을 산다고 느꼈는지 쓸쓸한 표정으로 휠체어 바퀴를 손으로 돌리고 있다. 빵을 하나 가져다가 경식 할아버지 손에 쥐어줬다.

"어르신 세상살이 힘들죠? 이 빵 먹으면 죽는 빵인데 드실래요?"

"안 그래도 오늘 내가 죽으려고 하는데 먹고나 죽읍시다."

배가 고픈지 빵을 맛있게 드시자 Y가 "빵, 빵" 하면서 달라고 할아버지께 손을 내민다. 그러자 이렇게 말했다.

"나는 오늘 죽으려고 이 빵을 먹기 때문에 당신 줄 수 없어. 이거 먹으면 당신도 같이 죽어."

맛있는 빵을 나눠먹기는 아쉬운 모양이다. 못 주겠다고 큰 소리를 지른다. 아무리 텅 빈 녹슨 두뇌지만 먹으면 죽는 음식이라는 말에 속아 넘어가지 않을 만큼의 판단력은 가지고 있다.

요양원에서 요양보호사의 호칭은 '선생님'이다. 하부층에서 일하는 사람들의 인격을 존중해서인지 공식적으로 통용되는 호칭이다. 경식 할아버지는 절대로 선생님이라는 호칭을 쓰지 않는다. 간호사가 "어르신, 요양보호사 선생님들한테 아줌마 아줌마 하는데 그렇게 부르지 말고 선생님이라고 하세요."

"선생님? 허어 선생니임?"

살다 살다 별꼴 다 본다는 어이없는 표정이다. 나 같은 명문 대학 교수가 허드렛일이나 하는 여자들에게 붙일 호칭이 없어서 선생님이냐는 비아냥거리는 투로 빈정거린다. 대학 교단에 섰던 지난날의 자부심은 대단하다. 아무리 망각의 세월을 살고 있지만 학자로서의 자부심이 남아 있고 엘리트 의식이 강하다.

언젠가 50대로 보이는 남자가 그를 찾아왔다. 앞에서 공손하게 예를 갖추어 말하는 게 옛 제자라는 느낌이 들었다. 경식 할아버지는 휠체어에 앉아서도 위엄을 갖추려고 했다. 아무리 휠체어에 의지하고 있어도 추한 모습을 노출하기에는 마지막 자존심이 허락하지 않았다. 제자 아무개는 지금 어떻게 지내고

나는 행복한

있냐며 묻고 누구누구는 지금 어디에 있냐고 묻는 것을 봤다. 겨우 자녀들 이름 정도만 아는 줄 알았는데 제자들의 근황을 묻는다. 희미한 안갯속에 모자이크된 지난날을 끄집어내어 기억의 퍼즐을 맞추고 있었다.

그는 가끔 "내 나이가 몇이요? 내가 죽을 때가 됐지요?" 하면서도 한때는 틈만 나면 책을 들고 읽었다. 밤에 소등하면 주변이 컴컴해서 아주머니들 책 읽기가 불편하니 불을 밝게 켜두라고 요청한다. 내면의식의 습관화 때문인지 책 읽기에는 어두운 환경이라는 걸 얘기한다.

한번은 막내아들이 면회를 왔다.

"아버지, 저 알겠어요?"

"○○ 맞지? 내가 살던 아파트는 지금 누가 살고 있냐?"

아들은 아버지가 요양원 입소 전에 살던 대형아파트를 자기가 살고 있다고 한다. 아버지가 자신을 못 알아볼 거라고 생각한 것 같다. 아버지는 아들의 행동에 불쾌하게 생각한다. 자주 오지도 않은 아들이 빈손인 것이 서운하다는 듯 아들을 향해 말했다.

"여기서 오늘 일하는 아주머니가 여러 명이다. 일하는 아주머니들 눈에 안 보이냐?"

그러자 아들은 머쓱한 표정을 짓더니 "아버지, 저 갈게요." 했다. 그는 아들의 말을 듣고는 아들 가는 모습을 보지 않으려 휠체어를 반대 방향으로 획 돌려 버린다. 아버지의 대형아파트를 차지하고도 간식 하나 없이 빈손으로 찾아온 아들의 행동에 대한 항의 표시다.

"어르신 섭섭하세요?"

"우리나라가 원래 그런 나라가 아닌데…, 애비한테 오면서 얼굴만 내밀고 가버렸어. 내가 대학까지 가르쳐서 저희 살아가는데 걱정 없게 해 놨는데 애비한테 빈손으로 왔어."

효를 중시하는 옛 풍습이 사라진 것에 허탈한 표정을 짓는다. 늙어서 자식에게 대접받기 위해서 자녀들을 양육하고 교육을 시키지는 않는다. 다만 부모의 의무를 행할 뿐이지만 자녀들은 당연한 권리로 받아들인다. 부모에 대한 자식의 권리만을 생각하고 자신들의 편리함만 추구한 세태를 두고 한탄한다. 휠체어 바퀴를 두 손으로 돌려서 방으로 가는 할아버지의 뒷모습이 쓸쓸하다.

그는 가끔 내가 사는 방이 어디냐며 자야 하니까 방에 데려다 달라고 한다. 또 밤에 배가 고프면 옆에 와서 마치 부탁하듯 말한다.

"아주머니, 나는 늙어서 죽을 때가 되어서 죽어야 해요. 내가 오늘 죽을 거니까 먹으면 죽는 빵 하나 갖고 와요."

교단에서 학생들을 가르치던 노학자는 나이도 날짜도 생활 공간도 모르고 살지만 인간의 원초적인 본능적 욕구는 살아 있다. 사실 그는 죽기 위해서가 아닌 살기 위해서 빵을 먹으려는 것이다.

원장님의 대머리

"여러분, 제가 이런 말을 한다고 해서 혹시 상처받고 일을 그만두지는 마세요."

순간 찬물을 끼얹은 것처럼 주변이 조용해졌다. 매달 첫째 월요일 아침이면 원장과 요양보호사들의 미팅이 있다. 다혈질인 원장이 회의석상에 나타나면 요양보호사들은 누구 할 것 없이 원장과 거리가 가까운 앞자리에 앉으려 하지 않는다. 무슨 말이 나오나 하고 숨죽여 기다리는 시간에 원장의 얼굴을 슬쩍 바라보지만 감이 잡히질 않는다. 오늘도 그는 반짝거리는 대머리를 손으로 스윽 뒤로 밀어 올리며 입을 열었다.

"며칠 전에 얼마 남지 않은 머리카락이 완전히 민둥머리가 된 줄 알았어요."

순간 요양보호사들은 무슨 말뜻인지 모르고 서로 옆 사람 얼굴만 쳐다보았다. 요양보호사가 근무 중에 실수한 일을 말하려는 것 같지는 않았다. 어쩐 일인지 알 듯 모를 듯 그의 얼굴에는 웃음을 참으려는 표정이 담겨 있다.

"여러분들 노고는 잘 압니다. 여러분들을 가족처럼 여기고, 그렇게 생각하기 때문에 때론 내가 여러분들한테 예기치 못한 실수를 하면서도 내가 어떤 잘못된 행동이라는 걸 깨닫지 못할 때가 많아요. 되도록 여러분들과 오래 함께 가기를 바라는 마음으로 말합니다."

요양원에 족욕기가 있다. 오랜 침대 생활로 움직이지 못한 환자들에게 따뜻한 물로 족욕을 해주면 혈액순환도 잘 되고 찌뿌둥한 몸이 한결 가벼워지는 느낌 때문에 모두들 좋아한다. 족욕 서비스를 받는 어르신이야 좋지만 족욕통을 씻고 말려서 소독하는 과정은 잔일이 많고 번거로워서 족욕 담당 당번은 골치 아픈 작업으로 생각한다.

소규모 직장은 어느 곳이든 가족들이 경영에 참여하기 때문에 불편한 점이 많다. 언행에 제약이 많고 되도록 그들과 마찰을 일으킬 만한 행동은 하지 않으려 해도 때론 예기치 않게 행동의 제약을 벗어난 경우도 있다. 문제가 된 족욕 사건도 환자들 족욕이 다 끝난 시점에 원장이 들어오면서 벌어졌다.

그는 족욕을 하겠다며 따뜻한 물을 받아 오라고 했다. 바쁘게 움직이는 시간에 족욕 물을 받아오라고 하는 원장의 지시를 거부할 수는 없는 일. 요양보호사 N은 족욕통에 물을 채워오면서 입이 주먹만큼 나왔다. 대놓고 불평은 못하고 속이 부글거렸다. 원장은 의자에 앉아서 족욕기에 발을 담그고 눈을 지그시 감고 앉아 있는 모습이 천하태평이다. 아무리 오너와 고용인의 관계라고 하지만 바쁘게 일하는 시간에 족욕물까지 바치려니 화가 날 만도 했다. 불만은 드디어 원장 등 뒤로 가서 정수리에 대고 주먹을 빙빙 돌리며 주먹질을 하는 퍼포먼스로 이어졌다. 그때 건너편에 있던 동료 요양보호사들은 구석에 숨어서 배를 잡고 소리죽여 웃고 있었다. 대머리 위에서 주먹질을 몇 번 하고 나자 부글거리던 마음이 좀 시원해진 느낌이었다.

'족욕은 자기 집에서 하지 귀찮게 여기 나와서 할 게 뭐야?' 눈을 감고 앉아 있는 원장 뒤에서 화풀이를 하고는 속으로 원장 영감에게 복수했다고 생각했다. 만약 원장이 알았다면 바로 난리가 나겠지만 눈이 뒤통수에 달리지 않은 이상 알 턱이 없겠다 싶었다. 혼자 회심의 미소를 지으며 돌아섰지만 그게 끝은 아니었다. 자신의 모습이 실내 대리석 벽면에 반사되어 그대로 원장에게 비쳐 보여진다는 사실을 그녀는 까맣게 모르고 있었다.

뜻밖의 인사말 첫머리를 듣고는 무슨 일이 있었나 하고 어리둥절했는데 그나마 조금 남아 있는 머리카락 몽땅 빠지고 아주 민머리 되려다 말았다는 말에 그날 족욕 사건 현장에 있었던 요양보호사들은 가슴이 철렁 내려앉았다. N은 고개를 숙였다. 그의 예민한 부분인 말초감정을 건드렸기에 회의가 끝날 때까지 숨죽이고 앉았던 자리가 가시방석이었다.

"내가 여러분들의 노고를 잘 알고 있어요. 때론 여러분들이 하고 있는 일에 대해서 말하면 불편한 점도 있겠지만, 내가 하는 말에 대해서 오해는 없기 바랍니다. 혹시 이 일로 퇴직할 생각은 절대 하지 마세요."

화가 나면 부인인 부원장에게도 누가 보든 말든 마구 소리소리를 지르는 다혈질의 원장 입에서 예상치 않은 말이 나온 것이다.

"오늘 사표 쓰는 날로 생각했는데 의외의 결과로 보따리 싸는 일은 면했어. 원장님한테 그런 느긋함이 숨어 있는 줄은 꿈에도 몰랐네. 역시 대인이야."

N은 아찔했던 과거를 회상하며 당사자가 없다고 함부로 말했다가는 어떤 낭패를 당할지 모른다며 지난날의 실수담을 털어놓았다. 그녀의 얼굴에는 비록 가족끼리 경영하는 시설이지만 경영자의 숨어 있는 또 다른 모습은 눈에 드러나는 것만이 전부는 아니라고 했다.

'낮말은 새가 듣고 밤 말은 쥐가 듣는다.'고 했다. 그 후로 N은 함부로 행동하거나 말하는 것에 조심성이 생겼다며 아무리 생각해도 뒤통수에 대고 주먹질을 한 것은 경솔한 행동이었다며 겸연쩍게 웃었다.

최 마담의 꿈 🍃

요양원의 밤은 고요하다. 환자들은 밤 9시가 되면 소등하고 TV를 끄고 잠자리에 들어간다. 무슨 일일까. 1호실 방에서 부스럭거리는 소리가 들려왔다. 발소리를 죽여가며 가만가만 갔더니 은자 할머니가 보따리를 싸고 있다.

"어르신 지금 뭐 하세요?"

"아들이 내일 일찍 데리러 온다고 해서 미리 짐 싸 두려고."

집에 간다며 날마다 보따리를 싸는 은자 할머니는 뇌출혈로 쓰러진 지 5년이 됐다. 머리 앞쪽 한 부분이 수술 후 움푹 파여 있다. 잠자는 시간과 밥 먹는 시간을 빼고는 왼쪽 다리를 침대 바닥에 대고 연신 문질러 댔다. 왜 그렇게 문지르느냐고 물었더니 운동하는 중이란다. 빨리 치료해서 접었던 포장마차 영업해야 한다며 집에 간다고 날마다 짐 보따리를 챙긴다. 활달한 성격에 입담이 좋고 젊어서는 멋 좀 부렸을 것 같다. 밤에 자지 않고 있을 때는 심심하다고 가끔씩 불러들여 지난 일을 무용담처럼 들려주곤 한다.

그녀의 남편은 아내에게 한 번도 큰소리를 낸 적 없는 부드러운 성격의 소유자였다. 어려서 어머니를 여의고 끔찍이도 아내를 사랑하던 남편은 젊은 나이에 갑자기 세상을 떴다.

"세상에 그렇게 갑자기 갈 줄 생각이나 했나. 멀쩡한 사람이 심장마비로 가버렸어. 그때는 제정신이 아니었지. 아이들은 넷인데 정신을 차리고 보니까 슬픔에 빠져 있는 것조차 사치야."

뭐라도 일을 해야 아이들하고 살겠다 싶어 자리를 툭툭 털고 일어나서 제일 좋은 정장 옷을 말쑥하게 차려입고 술과 과일을 사 들고 마을 경로당으로 갔다. 어르신들께 공손하게 인사를 하고 벌어야 애들하고 사는데 세상을 오래 사신 어르신들께 협조를 구하려고 한다며 노점장사라도 해야 하는데 장소 좋은 곳 있으면 알려 달라고 했단다. 할아버지 한 분이 자신이 단골로 다니는 곳에 포장마차 하던 사람이 며칠째 나오지 않던데 소문에는 그 여자가 장사 그만둔다고 가보라고 했다. 그래서 간 곳이 영등포 유흥가 뒷골목이었다. 집에서 멀지 않은 곳이어서 자리와 포장마차를 인수해 장사를 시작했다. 아침 일찍 시장에 나가서 재료를 준비해 놓고 장사하러 오후에 나가서 영업 끝나면 새벽에 정리하고 집에 들어와서 자고 장사 나가는 바쁜 생활로 정신없이 살았다고 했다.

"술 취한 손님들 상대로 하는 장사라 어려움도 많았겠어요."

"말해 뭐해. 술 잔뜩 취해서 와서 지들끼리 싸우다가 파출소

나는 행복한

에 가서 조사받으면 우리 포장마차에서 술 먹고 싸운 뒤라 나는 무허가 영업이라 벌금 물고 그랬지. 그런 일이 자주 생기다 보니까 나중에는 꾀가 생기더라고. 많이 취한 취객들이 오면 몸 생각해서 오늘은 그만 마시고 집으로 가라고 달래면서 다음에 오시면 맛있는 안주 만들어서 드리겠다 하고서는 내보내는 거야."

"어르신 그때는 젊고 예뻐서 취객들이 집적거리지 않았어요?"

"글쎄 말이야. 한 번은 밤늦게 취객이 와서 소주를 마시더니 배고픈지 가락국수를 한 그릇 달라고 하기에 국수 주고 설거지를 하고 있는데 탁자가 들썩들썩하는 거야. 그 남자가 앉은 자리 쪽을 봤더니 오른손으로 국수 건져 먹으면서 왼손으로 자기 물건을 꺼내놓고 흔들고 있잖아. 순간 어찌나 속이 뒤집어지는지 일어나서 국수 그릇을 빼앗아 쓰레기통에 처박으면서 뭐하는 짓이냐며 빨리 나가라고 고래고래 소리를 질렀지. 그 남자도 놀랐는지 쫓기다시피 급하게 나가다가 문 앞에서 퍽 엎어지면서 구두 한 짝이 벗겨진 거야. 신발짝 하나 손에 들고 도망가다시피 가버렸어. 나중에 화가 가라앉고 가만히 생각해 보니까 단골로 꽤 매상을 올려준 사람이었는데 내가 심하게 했다 싶은 생각도 들었어. 단골 한 사람 떨어졌구나 하는 아쉬움이 남았어. 그러고는 한 이 년 안 보이더니 어느 날 포장마차에 불쑥 들어오기에 그때 일은 모른 척 시치미 뚝 떼고 '아이고 사장님

요즘 왜 그렇게 보이지 않았어요?' 했어. 그랬더니 외국에 나가서 한 이 년 있다가 들어왔다고 둘러대는 거야. 내가 그리 말해서 추태 부린 사람이 자긴지 내가 모른다고 생각했을 거야."

얼굴도 예쁘고 장사 수완이 좋아서 영업이 안 되는 날은 붕장어 같은 횟감이 남으면 신선도가 떨어져서 버리게 될까 봐 손님들에게 소주를 한 병 서비스로 주곤 했다. 오늘은 신선한 붕장어를 특별히 싸게 드린다고 하면 먹는 손님들도 기분 좋아하고 그 덕에 다 팔았다고 한다. 손님 봐 가면서 돈 있는 영감에게는 소주 한 병씩 공짜로 주고 비싼 안주를 손님 앞에서 횟감을 손질하면서 "요놈 참 맛있겠다."라고 했다. 그러면 손님은 공짜로 생긴 소주 먹으려면 안주가 필요하니까 그 안주를 주문하더란다. 매상을 올리는 영업수완이 뛰어났다. 대가 세긴 하지만 손님들에게 상냥했고 예쁜 얼굴 때문에 손님들에게 인기가 좋았던 것 같다. 그래서 손님들이 붙여준 별명이 '천하일색 최마담'이었다.

어느 날 밤, 최마담이 훌쩍훌쩍 울고 있었다. 왜 우냐고 물었더니 영감이 보고 싶다며 나한테 그렇게 잘할 수가 없는데 왜 그리 빨리 가버렸는지 단 한 번만이라도 봤으면 좋겠다고 한다.

그녀는 영업이 잘돼서 꽤 많이 번 돈을 어이없게 부동산 사기로 날려 버렸다. 지인의 말만 믿고 개발지역이라고 투자한 땅이 쓸모없는 산이라는 걸 알았을 때 그 충격으로 쓰러졌고, 치료한 후 다시 포장마차를 했지만 영업한 지 며칠 만에 다시 뇌졸중이 재발한 바람에 요양원에 오게 되었다.

다시 포장마차 해야 해서 퇴소를 하겠다며 날마다 집에 간다고 짐을 싼다. 어린 자식 넷을 키우면서 생활전선에 뛰어든 일이 포장마차였고 그 포장마차가 삶의 밑바탕이 돼서인지 유독 포장마차에 대한 미련을 버리지 못하고 편마비로 혼자 서지도 못하면서 포장마차에 대한 영업은 포기하지 못하고 날마다 집에 가는 환상에 빠져 있다. 그녀는 요양원을 아픈 몸을 위해 요양을 하는 곳이 아니라 휴식을 위한 쉼터쯤으로 생각했다. 그리고 말했다.

"이 선생, 내가 퇴소해서 포장마차 다시 시작하면 놀러 와. 내가 국수를 아주 맛있게 말거든. 꼭 먹으러 와."

"백 살은 넘게 살아야지"

"쿵"

커다란 물체가 높은 곳에서 떨어지는 소리다. 점심 먹고 몸이 나른해지자 잠깐 의자에 앉아 있는 시간에 물체가 압력을 받아 바닥에 떨어진 듯 둔탁한 소리가 건물을 뒤흔드는 것 같았다. 반사적으로 자리에서 벌떡 일어나 소리가 난 곳으로 갔다.

순자 할머니가 마룻바닥에 나뒹굴고 있고 그 옆에는 요양사 C가 얼굴이 새파랗게 질려 서 있었다. 넘어진 할머니는 자리에 앉아 "오메오메 사람 죽것네." 소리를 고래고래 지르고 오른팔을 앞뒤로 흔들며 건물이 떠나갈 듯이 울부짖고 있었다. 갑자기 일어난 사고라서 요양보호사 C는 엉겁결에 할머니를 부축해서 침대에 옮겼다. C에게 무슨 일이냐고 묻자 오전부터 눈이 아프다고 볼 때마다 쫓아다니면서 안약을 내놓으라고 졸랐단다. 서 있는 C의 가슴을 할머니가 두 손으로 미는 바람에 본능적으로 할머니의 손길을 피하면서 몸을 옆으로 돌렸는데 그만

나는 행복한

할머니 자신이 몸이 균형을 잃고 바닥에 넘어진 것이었다.

"사람 살려! 오메 나 죽것네. 나가 가만히 있는디 요양사가 나를 떠 밀쳐부렀단 말이요."

소리가 어찌나 큰지 무슨 힘으로 큰 소리를 내는지 모를 지경이다. 다만 다행스런 것은 일어서는데 무리가 없어 보였다. 계속 '나 죽것네'를 외치자 옆 침대 할머니가 말했다.

"저렇게 힘 있게 큰소리 지른 것 보니까 많이 다치지 않은 것 같은데… 정말로 아프면 소리도 못 질러."

그렇다. 할머니는 보기에 다쳐서 아픈 것보다 약이 올라서 소리를 지르고 있는 것 같았다. 오전부터 안약을 달라고 했지만 병원에서 처방을 받아야 줄 수 있기 때문에 할머니의 요구를 들어주지 못했는데 넘어지고 나자 이래저래 화가 나서 고래고래 소리를 지르는 것 같아 보였다. 간호과 직원이 뛰어 올라왔다. 병원에 가서 몸의 이상 유무를 알아야 하니 C에게 동행하자고 했다. C는 가슴이 떨리는지 안절부절 못했다.

"언니! 나 떨려서 도저히 못 가겠어. 언니가 대신 따라가 줘."

휠체어에 할머니를 태우고 바깥에 나갔더니 한낮 더위 때문에 길가 보도블럭이 열을 받아 후끈거렸다. 다행히 요양원에서 가까운 곳에 정형외과 전문 병원이 있어 내가 휠체어를 밀고 병원으로 갔다. 병원 로비에는 장마당같이 많은 사람으로 붐볐다. 탈골된 어깨를 메고 온 사람, 다리에 깁스를 하고 있는 사람, 손가락이 다쳐서 온 외국인 노동자 등등. 할머니는 또 소리를 지르기 시작했다.

"오메 나 죽것네. 내가 약 쪼간 달라고 했더니 그것 좀 주기가 싫다고 나를 발로 칵 차버렸단 말이요. 내 고향 전라남도 영암군 ○○면 ○○리 박○○이 딸 박 순자요."

할머니는 치매가 있다. 그래도 분별력이 아주 떨어지는 건 아니고 옛날 일을 거의 기억한다. 주변 사람들이 나를 힐끔거리며 따가운 시선으로 보는 것 같다. 할머니는 요양보호사가 발로 차버렸다고 거듭 소리지르자 나를 바라보는 주변 사람들의 따가운 시선이 느껴졌다. 한순간에 나는 대상자를 발로 찬 몰지각한 요양사가 되어 시선을 어디에 둘지 민망스러운 처지가 돼 버렸다. 할머니의 차례가 되자 담당 의사 선생님 앞에서도 떠들어댔다.

"선생님, 내가 눈이 안 좋아서 안약 쪼간 주라고 한께 그것 주기가 싫다고 나를 발로 칵 차부럿단 말이요. 내 고향 전라남도 영암군 ○○면 ○○리 박○○딸 박 순자요."

담당 의사는 씨익 웃더니 어깨를 들어 올리고 일어서 보라고 하며 앞뒤로 돌아서게 한 다음 환자를 나가게 한 후 말했다.

"어디가 아프기는 아픈가 봐요. 몸은 이상 없는 것 같은데 혹시 모르니 넘어진 충격으로 뇌에 이상 없는지 MRI 사진이나 한번 찍어보세요."

그 병원은 정형외과 전문 병원이라 신경외과가 없어서 MRI를 찍으려면 다른 병원으로 가야 했다. 그날 나는 두 병원을 옮

나는 행복한

겨 다니면서 깨방정을 떠는 순자 할머니 때문에 여러 사람에게 구경거리가 되는 수치를 당해야 했다.

노인들이 요양원으로 들어오는 것도 각 가정마다 드러나지 않은 사연들이 많다. 치매로 자신의 존재와 현실을 깨닫지 못하고 미로를 헤매는 부모를 두고 얼마나 많은 가슴앓이를 해야 하며 그런 부모를 두고 기약 없는 고난의 행로를 가야 하는 자식들의 삶 또한 깊은 상처의 흔적으로 남게 된다. 순자 할머니도 요양원에 처음 입소했을 때 가족들이 감당할 수 없는 지경에 이르러서야 결정한 최후의 선택이었다. 밤마다 자지 않고 이 방 저 방 다니니 넘어질까 걱정스럽기도 하지만 가족들이 제대로 잠을 잘 수 없는 처지에 이르자 형제들 모여서 회의 끝에 비교적 시설 좋은 곳을 찾아서 모셔온 것이다. 워낙 수다스럽고 말 많은데다 요양사만 보면 아들한테 전화를 해 달라고 졸라서 골치 아픈 할머니로 인식됐었다. 그뿐만이 아니었다. 가끔씩 신세한탄을 했다.

"아이고 이놈의 세상 못 살 것 같당께. 먹으면 칵 죽는 약 좀 주쇼잉."

"할머니 살 생각을 하셔야지 왜 돌아가신다고 해요? 그런 말씀 하시면 정말 돌아가셔요."

"아들이 보고 싶어도 보지 못한 이놈의 세상 살면 뭣 하겠소? 차라리 칵 죽어불랑께 먹으면 죽는 약 좀 갖다주쇼잉."

죽는다는 말을 입에 달고 산다. 언젠가 내 주머니에 사탕 몇

알이 있기에 할머니 손에 쥐어주며 말했다.

"할머니 이 사탕 먹으면 죽는 사탕인데 드실래요? 어지간하면 드시지 마세요."

사탕 알을 까서 드렸다. 내가 보는 앞에서 입에 털어 넣었다. 당연히 뺏을 줄 알았을 것이다. 내가 태연히 보고만 있자 입안에서 얼른 사탕을 꺼내서 획 집어 던져버렸다.

"할머니, 이 사탕 어렵게 구한 건데 왜 버리세요?"

"지금 죽기는 너무 억울해. 내 나이가 아흔일곱인디 그래도 백 살은 넘게 살아야지."

나이와 상관없이 살고자 하는 마음은 가장 기본적인 인간의 본능이다. 한 포기의 풀도 생명이 있거늘 하물며 만물의 영장이라는 인간의 삶을 누가 결정짓겠는가.

다행히 넘어진 후 후유증 없이 순자 할머니의 몸 상태는 호전되고 보행에 이상이 없었다. 하루는 아들을 보자 "오메 내 아들, 니가 얼마나 보고 싶었는지 알기나 하냐." 하면서 반가움을 드러냈다. 치매가 있다고 해서 근본적으로 자식에 대한 사랑이 변하지 않겠지만 할머니의 수다 또한 변치 않을 것이다.

"내일 일, 난 몰라요"

요양보호사들은 주기적으로 다른 층별 순환근무를 한다. 2층 여자 병실에서 근무하던 우리 팀이 남자 병실이 있는 3층으로 근무지가 바뀌었다. 3층 근무는 요양보호사들이 기피하는 층이다. 체중이 있는 남자 환자들을 케어하기에는 힘이 달릴 뿐만 아니라 간혹 폭력성이 있는 할아버지들의 발길질이나 주먹세례를 받는 경우가 있기 때문이다.

한 팀씩 자리를 바꿀 때마다 요양보호사들의 불만 가득한 목소리들이 여기저기서 나왔다. 익숙한 곳에서 일하다가 낯선 곳으로 가면 적응기간 동안 힘들다는 이유에서다. 어차피 한 곳에서만 일할 수 있는 조건이 아니고 대상자를 골라서 일하는 것도 아니다. 현장에서 부대끼며 적응해 가는 수밖에 없으니 피할 수 없으면 차라리 즐기는 마음으로 일할 수밖에….

넓은 거실 한쪽 화분 속의 나무들이 푸른 잎을 자랑이라도 하듯 즐비하게 놓여 있다. 거실 한쪽에 할아버지들이 모여 장기를 두고 있다. 그 옆에서 판을 이리저리 살피며 훈수를 두는 사람, 리모컨을 들고 TV 채널을 이리저리 돌리고 있는 사람, 운동기구를 이용하여 운동하는 사람 등등. 자유로운 분위기는 바깥세상의 축소판 같다.

키가 180cm쯤 보이는 덩치 좋은 남자 장은 비교적 건강한 칠십대로 보였다. 복도를 왔다 갔다 하더니 어디로 갔는지 눈에 보이지 않았다. 앞방 병실 남자의 떠나갈 듯한 고함소리가 울렸다. 깜짝 놀라 뛰어갔더니 장이 남의 침대에 드러누워서 꿈쩍도 하지 않자 그 침대 환자는 자신의 영역이 침범당했다고 생각하고 내 자리 내놓으라고 소리를 지르고 있다. 순식간에 일어난 일이다. 지나다니다 아무 방에나 들어가서 빈 침대가 있으면 드러눕는 장은 간식이 눈에 띄면 보이는 대로 주머니에 넣어오곤 했다. 지남력 장애가 있어서 방을 못 찾고 늘 헤맬 때마다 그를 침대에 데려다주곤 했다. 장의 옆 침대 최 할아버지는 그가 꽤 신경 쓰이는 듯했다.

"저 사람 보기는 멀쩡해도 속은 시커먼 순 도둑놈 같으니께 친절하게 하지 말아유. 남의 물건도 잘 훔치는디 조심혀유."

하루 종일 이 방 저 방 다니다가 쫓겨 오는 일이 그의 하루 생활이다. 그렇게 말하는 최 할아버지는 칫솔을 상의 주머니에 만년필처럼 꽂고 다닌다. 장에게 양말 잃어버릴까 봐 그런지 양말을 몽땅 꺼내서 침대 시트 속에다 감춰두고 맨발로 걸어 다닌다.

나는 행복한

오후 간식으로 바나나가 나왔다. 간식을 배식하려고 식탁 앞에 놓아둔 바나나를 장이 한 웅큼 집어가자 호통을 친다.

"야, 이 도둑놈아. 너 혼자 처먹을래?"

최 할아버지의 불만 섞인 목소리가 요란하다. 움찔 놀란 장의 손에 들린 바나나가 금방 바닥에 떨어질 것 같다. 휠체어를 타고 신나게 돌아다니는 K할아버지는 새가 벌레를 낚아채듯 바나나 하나를 손으로 잡아채서 잽싸게 먹어치웠다. K할아버지는 미국에서 박사학위를 받은 유학파 출신의 전직 대학교수다. 그는 휠체어를 타고 다니며 가끔 할머니들 병실로 돌진해서 할머니들을 놀라게 하곤 했다. 밤에도 자지 않고 휠체어로 돌아다니다가 지쳐야 잠이 든다. 자다가도 잠이 깨면 "배고파 빨리 밥 줘!"라고 소리 친다. 먹을 것이 나올 때까지 소리를 질러서 같은 방 동료들을 몽땅 깨워놓기도 한다. 잠잘 때도 기저귀를 뜯어놓아 침대 밑이 하얀 솜으로 가득할 때가 있었다. 그가 지닌 지식도 치매 앞에서는 포맷된 컴퓨터에 불과하다. 그의 남은 삶에 아무런 도움이 되지 못했다.

구부정한 모습으로 내 옆에 앉아 있던 윤은 언제나 싱글거리며 웃는 얼굴이다. 깔끔한 외모로 봐서 고생한 흔적은 보이지 않는다.

"어르신은 어디가 아파서 오셨어요?"

"전립선이라고 알아요?"

"여자한테 없는 전립선을 어떻게 알아요?"

상황에 따라서 예민한 말이 나올 것 같으면 미리 연막을 쳐놓는다. 밑도 끝도 없이 전립선이 안 좋아서 입소했단다. 멀쩡해 보여도 병원에 간다며 옷 보따리를 매일 싸놓는다.

"어르신 젊어서는 무슨 일 하셨어요?"

"국회위원 J씨 비서했어요."

"국무총리까지 지낸 J씨 비서를 했다고요? 비서하기 전에는 뭐 하셨는데요?"

"대학교 다닐 때 깡패질 했지요."

깡패질 한 사람이 어떻게 국회의원 비서를 할 수 있냐고 반문하자 그 시절에는 가능한 일이었다고 한다. 며칠 후 예약한 날에 병원에서 전립선 수술 받으러 간다고 말했다. 식사 시간에는 동료들 마실 물을 따라놓고, 혼자 힘들게 휠체어로 이동하는 할아버지들을 밀어다 주는 일도 하는 봉사정신이 투철한 사람이다. 가족과 떨어져서 고생한다며 위로해 주는 요양보호사 G를 잘 따른다. 아무도 안 볼 때 빵을 가져다 G의 손에 슬쩍 쥐어주며 씨익 웃고 가곤 한다.

휠체어를 타고 다니며 누군가를 계속 찾는 K할아버지는 "도우미, 여기가 어디요? 내가 왜 여기 있어요? 나는 언제 집에 가요?"라고 묻는다. 그는 요양보호사를 도우미라고 부른다. 큰 체구에 목소리도 크다. 말을 하는 그는 지치지도 않은지 누군가를 연신 불러댄다. 기저귀 착용하고 있는 것을 인식하지 못하고 소변 처리가 걱정되는지 "도우미 나 오줌을 누어야 하는데 어떻게 누어요?"라고 말하기도 한다. 그 소리가 듣기 지겨운지 지나가던 옆방 할아버지가 쏘아주듯이 한마디 툭 던졌다.

"니 마음대로 하세요."라고.

거실에서 자전거용 운동기구를 사용하던 한 할아버지는 '가요무대' 프로그램을 보고는 TV앞으로 가더니 트로트가수가 부른 노래에 맞춰서 큰 소리로 흘러간 유행가를 흥겹게 따라 부르고 있다. 활짝 핀 꽃처럼 환한 모습으로 노래 부르는 그의 모습은 그가 누릴 수 있는 가장 기본적인 권리이며 작은 행복이다. 거실 한쪽에 입소한 지 한 달 된 혼자 앉아 있던 또다른 할아버지는 눈을 지긋 감고 기도하듯이 가스펠송을 부르고 있다. 독실한 크리스천인 그가 마음을 다스리는 건 찬송가를 부르며 마음의 위로를 받는 것 같다. 그는 종종 미국의 목사이자 작곡가인 아이라 스탠필 작사의 '내일 일은 난 몰라요'를 슬프게 부른다. 내일을 알 수 없는 자신의 운명을 노래로 표현한다.

내일 일은 난 몰라요 하루하루 살아요
불행이나 요행함도 내 뜻대로 못해요
(중간 생략)
아버지여 날 붙드사 평탄한길 주옵소서.

가족과 떨어져 내일 일을 알 수 없는 그는 평탄한 길을 가고픈 소망을 노랫말로 표현하는 것일까?

그렇다. 내일 일은 아무도 모른다. 요양원은 그들 스스로 선택한 곳이 아니다. 다만 현실과 과거를 구분하지 못하고 내일을 생각하지 않는 분들이 함께 사는 공동체에서 잉여부분의 삶을 이어가는 요양원이라는 시설에서 벌어진 일들의 한 단면이다. 그들은 별나라에 온 것도 아니고 이상한 사람들이 모여 있는 수용소에 있는 것도 아니다. 그들은 가장 원초적인 생각과 꾸밈없는 모습으로 거침없이 살아간다. 누구를 속이지도 않고 포장하지도 않고 있는 그대로.

나는 행복한

불편한 동거

"우당탕"

요란스러운 소리가 났다. 급히 방으로 가봤다. 신 할머니 침대 밑에 쓰레기통이 널브러지고 바닥에 휴지들이 널려 있다. 화를 못 참은 박 할머니가 신 할머니를 향해 쓰레기통을 던졌지만 상대는 '용용 죽겠지' 하는 표정으로 슬슬 웃고만 있었다. 박 할머니는 신 할머니 침대 쪽으로 몸을 돌리고 벌겋게 상기된 얼굴로 소리를 지르며 욕을 했다.

두 할머니는 틈만 나면 입씨름을 했다. 파킨슨병으로 걷지 못하는 신 할머니가 리모컨으로 TV를 켜면 박 할머니는 걸어가서 꺼버린다. 한 사람은 TV 시청이 유일한 낙인데 다른 한 사람은 시끄럽다고 자꾸 TV를 꺼버리니 충돌이 일어날 수밖에. 신 할머니는 시끄러우면 이 방에 있지 말고 당신 집에 가서 살라며 소리를 질렀다. 파르르 떠는 눈썹이 치솟아 올라가고 얼굴이 벌겋게 상기된 채 양손으로 삿대질을 해댔다.

"이 집이 당신 집이유? 왜 나보고 가라 마라 참견이야? 가려면 당신이 가구려. 집주인도 아무 소리 안 하는데 너무도 지랄하네."

신 할머니는 요양원 원장을 집주인이라고 불렀다.

네 명이 한 방에서 생활하지만 다른 병실에 있는 어르신들에 비해서 불편하긴 해도 움직이고 말하는 정도가 나은 편이다. 박 할머니는 파킨슨병으로 수족이 떨리는 증상이 있어서 걷지를 못 하지만 정신은 멀쩡하다. 화가 나면 떨리는 증상이 더 심했다. 손을 부르르 떨더니 신 할머니를 향해서 삿대질을 하더니 한마디했다.

"배는 남산만 해가지고 심술은 더덕더덕해서 저렇게 심술궂게 생겨서 자식들이 안 찾아오지."

"내 배 남산만한데 보태준 게 있슈? 그런 당신은 자식들이 왜 안 찾아와유? 지 코가 석 자이면서 남 걱정도 팔자지."

신 할머니는 충청도 말씨만큼 성격이 느긋하고 아무리 화가 나도 말이 빨라지거나 화를 내지 않고 상대방 약을 바짝 올린다. 마른 막대기처럼 마른 몸은 말기대장암으로 만삭된 임산부처럼 배가 심하게 부풀어 있다. 다행히 통증은 없어 보였다. 부어오른 배를 내려다보며 예전에는 배가 이렇게 안 나왔는데 나이 들어 늙으니까 몸은 마르고 배만 나온다며 고개를 갸웃거렸다. 치매로 잃어버린 현실 속에서 과거 속으로 배회할 때는 보따리를 들고 살던 집에 아무도 없어서 도둑이 들지 모르니 집으로 가야 된다며 옷 보따리를 싸들고 방과 거실로 왔다 갔다 할 때가 있다. 젊어서 배고픈 시절, 먹고살기 위해 미군부대에서 흘러나온 화장품이나 생활용품을 사다가 보따리 행상을 했다. 여기저기 부초처럼 떠다니면서 아무리 배가 고파도 돈 주고 음식 사 먹는 일이 없었다고 했다. 지독하게 모은 돈으로 상가건물을 하나 사서 월세 받아서 살다가 몸이 병들자 요양원에 입소한 후에는 아들이 건물 관리를 한다고 했다. 하지만 할머니한테 아들이 찾아오는 것을 못 봤다. 다른 할머니들 자녀들이 방문해서 과일이나 떡 등을 사 오면 먹고 싶은 간절한 눈빛이 절절하다. 음식을 나누어 주면 게 눈 감추듯 순식간에 드신다.

언젠가 아들이 방문했을 때 빈손으로 왔다가 돌아가려 할 때 옆 침대 할머니가 싼 바나나라도 한 송이 사주고 가면 할머니가 간식으로 드시기 좋을 거라고 말씀하시니까 가게 가서 사 오겠다고 하고는 가더니 안 오더라고 했다. 젊어서 행상할 때 유흥업소 등에 떡이나 김밥을 팔러 가서 뱃속에서 꼬르륵 소리가 나도 떡 하나를 못 먹고 물건을 팔기 위해 업소 아가씨들 잔심부름까지 해주면서 장사해서 하나밖에 없는 아들에게 재산을 물려주었다. 몸이 병들자 먹고 싶은 과일 하나를 제대로 사 먹지 못하는 안타까운 현실이 됐다며 젊어서는 돈 모으는 재미로 돈을 쓰지 못했고, 현재는 먹고 싶은 음식이 있어도 돈을 쓸 수 없는 현실이 돼 버렸다.

박 할머니가 섭섭할 만큼 TV를 꺼버린 바람에 두 할머니의 싸움이 자주 붙었다. 박 할머니의 불 같은 공격에 신 할머니는 느긋하게 방어를 하고 있었다. 내가 신 할머니를 데리고 나가려 하자

"내가 왜 나가유? 내가 뭣 때문에 저 할머니 눈치를 봐야 해유? 나갈 테면 저 할머니 데리고 나가유."

한마디도 안 지고 큰소리도 안 내고 화도 안 내면서 상대방 약을 바짝바짝 올리고 있었다.

듣고 있던 박 할머니가 되받았다.

"저렇게 못됐으니 아들이 모시지 않고 찾아오지도 않지."

"당신 아들은 어머니 모시고 살어유? 오갈 데 없는 주제에 큰 소리는, 나는 갈 수 있는 집도 있고 건물도 있지만…."

한 방에서 여러 달 같이 살았으니 미운 정이라도 들법한데 두 분은 소 닭 쳐다보듯 한다. 신 할머니가 집에 도둑 들어올 것 같다며 옷 보따리를 싸들고 집에 간다며 방문을 나서자 박 할머니가 소리쳤다. 앓던 이 빠진 것 같네 가서 다시는 오지 말라며 뒤통수에 대고 소리를 지른다. 입고 있는 바지가 배에 안 들어가서 바지허리를 따서 겨우 입혔는데 배에 걸린 부분이 흘러내린 바람에 짐 보따리를 들고 다시 방으로 들어갔다.

"누구 좋으라고 내가 나가? 절대로 못 나가."

입가에 야릇한 웃음을 흘리며 박 할머니를 노려보며 침대에 걸터앉아버렸다. 두 사람의 불편한 동거는 언제쯤 끝날런지….

나는 행복한

웃어야 할지
화를 내야 할지

"니들이 사람이야? 사람이 와도 못 본 체하고 고개 숙이고 뭐 하고들 있어? 이런 빌어먹을 년들."

"어르신 왜 그러세요? 일 하느라 못 봤어요. 노염 푸시고 앉으세요."

"뭐? 못 봤다고? 일하러 왔으면 똑바로 해. 사람이 앞에 있어도 니들 일만 하면 다냐? 에잇, 성질나. 오늘 밤에 칵 죽어버려야겠다."

뚝배기 깨지는 소리로 한바탕 소리를 지르는 강 할아버지는 조금 전까지 새로 입소한 할머니하고 얘기하고 있었다. 언제 왔는지 옆에 서 있다. 로비 소파에서 앉아 얘기하던 할머니가 자러 간다며 자리를 떠 혼자 남게 되자 심심했는지 업무일지 작성하는 우리들 앞으로 살며시 왔다. 아무도 관심을 주지 않자 화가 머리끝까지 오른 것이다. 금방이라도 주먹을 휘두를 것 같은 태세다. 언젠가 자기 눈앞에서 요양보호사끼리 얘기하는 것을 보더니 자기는 안 끼워주고 지들끼리만 시시덕거리며 정답게 얘기한다고 내 앞으로 오더니 주먹질을 하려고 했다. 다행히 몸을 피해서 맞지는 않았다. 90의 고령인데도 쩌렁쩌렁한 목소리는 젊은이 못지않다. 가끔 젊은 환자들과 말하다가도 수틀리면 삿대질을 하는 것을 몇 번 봤었다.

그는 저녁 식사가 끝나고 취침시간이 돼도 로비를 돌아다닌다. 착용한 기저귀가 허리춤에서 흘러내리면 앞에 있는 할머니들이 보건 말건 바지를 발목까지 내리고 기저귀를 빼서 던져버린다. 놀고 있던 할머니들이 기겁하고 도망가기 바쁘다. 밤이 늦도록 안 주무시고 이 방 저 방 기웃거린다. 가끔 할머니들 방문을 열고 들어가기도 한다. 힘센 남자 요양보호사가 팔을 잡고 침실로 들어가면 "이런 싸가지 없는 놈 좀 봐라. 또 지랄한다." 하면서 힘으로는 못 버티자 벼락치듯 소리를 지른다.

한때는 젊은 환자인 A를 괴롭히기 시작했다. 그는 육십 갓 넘은 환자다. 심한 아토피 질환으로 온몸 각질이 벗겨지면 침대 위건 바닥이건 각질이 하얗게 떨어진다. 피부질환 때문에 1인실에서 혼자 생활하는 A의 방에 밤마다 들어가서 그를 괴롭혔다.

"젊은 놈이 일해서 벌어먹고 살 생각은 안 하고 자빠져서 자기만 하면 되냐? 빨리 일어나 나가서 돈 벌어. 날이면 날마다 텔레비전만 보고 있으면 돈이 나오냐 밥이 나오냐?"

젊은 환자가 게을러서 놀고 있다고 판단하고 시간만 나면 찾아가서 못살게 군다. 방문을 잠그고 있으면 게을러빠진 놈이 이제는 문까지 잠그고 잠잔다며 방문을 발로 걷어찼다. 아무리 달래도 소용없다. 저런 놈은 처음부터 버릇을 잡아 놔야 한다며 그의 방에 가서 나가서 일하라고 소리를 지른다. 몸에 밴 생활 태도는 치매가 지배한 몸과 마음을 바꾸어 놓지 못했다.

설상가상으로 또 한 사람이 A를 괴롭히기 시작했다. 치매 환자 홍식씨였다. A가 언젠가 자기가 해병대 출신이라고 말했다며 로비 소파에 앉아 있는 A를 순식간에 발로 걷어찼다. "이런 싸가지 없는 놈. 니가 해병대였다고? 니가 어떻게 해병대야. 이 새끼 내 마누라하고 바람난 놈이야."

홍식씨는 A를 볼 때마다 시비를 걸었다. 홍식씨 부인이 가끔 면회 올 때는 사탕 종류를 사 와서 옆 환자들에게 나눠주고 가기도 한다. 아무래도 상대가 환자들이다 보니 비록 몸이 불편하고 치매가 있어도 인간의 기본적인 감정은 있기 때문에 환자들에게 위로의 말을 해주며 다정하게 대하는 모습을 보고는 오해를 하는 것 같았다. 지나가다 A만 눈에 띄면 내 마누라와 바람난 가짜 해병대라며 발길질을 했다.

사실 A는 홍식씨 부인의 얼굴도 제대로 알지 못하는데 한순간에 불륜남이 돼버린 꼴이다. 아직 요양원 구석 침대에 누워 있기에는 젊은 나이다. 경제활동도 못 하고 있는 처지에 몸이 불편한 것은 둘째고 주변 사람들의 괴롭힘이 더 문제다. 치매로 세상 분간을 못하는 할아버지들과 싸울 수도 없는 일. 역시 치매로 과격해진 홍식씨와도 싸울 수가 없다. 우리가 도와줄 수 있는 일은 강 할아버지가 그의 방에 들어가는 것을 막아주는 것밖에 없다. 되도록 홍식씨 눈에 띄지 않게 하라고 조언하는 길밖에 없다. 그의 방에 쫓아다니며 나가서 일하라고 괴롭히던 할아버지는 할머니들과 어울려 놀면서부터는 A를 괴롭히는 일을 잊어버렸다. 새로운 관심거리가 등장하자 돈 벌지 않고 노는 게 문제가 되지 않은 모양이다.

일주일에 한 번씩 노래강사가 와서 프로그램을 진행한다. 신청곡을 받겠다고 하자 홍식씨가 나가서 팝송을 부른다. '어느 소녀에게 바친 사랑(All for the love of a girl)'을 눈을 지그시 감고 흐느끼듯 부른다. 밖에는 비가 내리고 있다. 분위기에 취한 듯 허스키한 목소리로 기타 반주에 맞춰 호소력 있게 부르는 그는 가슴 저미게 슬픈 멜로디를 완벽하게 소화한다. 노래교실이 있을 때마다 한 곡조씩 뽑아내는 그가 경쾌한 노래를 부른 것을 한 번도 보지 못했다. 바람을 타고 내리는 비 오는 날의 음악회의 하이라이트는 단연코 홍식씨다. 요양보호사들이 환호했다. 그날 박수갈채를 받은 후 홍식씨의 과격함은 완화된 것 같았다. 홍식씨도 A를 보고 예전처럼 발로 차거나 때리려 하지 않는다. 칭찬은 역시 명약인가 보다.

거실 소파에 드러누운 그를 방으로 모시려고 내가 팔을 끌며 할아버지처럼 잘 생긴 사람을 아직 못 봤다고 하자 헤벌쭉 웃는

　　　　　　　　　　　　　　나는 행복한

다. 칭찬은 고래도 춤추게 한다고 방금 전 죽어버리겠다고 큰 소리친 일은 잊은 듯 기분이 좋아진다. 우리는 하루에도 수없이 치매 환자들의 수준에 맞춰 생활한다. 그때마다 웃어야 할지 화를 내야 할지 헷갈린다. 그들의 눈높이에 맞추려면 그들의 정신세계에 이입되어 연기를 해야 한다. 우리의 서툰 연기에도 빠져드는 치매 환자들을 보며 오늘 하루도 사라진다.

"나,
마을 이장 했던 사람이요"

　"아이고, 이렇게 예쁜 양반들이 많이도 앉아 있네."

　거실 소파에 앉아 있는 할머니들 앞에 다가선 할아버지는 한 사람 한 사람 할머니들의 모습을 바라보면서 너스레를 떤다. 90 초반의 나이에 검버섯이 얼굴 군데군데 그림자처럼 드리워져 있다. 큰 키에 뚜렷한 이목구비를 지녔다. 젊어서는 꽤 잘생긴 외모에 돈 잘 버는 멋쟁이였다는 자기 자랑을 하곤 한다. 워커를 밀며 로비를 돌던 현 할머니는 씨익 웃으며 재미난 모습을 구경한다며 내 어깨를 툭 치면서 말했다.

　"저 영감 할머니들 앞에서 수작 부리고 있네. 아무튼 재미있는 영감이야. 내가 처음 이 요양원에 입소했을 때 나를 보더니 자기가 뭐 했던 사람인 줄 아느냐고 물어. 자기가 대단한 사람이래. 그래서 나는 고위 공직자였는 줄 알았었지. 글쎄 마을 이장 했던 사람이라고 으쓱대는 거야."

　　　　　　　　　　　　　　　나는 행복한

"어르신, 마을 이장은 아무나 하나요? 어르신은 이장 안 해보셨죠? 남 안 한 일을 했으니 대단한 거 맞아요."

한바탕 웃으며 말을 건네자, 현 할머니는 자신은 마을 이장은 못했어도 학교 선생은 했던 사람이라고 말한다.

품위 있고 점잖은 모습을 잃지 않은 현 할머니는 과거 교사였다는 신분에 알맞게 품위를 잃지 않으려고 했다. 목욕 담당자에게 수고했다며 음료수라도 꼭 챙겨주는 분이다. 어르신들이 주는 간식을 받아먹는 게 내키지 않아 아무리 거절해도 어머니 마음으로 주는 것까지 거절하냐며 섭섭해할 땐 도리 없이 받아놓는다. 먹고 싶으면 언제든지 사서 먹을 수 있는 우리와 처지가 다른 어르신들 간식을 받기란 불편한 마음이다. 오지 않은 자녀들을 기다리는 다른 분처럼 가족을 기다리는 초조한 모습을 보이지 않고 다소곳이 성경을 보는 모습을 볼 때마다 참 곱게 나이 들어가시는구나 라는 생각을 한다.

이장 출신의 할아버지가 나타나면 할머니들이 뿔뿔이 흩어진다. 비록 몸이 불편하고 기억력장애가 있어도 현실의 문제는 어렴풋이 판단하는 할머니들은 불편한 생각이 들어 자리를 뜬다. 그는 닭 쫓던 개 지붕 쳐다보듯 할머니들이 사라진 자리에서 우두커니 서 있다가 응접실 쪽으로 발걸음을 옮긴다. 아무도 없는 곳에서 밤이 깊도록 앉아 있다가 앉은 자리에서 생리현상까지 해결하는 일이 허다했다. 앉은자리에 물이 흥건하게 고인 곳 범인은 늘 그 할아버지였다. 그가 눈에 보이지 않으면 어느 방에 들어가서 말썽 피우는지 찾아다녀야 했다. 가끔 젊은 남자환자 A방에 들어가서 젊은 놈이 집에 가서 벌어먹고 살아야지 언제까지 일도 안 하고 빈둥거리며 살 거냐고 한바탕 잔소리를 늘어놓는다.

A는 제발 할아버지 좀 못 들어오게 막아달라며 사회복지과에 가서 항의하곤 했다. A 방 앞에서 서성거리는 할아버지에게 방에 가서 주무시라고 아무리 달래도 꿈쩍도 않는 할아버지의 고집을 꺾을 수 없다. 팔을 끌면서 일으켜 세우려 해도 절대로 일어나지 않는다. 내 발로 걸어다는 것까지 간섭한다며 화를 벌컥 내곤 하셨다.

"어르신, 팔짱 끼고 같이 걸읍시다."

일으켜 세우면서 팔짱을 끼자 못 이기는 척 겨우 일어선다.

"팔짱 끼고 걸으면 기분 좋죠?"

"좋고말고 나도 좋고 그쪽도 좋고."

이성에 대한 관심은 나이와는 상관없는 것 같다. 생활실 문 앞까지 유인해서 침실로 모시려 해도 방에는 절대로 안 들어가신다며 버틴다. 방 앞 소파에 나란히 앉아 있는 게 기분이 좋은 모양이다. 어깨 팔뚝을 손으로 쥐어보더니

"아이구 참 탄탄하니 좋다."

"어르신, 왜 내 어깨팔뚝 만져요? 그렇게 함부로 만지면 안 돼요."

"어깨 좀 만진다고 큰일나나? 여기를 만지면 안 되지."

가슴 옆을 손가락으로 쿡 찌른다. 내 반응을 보기 위해서 어깨를 슬쩍 만지다가 항의하는 나를 보더니 딴청을 피운다.

"함부로 가슴을 손가락으로 찌르면 큰일나는 것 알죠?"

"그 가슴은 금덩어리 붙었나?"

느릿한 충청도 말씨에 느긋한 표정으로 가만가만 말하는 그는 가끔 한참 아래인 환자들과도 큰 소리로 싸우곤 했다.

"이런 싸가지 없는 놈을 봤나. 이놈아, 내가 너보다 나이가 스무 살은 더 먹었다. 어디다 대고 큰 소리냐."

화장실에서 옆방 젊은 할아버지가 휠체어를 타고 지나가면서 비키지 않고 뭐 하냐며 소리 지르자 상대에게 삿대질을 해 대기 시작했다. 불 같은 성격의 젊은 환자가 나이를 따지기 전에 똑바로 행동하라고 소리치자 금방이라도 달려들 것 같은 태세다. 겨우 뜯어말려서 그를 데리고 나왔지만 분에 못 이겨 씩씩거리는 모습은 곧바로 주먹질로 이어질 것 같은 상황이었다. 비록 힘없고 늙었지만 빛바랜 과거의 추억을 더듬으며 할머니들 방을 기웃거리는 모습은 본능적인 생존의 욕구가 그의 가슴속에 똬리를 틀고 있다.

안전가옥을 찾습니다

요양원 주차장에 승용차 한 대가 미끄러지듯 들어왔다. 모처럼 맑은 하늘에는 새털구름이 그림을 그리고 있고 뜰에 핀 장미가 바람에 고개를 흔들어 주고 있다. 승용차 문이 열리자 운전석에서 운전자가 내리더니 뒷좌석에 탄 할머니를 부축했다. 동행한 젊은 여자가 할머니 가방을 들고 뒤따라 요양원 안으로 들어왔다.

부잣집 마님 타입의 할머니는 걸음걸이가 다소 불편해 보였다. 사회복지사와 면담한 보호자는 할머니의 가정환경과 취향 등에 대해 대화를 나눈 후 입소 등록 절차를 마쳤다. 모시고 온 보호자는 생활실에 들어오면서 분위기를 살폈다.

"혹시 모르는 분이 찾아와서 고모님이 여기 계시냐고 묻거든 그런 분 안 계신다고 얘기해 주세요. 실수로라도 얘기해서 여기 계신 걸 알면 일이 복잡해질 수 있으니 꼭 부탁드려요."

그는 할머니의 조카사위였다. 보통은 자식들이 모시고 와서 입소 절차를 마치는데 처고모를 모시고 와서 법적 대리인이 되는 경우는 극히 드물다. 할머니는 친화력이 좋아서 바로 할머니들과 얘기하며 빠른 적응력을 보였다. 가져온 짐 속에서 간식거리를 꺼내어 주변 분들에게 나누어 드리기도 했다.

"나는 자식이 없이 혼자 살다가 요양원에 들어왔어요. 평소 친정 조카 부부가 왔다 갔다 하다가 여기로 들어왔는데 주변 사람들이 알면 골치 아플 것 같아서 아무에게도 알리지 않고 조카 내외만 알고 있어요."

그녀는 다른 입소자 노인들과 잘 어울려 놀면서 지나간 과거를 스스럼없이 말하곤 했다. 꽤 많은 재산을 소유한 재력가였다. 첫 결혼에 실패한 후 사업을 시작했단다. 유흥업소를 차렸다. 사업수완이 뛰어나서 돈은 많이 벌었지만 가정을 이루지 못해 자녀들이 없었다. 돈을 버는 재미에 푹 빠져 있었을 때 세월은 빠르게 지나갔다. 수중에 돈은 있지만 젊음을 대신해 주지는 않았다. 이제 자신을 대신해 줄 수 있는 것은 돈밖에 없었다. 혼자 스스로 생활이 불가능해지자 조카 부부에게 불편한 부분을 맡겼다. 그녀에게 있는 재산은 사후에 상속권 다툼의 여지가 다분히 많았다.

할머니를 비밀리에 모시고 온 조카 부부가 며칠에 한 번씩 면회를 다녀갔다. 불안해한 쪽은 할머니가 아니라 조카 부부였다. 할머니에 대한 선의든 계산적이든 돈을 둘러싸고 벌이는 암투는 보기 좋은 모습은 아니다. 이미 여러 곳을 알아본 후에 모시고 온 듯하다. 돈이 없었다면 할머니를 두고 신경전을 벌이는 일은 없었을 것이다. 부부는 할머니를 빨리 알아낼 수 없는 은신처, 즉 안전가옥(?)을 찾고 있었던 것이다. 물론 대상자의 신상정보는 보호된다.

친자 간에도 이런 사례는 간혹 있었다. 치매가 심한 C할머니는 종일 혼자 중얼거린다. 우리 아들이 아무리 나한테 잘한들 영감만 하겠냐며 중얼거린다. 꽤나 금슬 좋은 부부였다고 한다. 집에서 같이 생활하다가 할아버지가 먼저 돌아가시고 할머니 혼자 남았다. 재산은 할머니 앞으로 되어 있는지 둘째 아들이 할머니의 보호자로 등록되어 있었다. 그가 요양원으로 모시고 온 후 요양비나 간식 등을 알아서 관리했다.

어느 날 둘째 아들은 어머니가 여기 계신 것을 아는 사람 없으니 비밀로 해 달라고 했다. 형제들이 부지불식간에 나타나서 어머니를 모시고 가버리면 안 된다고 당부했다. 그는 할머니에게 남은 재산 문제로 형제들 모르게 요양원에 일정 기간 지내고 난 후 다른 시설로 옮기겠다며 할머니를 퇴소시켰다.

친자녀들 간에도 재산 문제로 어머니를 몰래 빼돌리다시피 하니 다분히 분쟁의 문제가 있는 할머니의 모습이 결코 편안해 보이지는 않았다. 혼자 남은 할머니에게는 많은 재산은 사후 분쟁의 씨앗이나 다름없는 것이다. 재산권 행사를 할 수 없는 제한된 생활을 할 수밖에 없는 처지가 된 셈이다.

조카 부부가 간식을 들고 할머니를 방문했다. 할머니를 찾으

130 　　　　　　　　　　　　　　　　　　　　　　나는 행복한

러 오는 사람이 있었는지 또 묻는다. 몰래 숨어들다시피 온 요양원이라는 곳이 언제까지 할머니의 남은 삶을 편안하게 보낼 수 있는 안전가옥이 될 수 있을지 그것은 아무도 모르는 일이다.

멈춰버린 시계

치매 병동의 시계는 멈춰 있다. 치매 환자들은 과거와 현재를 수시로 넘나든다. 불과

몇분 전까지만 해도 조용히 잠에 빠져 있던 할머니는 갑자기 집으로 가야 한다면서 보

따리를 싸들고 나오고 식사한 지 십 분도 안 지난 할아버지는 밥을 안 준다고 소리친다.

요양보호사에게 '선생님'이라고 예의 갖춰 말하던 할아버지도 저녁이 되자 자신의 '아

내'로 '여자'로 착각하기도 한다.

" "할머니 뭐 하세요?"

"응. 우리 딸이 배고파하기에 젖 먹이고 있어."

할머니는 오늘도 곰 인형을 끌어안은 채 가슴을 풀어헤치고 젖을 먹이고 있다. 치매 할머니들에게 나타나는 현상에 민감하게 대하거나 그게 아니라고 현실을 일깨우기보다는 때로는 눈높이를 할머니들에게 맞춰 말벗이 되어 주면 할머니들이 편안해할 때가 많다. 삶의 끝자락에서 어쩔 수 없이 요양원에 맡겨진 채, 과거 속에서 헤매는 안타까운 사연들이 많다.

(중간 생략)

곰 인형을 가슴에 안은 채 잠들어 있는 할머니의 모습은 그녀가 오늘 누릴 수 있는 가장 행복한 시간이다."

– '할머니의 곰 인형' 중에서 –

" "밥을 주긴 언제 줬어. 에이 씨 당장 밥 가져와."

거짓말하지 말라고 둘이서 협공했다. 어차피 진실이 통하지 않은 분들이니 달래는 수밖에 없다. 주방선생님이 퇴근해서 지금은 밥이 없으니 내일 아침에 밥 드리겠다면서 그냥 주무시라고 말했다. 하지만 그들을 잠재우기란 쉽지 않다. C가 삿대질을 하며 '밥도 안 주는 X같은 곳'이라며 특유의 고음으로 소리 지른다."

– '밥을 주긴 언제 줬어' 중에서 –

돌지 않는 풍차

할머니들의 얘기꽃은 그칠 줄 모른다. 거실 긴 의자에 앉아서 젊은 시절 겨우 입에 풀칠하며 자식들을 굶기지 않으려고 억척스레 살아온 얘기를 걸출하게 쏟아내는 경희 할머니의 말에 침을 흘리며 듣고 있는 서너 명의 할머니들은 시간 가는 줄 모른다. 얘기가 끝나자 잠자리에 들기 위해 각자 방으로 들어가도 큰 두 눈만 껌벅거리던 숙자 할머니는 자리에서 일어나질 않는다. 쪽진머리에 어눌한 말씨, 고운 피부에 쌍꺼풀진 선한 눈매는 과거에 마음 고생을 하며 살아온 흔적을 찾을 수 없다.

그날 낮에 아들이 다녀갔다. 바나나와 과자를 가져온 아들은 "어머니 출출할 때 간식으로 드세요."라는 말을 남기고 등을 보이며 돌아갔다. 옛날 남편이 자신을 두고 떠나간 것처럼….

가족들이 생각나서인지 내 옆에 앉아서 지난 과거를 더듬고 있다.

우리는 살아가면서 기억하고 싶은 것만 기억하고 살지는 않는다. 긍정적인 것들만 애써 기억하려고 해도, 강렬한 인상이 남았거나 가슴 아픈 상처로 남았던 안개 같은 과거로 회귀할 때가 있다. 허물어진 기억의 창고에서 바닥에 가라앉은 의식이 수면 위로 떠오르는 순간 기억 속에서 멀어졌던 일들이 무의식 중에 선명하게 나타나는 경우가 있다. 이는 건강한 사람뿐만 아니라 치매를 앓고 있는 환자에게도 해당된다. 통째로 편집된 일들이 어느 순간 고통스럽게, 또는 이야기 도중 우연히 떠오르기도 한다.

숙자 할머니는 나이가 몇이냐고 물어도 대답이 없다. 나이를 잊고 산 지가 오래된 것 같다. 가물가물한 기억 속에 남편이 자신을 두고 집을 떠나던 날은 정확하게 기억하고 있었다. 기억의 파편들을 조각조각 긁어모아 통제된 과거로 돌아간 그녀. 무엇이 그토록 강렬한 옛날의 기억을 통째로 끌어당길 수 있던 걸까. 부정적이며 잊고 싶었던 과거를 쉽게 끄집어내는 능력은 무엇일까. 젊어서는 예뻤을 것 같다는 내 말에 예뻤으면 남편이 다른 여자와 바람나서 나가지는 않았을 거라며 남편의 말이 나오자 얼굴에 어두운 그림자가 비쳤다.

남편은 어느 날 젊고 세련된 여자를 집으로 데리고 들어왔다. 그녀는 예쁜 얼굴에 애교가 넘쳤다. 싱그러운 젊은 여자의 유혹에 빠진 남편은 본처를 전혀 의식하지 않았다. 도덕적으로 금지된 그들의 사랑은 당당했고 좀처럼 깨어질 것 같지 않

나는 행복한

앴다. 둘이는 다정한 신혼부부 같았다. 본처인 자신이 남편과 내연녀의 두 사람 사이를 헤집고 들어갈 자리가 없었다. 발랄하고 예쁜 여자와 문맹인 자신의 초라한 모습이 비교되었다. 자존감은 이미 바닥에 떨어졌다. 여러 자녀를 낳고 살았지만, 젊은 여자에게 혼을 빼앗겨 버린 남편은 아내와 자식들은 눈에 보이지 않았다. 그녀는 대체 그런 남편을 왜 그냥 내버려둔 걸까?

"이게 다 못 배우고 못나서지유."

상대적 열등감 때문인지 한마디로 본인 탓으로 돌렸다. 가부장적인 남편의 기세에 눌려서인지 아니면 남편의 그러한 부정행위까지도 관습으로 받아들일 만큼 맹목적인 순종이었는지 억압된 삶을 숙명처럼 여기고 살아왔다.

어느 날, 남편은 주위의 따가운 시선을 의식해서인지 아니면 여자의 부추김 때문인지 젊은 여자와 영원히 같이 살기 위해 아침 일찍 짐을 꾸려 집을 나섰다. 그녀는 집 나가는 남편을 보며 입술을 지그시 깨물고 남편을 바라보았다. 하고 싶은 말은 많아도 한마디도 입 밖으로 표현하지 못하고 남편의 뒷모습이 눈에서 사라질 때까지 물끄러미 바라보았다. 가슴 에이는 이별의 순간을 그렇게 맞았다.

못 나가게 붙들지 왜 가만히 있었냐고 하자 상대는 젊고 예쁜 여자이고 나는 내세울 것 하나 없는 촌 여자인데 붙잡을 용기가 없었다고 했다. 그래도 한때 같이 살아온 정 때문인지 대문 밖을 나가면서 세 번이나 뒤돌아보는 남편의 마지막 모습을 끝으로 이렇게 오랜 세월을 헤어져서 살 거라고는 예상을 못한 것 같았다. 아이들이 있으니 언젠가는 돌아오리라는 희망을 버리지 못하고 가슴 시리도록 그리운 남편의 모습을 마음속에 새기며 인고의 세월을 살아온 기구한 운명의 주인공이 되었다. 시간은 모든 기억을 허물고 망가뜨렸다. 쥐고 있던 모래알이 손가락 사이로 빠져나가듯 세월은 그렇게 그녀의 삶을 통째로 가시처럼 할고 흘러갔다. 젊은 날 자신을 두고 떠난 남편의 희미한 기억을 그렇게 붙들고 있었다.

그 후로 남편의 소식을 듣지 못했다. 자녀들은 아버지가 어디서 살고 있는지 알고 있지만 새삼스레 굳이 묻지 않고 묵묵히 기다림의 세월을 살다가 요양원으로 들어왔다. 친정이 경제적으로 부유했지만, 딸이라는 이유로 교육의 혜택을 받지 못했다. 비교적 여유로운 집으로 시집왔지만 백년해로하지 못하고 남편을 타인에게 떠나보내야 하는 짓궂은 운명을 받아들여야 했다. 인생의 어두운 터널을 지나며 가슴 속에 끌어안은 바윗돌을 떨어내지 못하고 살아온 그녀다.

주어진 현실에서 순종이라는 케케묵은 단어가 그녀를 왜 이토록 철저하게 주저앉혔는지 생각하게 했다. 그래도 한 번쯤 만나보고 싶지 않냐고 묻자 이렇게 추한 모습으로 늙고 정신도 없는데 만나서 뭐 좋을 게 있냐며 손사래를 쳤다.

언젠가 제주도에 갔었다. 천혜의 자연환경은 경쟁 사회에서 지쳐 있는 사람들의 마음을 느슨하게 풀어 주었다. 바닷가에는 화석에 부딪치는 코발트색 바닷물이 가슴에 맺힌 잡념을 잊게 해주었다. 하늘에는 흰 구름이 둥실 떠 있고 녹차 밭 위에는 많은 풍차들이 서 있었다. 파란 녹차 밭 가운데 서 있는 풍차는 다만 바람의 힘에 의해 돌아간다. 풍차는 자력으로는 움직이지 못한다. 바람 없이 조용한 날은 거리의 조형물처럼 풍차도 가만히 서 있다. 움직이지 않은 풍차를 보며 바람이 불기를 기다리듯이 자신의 의지대로 되지 않은 그녀는 녹슨 인생의 마지막을 요양보호사들의 손길에 의해서 살아간다.

숙자 할머니는 주어진 상황에서 묵묵히 순종이라는 삶을 미덕으로 알고 살아온 결과가 죽을 날을 기다리는 요양원으로 막을 내렸다며 쓸쓸히 웃었다. 남편과 헤어진 지 몇 년인지 기억을 못해도 남편에 대한 그리움은 그림자처럼 붙어 있다. 기다림이라는 허기진 삶을 살아온 그녀는 자력으로는 아무것도 할 수 없는 바람 없이 서 있는 돌지 않은 풍차 같았다. 거실 조명 등에 비친 할머니의 긴 속 눈썹이 파르르 떨렸다.

"어르신 낮에 아드님이 사온 바나나 드릴게요."

"어른도 같이 들지유."

우리가 어르신들께 쓰는 존칭을 그녀도 우리 요양보호사에게 어른이라고 한다. 과거의 어두웠던 삶의 찌꺼기를 털어버리지 못하고 할머니는 오늘도 희미한 과거의 기억 속에서 헤매고 있다. 바나나를 입에 베어 물고서 지팡이에 힘주어 일어난다. 인생의 미로를 헤매는 할머니의 굽은 등은 질곡의 세월을 살아온 현재 모습이다.

나는 행복한

할머니의 곰 인형

"할머니 뭐 하세요?"

"응. 우리 딸이 배고파하기에 젖 먹이고 있어."

할머니는 오늘도 곰 인형을 끌어안은 채 가슴을 풀어헤치고 젖을 먹이고 있다. 치매 할머니들에게 나타나는 현상에 민감하게 대하거나 그게 아니라고 현실을 일깨우기보다는 때로는 눈높이를 할머니들에게 맞춰 말벗이 되어 주면 할머니들이 편안해할 때가 많다. 삶의 끝자락에서 어쩔 수 없이 요양원에 맡겨진 채, 과거 속에서 헤매는 안타까운 사연들이 많다.

할머니는 치매가 발병하기 전에 기록했던 일기장을 항상 가슴에 품고 다닌다. 물리치료를 받으러 갈 때는 병실에 놔두고 가자고 하면 "이 장부 잃어버리면 큰일나. 외상장부라서 잃어버리면 외상값 못 받아."라며 화를 낸다. 도대체 무슨 노트길래 그러는가 궁금해서 내용을 살펴봤다. 치매 앓기 전에 기록한 일기장이었다.

대상자들을 돌보는데 환자들의 생활을 어느 정도 알면 도움이 되기 때문에 예민한 부분이 아니면 조금씩 물어보기도 한다. 남의 일기를 보는 것은 할머니께는 죄송했지만 할머니의 과거를 조금이라도 알면 감정소통이 원활하고 할머니 마음을 이해하는데 도움이 될 거라고 스스로 자기 합리화를 시켰다.

남편이 돌아가신 지 20년도 넘었고 혼자 생활하시다가 요양원으로 오시게 됐다는 아들의 얘기를 들었지만 할머니는 지금도 할아버지가 돌아가셨다는 사실을 인정하지 않은 것 같았다. 이미 밝혀진 비밀들이 기록되어 있었다. 한글보다는 한문을 많이 사용했고 항상 현실에 감사하는 내용으로 글을 썼다. 젊어서는 주변 분들을 잘 챙기고 많이 베푸는 마음이 따뜻한 분 같았다.

할머니는 휠체어를 타고 혼자서도 잘 다녔다. 병실 복도에 나왔다가 만나는 사람을 붙들고 "우리 집을 가려면 어디로 가야 해요."라고 묻기도 한다. 오전 시간에는 화장실 앞에서 내가 수돗물 사용하는 것을 감시하기도 한다. 화장실은 휠체어가 바로 들어올 수 있게 턱이 없어서 환자들이 드나들기 편했다. 수돗물 흐르는 소리만 나면 곧바로 화장실로 쫓아와서 나를 째려보며 "젊은 엄마! 수도요금이 너무 많이 나와서 그러는데 물 좀 아껴 써!"라며 나를 젊은 엄마로 불렀다. 수건 빨래 끝나면 더이상 물 안 쓰겠다고 하면 휠체어를 휙 돌리면서 "속에서 천불이 나서 못 살겠다."면서 나간다. 유난히 물 쓰는 것에 민감하다.

　　　　　　　　　　　　나는 행복한

손 씻을 때도 가만히 물을 틀어놔도 곧바로 쫓아와서 나를 째려보고 있을 때가 많았다. 할머니의 손과 발은 관절 마디가 뒤틀려 심하게 변형돼 있었다. 얼굴은 울퉁불퉁 콩알 같은 작은 멍울이 잡힌다.

"할머니 얼굴이 왜 이렇게 울퉁불퉁해요?"

"젊어서 보톡스 주사를 많이 맞아서 생긴 부작용이야. 젊었을 때 춤을 배워서 춤도 잘 추는데 지금은 다리가 아파서 서서 춤을 출 수가 있어야지. 젊은 엄마도 춤 배워봐. 좋아."

"할머니! 그러다가 춤바람 나면 어떡해요."

"춤춘다고 다 춤바람 나는 것 아니야. 그렇게 잘못 생각하고 행동한 사람들이 잘못된 거야."

"할아버지는 어디 계셔요?"

"응, 우리 아저씨? 할아버지 아니고 아저씨야. 출장 갔어."

"아저씨 잘 생겼어요?"

"준수하게 생겨서 주변에 여자들이 많이 있었지."

과거를 어렴풋이 얘기를 하곤 했다.

아들이 가끔 면회를 오면 아들 앞에서는 아무 말도 안 한다. 아들에게 짐이 된다고 생각하는 것 같았다. 아들은 올 때마다 과일과 과자를 사놓고 가지만 어머니를 직접 모시지 못한 죄책감 때문인지 마음 아파하는 기색이 역력하다. 돌아갈 때는 어머니의 손을 붙잡고 놓지 못하다가 병실을 나가면서는 몇 번씩 뒤돌아본 후 무거운 발걸음을 옮긴다.

"내가 죽어야 자식들 고생 안 시키는데….."

할머니는 자책 섞인 푸념을 늘어놓는다. 지남력 장애가 있긴 하지만 아들이 오면 거의 실수를 안 한다. 아들 입장에서는 어머니의 치매 정도가 어느 정도인지 잘 모르는 경우가 있다. 병원에 입원하신 분들의 대부분이 치매가 있어도 자녀들은 잘 모르는지 자기 부모는 치매가 없다고 생각한다. 어쩌다 면회 온 자녀들에게 피해 준다고 생각해서인지 자녀들 앞에서는 되도록 말을 아낀다.

그러다가도 자녀들이 돌아가면 다시 치매의 세계에 갇힌다. 할머니는 수시로 아기가 아파서 소아과에 간다며 곰 인형을 가슴에 품고 같이 병원에 가자며 내 손을 끌고 어디로 가야 되냐고 묻는다.

"할머니! 아기가 피곤해서 잠들어 있으니까 조금 있다가 아기가 깨면 데리고 같이 갑시다."

할머니에게 맞장구를 쳐주어서 잠시 고민에서 벗어나게 하는 것도 그때그때 일을 해결해 나가는 방법이었다. 조그만 손가방에는 어디서 구했는지 곰 인형을 꾸미는 머리핀과 구슬목걸이가 들어 있었다. 할머니의 소중한 물품 목록 중 한 가지다. 곰 인형을 가슴에 안은 채 잠들어 있는 할머니의 모습은 그녀가 오늘 누릴 수 있는 가장 행복한 시간이다.

나는 행복한

꿈속의 아들

아침이 되면 바쁘게 오가며 어르신들 세안을 돕는다. 따뜻한 물수건으로 얼굴을 닦아준다. 세숫대야를 들고 다른 방으로 가려고 막 나오는데 종희 할머니의 목소리가 나의 뒷덜미를 끌어당긴다. 좀처럼 말하는 법 없이 침대에 누워 눈만 감고 있는 분이 웬일인가 싶어 옆에 갔다.

"아줌마, 아들 낳았어."

"아들요? 어디 있어요."

"데리고 가버렸어."

무슨 뜻인지 이해가 되지 않는다. 아들을 낳은 건 뭐고 데리고 가버린 건 뭔지 무슨 말을 하는지 의아하게 할머니를 보자 옆에 있던 요양보호사 C가 그 말뜻을 알아들었다.

아픈 과거를 가슴속에 품고 있는 할머니는 꿈속에도 그리던 보고 싶은 아들이 있었다. 젊은 날 미혼모라는 꼬리표를 달았던 그녀는 어느 날 당신이 살아온 아픈 과거의 행적을 고백했다.

　대학생과 연애를 하다가 덜컥 임신을 했다. 집안과 신분의 차이가 있어 남자 쪽의 반대가 심했다. 남자의 집안에서는 절대로 며느리로 받아들일 수 없다는 입장이었다. 아이를 낳자 아이의 할머니가 아이를 강제로 빼앗아 가버렸다. 서로 사랑했지만 결혼이라는 현실의 벽을 넘지 못하자 남자의 사랑도 서서히 식어갔고 어느 날 이별을 통보한 후로 사랑하는 남자도 아이도 보지 못하는 운명을 받아들여야 했다. 미혼모가 되면서 세상도 그녀를 향해 손가락질했다. 순탄치 않은 운명을 거부하지 못하고 홀로서기를 하기란 추운 겨울날 맨몸으로 칼바람 앞에 서야 하는 격이었다. 휘청거리며 무너지는 자아를 바로 세우려 자신을 향해 피나는 채찍질을 했다.

　그 후로 남편을 만나 결혼을 했지만 5남매를 낳고 살다가 바람처럼 떠돌던 남편은 자녀들과 아내를 버리고 홀로 떠나버렸다. 결국 집안의 가장이 되어 자식들을 위해 닥치는 대로 일을 하면서 살았다. 돈을 모아 식당을 운영했다. 막내딸을 업고 한식집을 해서 돈도 꽤 많이 벌었다. 먹고살기에 급급하던 시절을 넘어 경제적 안정이 됐지만 그녀는 남들에게 털어놓지 못하는 과거의 아픈 상처를 안고 살았다. 꿈에라도 보고 싶은 아들을 한 번이라도 만나고 싶지만 그런 소망은 그녀의 고달픈 삶의 행로에서 언제나 비켜갔다. 워커에 의지해서 방안을 돌던 그녀는 저녁놀이 붉게 물든 하늘을 바라보며 동료들에게 말했다.

이제는 죽을 날만 기다리는 몸인데 그때 낳은 아들이 지금 어디서 어떻게 살고 있는지 소식이라도 알고 싶다며 뜨거운 눈물을 흘렸다. 저문 해가 자기의 운명처럼 느껴졌는지 마지막 소원을 말하는 그녀의 말에 방안 분위기가 숙연해졌다.

첫사랑에 실패하고 두 번째 만난 남편과도 해로하지 못하고 삶의 마지막을 요양원의 침대에 누워 있는 처지다. 지난날의 아픈 얘기를 끄집어내는 그 모습에 가슴 아팠다고 C가 말했다.

날이 갈수록 야위어진 몸은 정신을 잃지 않으려 애쓰는 모습이다. 혼미해져 가는 정신세계를 붙잡아 두려는 것 같았다. 그녀는 불행했던 과거를 떠올리며 잠재된 과거의 아픈 기억을 무의식중에 슬픔을 토해내고 있다. 딸이 면회를 오면 이유 없이 트집 잡는 까닭에 못마땅해한다. 날이 갈수록 말라가며 기력 없는 어머니를 본 딸은 그 탓을 요양보호사들에게 화풀이 식으로 짜증을 냈다. 그럴 때면 그녀는 감고 있던 눈을 슬며시 뜨고 "그만해!"라고 한마디하고는 말문을 닫는다. 질곡의 세월을 살아온 그녀는 5남매에게는 훌륭한 어머니였지만 여자로서 행복이라는 게 뭔지 모르고 아픈 세월을 묵묵히 참고 견뎌온 삶이 주마등처럼 스쳐가는지 지그시 눈을 감고 생각에 잠긴다.

다음 날 아침 출근해 보니 그녀의 침대가 비어 있다. 병원으로 옮겼단다. 일주일 지난 후에 아들과 딸들이 어머니의 유품을 챙기러 왔다. 폐렴으로 병원에서 세상 떠났다며 눈물을 훔치는 딸의 뒷모습을 바라보면서 편안한 것만 추구하는 오늘을 살아가는 우리들의 모습과 비교해 본다. 운명의 수레바퀴에 떠밀려 살아온 그녀, 비몽사몽 보고 싶었던 아들을 그리며 중얼거리던 그녀는 이제는 영원한 안식을 찾아 삶의 고통에서 해방됐다. 과거의 아픔 속에서 맴돌던 그 날의 운명을 잊어버리고 참된 휴식이 있으리라.

나는 행복한

남편의 여자

낮잠에서 깨어난 A할머니는 딸을 찾았다. 잠결에 딸의 목소리를 들었다며 어디 갔냐고 묻는다. 조금 전 간호사 만나러 간호과에 갔다며 조금 기다리라고 했더니 침대를 똑바로 세워달란다. 몸을 침대 머리맡으로 끌어당겼더니 왼쪽 골절된 팔이 아프다며 신음소리를 냈다. 몸은 비록 종일 침대에만 누워 있지만 딸에게 흐트러진 모습을 보이고 싶지는 않은가보다.

딸은 꿀과 홍삼 원액이 든 병을 손에 들고 생활실로 들어왔다. 얼굴에는 수심이 가득 차 있다. 올 때마다 어머니의 생활용품을 챙겨 와 두고 가면서 불편한 모습으로 돌아가곤 했다. 걱정하지 말고 집에 가도 된다고 했더니 출국하기 전에 한번이라도 더 오려고 하는데 마음대로 일이 되지 않는다며 혼자 중얼거렸다. 그녀는 캐나다로 이민 간 교포다. 결혼과 함께 한국을 떠나 있다가 어머니의 갑작스런 사고 소식을 듣고 급히 귀국했다며 한국과 캐나다 어느 쪽에 있어도 마음이 불편하다며 복잡한

심경을 전했다.

A할머니는 팔의 골절로 요양원에 들어온 케이스다. 왼쪽 어깨에 골절상을 입고 꼼짝 못하고 드러누워서 생활한다. 통증이 시작되면 환자 본인이나 케어하는 요양보호사나 불편하기는 마찬가지다. 요양원에 입소하기 전까지 활발한 사회생활을 했었다. 고령임에도 등산을 하면서 산악회 여성회장을 할 만큼 활동적이었다.

어느 날 집에서 계단을 내려오다가 굴렀단다. 병원에 갔더니 어깨뼈가 으스러지는 중한 부상을 입었는데 이상한 것은 멀쩡히 걷던 분이 어깨뼈가 골절되자 다리는 다치지도 않았는데 걸음을 못 걷게 된 것이다. 노령이라서 뼈도 약하고 쓰지 않는 다리 근육이 줄어서 걷지 못한다며 병원에서 퇴원한 후 요양원으로 들어왔다. 1년 정도는 있어야 뼈가 제자리를 잡을 거라며 절대안정을 취해야 한다고 했다.

딸은 엄마가 아들 집에서 손녀 셋을 키우느라 고생하다가 이제는 자기 자신도 추스르지 못한 상태가 됐다며 푸념했다. 직장에서 만난 동료 직원과 결혼과 동시에 캐나다로 가면서 친정 엄마에게 집을 한 채 사서 주었다. 마음 편히 사시라고 했더니 집에 대한 세금 문제도 해결되지 않은 상태라며 복잡한 문제에서 더이상 신경 쓰지 않겠단다. 어차피 모든 것은 어머니의 운명으로 생각하고 떠나겠다면서 어머니와 작별인사를 하고 돌아갔다.

요양원에서 일하다 보면 대상자들과 일부러 친해지려고 하지 않아도 가족처럼 스스럼없이 마음의 감정을 공유할 때가 있다. A할머니도 그 중 한 명이다. 출근하면 "밥은 먹고 다녀?", "추운데 옷 좀 따뜻하게 입고 다녀." 하며 딸처럼 챙기면서 살아온 과거를 자연스럽게 얘기하곤 한다. 그녀가 살아온 삶도 운명에 순응하기보다는 자신에게 지워진 운명의 굴레를 벗어버리는 과정에서 많은 상처를 입었고, 그 운명을 숙명으로 여기기보다는 스스로 운명을 개척하는 억척스러움이 있었다.

언뜻 보기에는 안정적인 가정을 이끌어 오신 분처럼 편안하게 느껴졌다. 절제 있는 차분한 말투와 편안해 보이는 얼굴에는 여유로움이 풍겼다. 다만 눈 한쪽이 심하게 짝짝이였다.

젊은 시절부터 남편은 바람기가 다분했다. 어느 날 갑자기 다리에 통증이 와서 걸음을 못 걷고 방안에서 누워 있게 되었는데 남편이 그때 여자를 데리고 왔다. 이유인즉 고생하는 부인을 위해서란다.

"고양이 쥐 생각하지. 동네 젊은 과부가 있었는데 그 여자하고 바람이 났어. 여자를 아예 집으로 데리고 왔어. 그 과부가 하필이면 사팔뜨기야. 내 눈도 짝짝인데 사팔뜨기하고 놀아나는 게 한심해서 남편에게 '제대로 된 두 눈 가지고 하필이면 사팔뜨기냐?'고 했지."

"남편이 잘생겼나 보죠?"

"인물 좋고 언변이 얼마나 좋은지 그 사람 당해낼 사람 없어.

밖에 나가서 돈 잘 쓰지 여자들이 줄줄이 사탕이야. 한번은 애 낳고 몸조리하고 있는데 아가씨 셋이 찾아왔어. 남편이 총각이라고 했대. 한 아가씨가 친구들을 데리고 와서 확인해 보고 가는 거야. 그것뿐이 아니야. 내가 아파 누워 있는데 수발 못한다고 데리고 온 사팔뜨기 과부를 때리는 거야."

마나님을 그렇게 생각하면 여자를 왜 데리고 왔을까 싶었다.

"다리가 아파서 꼼짝 못 하고 누워 있으니까 나 고생한다며 수발들게 하려고 데리고 왔다고 핑계를 대지만 그 바람기가 어디 가겠어. 그 여자가 참 순하고 착한 여자였지. 그때는 미워했지만 지금 생각하면 후회가 돼."

남편은 술 취하면 가정폭력을 일삼는 나쁜 버릇이 있었다. 과부가 집으로 들어오면서부터 폭력은 과부 여자에게 돌아갔다. 관심도 매도 과부에게 돌아갔다. 본부인이 있는 한 집에서 같이 살기가 불편했는지 남편은 자식들 줄줄이 놔두고 어느 날 밤에 과부를 데리고 야반도주했다. 그때부터 안 해본 장사가 없었다. 나이 어린 자식들과 살기 위해 갈치를 한 트럭씩 사서 리어카에 싣고 다니면서 팔러 다니고 정신없이 살았다. 고생하며 열심히 사는 모습을 보고 면사무소에서 주는 어버이날 장한 어머니상을 받았단다.

남편이 여자와 떠난 후로 그녀도 자녀들을 데리고 서울로 올라왔다. 생선장사, 건어물장사, 미군 부대에서 흘러나온 물건을 받아다 팔기도 했었다. 단속반에 잡혀서 벌금을 내기도 하

나는 행복한

는 어려움도 있었다.

"그런데 참 이상해. 남편과 같이 사는 그 여자가 울면서 나한테 자꾸 미안하다는 거야. 괜찮다고 손을 잡아줬더니 마음의 빚을 조금은 갚은 것 같다며 뒤돌아서 떠났어. 깨어보니 꿈이었어."

잊고 살던 남편한테 갑자기 연락이 왔다. 칠십 바로 넘기고는 폐암으로 투병 중이라고 미안하다며 죽기 전에 꼭 한번 만나서 용서를 구하고 싶다고 전화가 온 것이다. 그 여자와 자녀들 낳고 살고 있는데 새삼스레 만날 필요 없다며 죽는 날까지 얼굴을 보지 않았다. 남편이 하늘 나라로 간 지 한 달도 안 되어서 그 여자도 남편의 뒤를 따랐다며 두 사람이 천생연분이었던 것 같다면서 쓸쓸하게 웃었다.

그녀가 살아온 과거는 영화의 한 장면처럼 험난하고 거친 길이었다. 지금 그녀는 요양보호사의 도움 없이는 아무것도 할수 없다. 가볍지 않은 그녀의 삶도 마지막을 요양원 침대에서 쓸쓸한 모습으로 하루를 보내고 있다.

"집엔 안 갈 거야"

엘리베이터 문이 열리고 굳은 표정으로 걸어온 남자는 옥자 할머니 방으로 들어갔다. 2인실 침대에 누운 옥자 할머니는 낮잠을 자고 있었다. 흔들어 깨우려 하자 남자는 손을 내저었다. 자는 할머니의 얼굴을 자세히 바라보던 남자는 뚜벅뚜벅 문을 나섰다. 남자에게 잘 가시라는 인사말을 하는 요양보호사 말을 들은 옥자 할머니는 남자가 나간 다음 슬며시 눈을 떴다.

"방금 전에 다녀간 분이 있는데 지금 아직 1층에 있으니 다시 오라 할까요?"

할머니는 고개를 저었다. 누가 다녀갔는지 아느냐고 물었더니 큰아들이라고 했다.

아들인 남자는 나이가 70대로 보이는 노인이었다. 그는 어머니의 요양비를 요양원에 내러 올 때마다 어머니 앞에서 긴 한숨을 쉬며 얼굴만 바라보다가 쓱 가버린다. 아파트 경비로 벌어들인 수입으로는 생활비와 98세 되는 노모의 요양비를 대기에

나는 행복한

는 턱없이 부족하다.

그는 혼자 지기에는 너무 무거운 짐을 지고 있었다. 요양원에 있는 어머니 때문에 가정불화도 여러 차례 겪은 듯 노모 앞에서 땅이 꺼질 듯 내쉬는 한숨을 쉬는 모습에서 그를 바라보는 요양보호사들조차 불안할 정도다.

옛날 같았으면 자식들의 부양을 받으며 지내야 하는 노인들이, 요양보험 제도가 생기면서 오갈 데 없는 노인들이 요양원으로 들어왔다. 집안에서 환자를 사이에 두고 가족 간 아귀다툼을 벌이는 일은 거의 없다. 편리함을 추구하려면 경제적 대가를 치러야 되지만 그것마저도 허용되지 않은 가정들이 간혹 있다. 옥자 할머니는 아들의 모습을 보면 아예 죽은 척한다. 아들이 나간 것을 확인하면 또랑또랑 눈을 뜬다.

"어르신 아들 이름 알아요?"

"경수."

"아들 집으로 가실 거예요?"

"집에는 안 갈 거야."

비록 치매로 현실 파악을 못해도 사람에게서 느끼는 감정까지 모르진 않는다. 언젠가 할머니가 몸이 아프다는 전화를 받고 요양원으로 한걸음에 달려온 아들은 기운 없이 자리에 누운 노모를 보며 "아직도 살아계시네요."라고 말하더란다. 요양보호사들은 그를 기피인물로 꼽았다. 얼떨결에 한 말이었겠지만 그래도 사람의 생명을 놓고 경제적인 문제로 가볍게 말하는 아들의 모습에 실망한 것이다. 할머니는 아들이 보고 싶은 그리운 사람은 아니었다. 그저 짐이 된 존재일 뿐이다.

옥자 할머니는 요양원으로 들어오기 전에 혼자 살면서 폐지를 주워서 팔아서 겨우 연명했다. 더이상 활동할 수 없자 큰아들 집에서 지내다가 요양원으로 들어왔다. 슬하에 딸도 있지만 딸이 찾아온 것은 보지 못했다. 아들 집으로 갈 거냐고 물으면 심하게 거부반응을 나타낸다. 아들과 같이 살면서 좋은 기억은 없었던 것 같았다. 천륜으로 맺어진 부모 자식이지만 오히려 서로 안 보고 사는 삶이 마음 편해 보인다.

옆 침대 금희 할머니의 자녀들은 올 때마다 간식을 사 와서 옥자 할머니까지 챙긴다. 금희 할머니 딸들이 오면 자다가도 눈을 뜨고 "오셨어요?" 인사를 한다. 비록 남이지만 자기를 챙겨주는 고마움을 표시한다. 그런 그녀는 유독 아들만 오면 눈을 감고 세상모르고 자는 척하다가 아들이 간 것을 확인하면 눈이 말똥말똥해진다.

무슨 부귀영화를 누리려고 오래 산 것은 아니지만 끊어지지 않은 생명을 놓고 긴 한숨을 쉬는 큰 아들, 어머니가 요양원에 계신 것을 알면서도 아예 얼굴도 내밀지 않은 작은 아들, 마찬가지로 찾아오지 않는 딸에게 의문이 던져진다. 그들에게 어머니는 과연 어떤 존재란 말인가? 세상은 참 각박하다는 생각이 들었다.

세상에 영원한 것은 없다. 영원할 것 같은 젊음도 세월이 가

나는 행복한

면 노인의 자리로 밀려갈 것이고 때가 되면 자기의 본향으로 되돌아간 것은 자연의 섭리다. 언젠가는 옥자 할머니의 자녀들도 세월에 밀려 요양원을 찾으면 그때서야 자신들의 어머니 심정을 이해하려나.

삶의 끝자락에서 그토록 고달픈 생의 끈을 쥐고 있던 옥자 할머니도 육신을 벗고 본향을 향했다. 아들의 두 어깨 위에 놓인 무거운 짐을 덜어주기 위해선지 구원이 되지 못한 세상의 미련을 뒤로하고 드디어 세상 짐을 벗었다. 절대적 빈곤에 시달리지 않아도 되고 누구의 눈치를 보지 않아도 되는 당신의 영원한 나라를 향해 먼길을 편안히 떠난 할머니는 비로소 진정한 자유를 얻었다.

"아버지를 이해합니다"

여자는 눈물을 흘렸다. 그녀로서는 헝클어진 실타래를 어디서부터 풀어야 할지 난감했다.

4남매가 있지만 치매 걸린 아버지를 모시겠다고 나서는 자식은 아무도 없었다. 어머니가 돌아가시고 난 후, 큰아들 집에서 살던 아버지는 6개월을 버티지 못했다. 오빠는 형제들을 소집해서 가족회의를 열었다. 며느리만 보면 안아주고 뽀뽀해 달라는 아버지의 이해할 수 없는 행동에 올케가 더는 같이 살기 어렵다고 말했다. 아버지의 이상한 행동에 올케가 날마다 우는 것을 보기 어렵다는 오빠의 하소연을 듣고 보니 오빠 가족도 이혼 직전에 있다는 사실에 놀랄 수밖에 없었다. 둘째 아들에게 모시기를 부탁하자 부부가 가게를 하기 때문에 절대로 모실 수 없다는 답변이 나왔다. 막내 남동생도 단칸방에서 아버지를 모시는 건 어렵다고 했다.

그날 당신의 문제로 자녀들이 모여서 심각한 회의를 하는 그

시간에도 배고프다고 밥 가져오라는 아버지의 고함소리가 귓전을 울렸다. 아버지 방에 갔더니 속옷만 입고 빨리 며느리 들어오라고 소리치는 모습을 보고는 사태의 심각성을 깨달았다. 친딸이 보기에도 납득하기 어려운 민망한 언행을 하는데 며느리가 함께 산다는 것은 불가능할 것 같았다. 젊은 시절 점잖고 예의 바르던 아버지의 모습은 간 곳 없고 아무 곳에나 침을 뱉고 며느리가 보건 말건 침대 위에서 소변을 보는 식이었다. 이쯤 되니 아버지가 갈 곳은 어디에도 없었다.

여자는 친정에 다녀온 후로 몇 날 며칠 잠을 못 잤다. 달라진 아버지의 환영에서 벗어나지 못하고 고민하자 남편이 여자를 설득하기 시작했다. 그래도 가장 좋은 방법은 딸이 모시는 거라면서 아버지를 모시러 가자고 했다. 아버지 처지를 생각하면 딸이 모시는 게 맞는 말이지만 막상 나서기가 어려웠다. 다니던 직장을 그만둬야 하고 언제 끝날지 모르는 기약 없는 희생의 날을 보낼 수도 있을 거라는 얄팍한 마음에 선뜻 나서지 못하고 망설였다.

갈 곳 없는 아버지를 모른 체하는 것은 부모에 대한 예의가 아니라는 남편의 말에 중간에 못 모신다고 할 거면 처음부터 시작하지를 말자고 못을 박았다. 남편은 부모가 어린 자식 키우기 힘들다고 버린 것 봤냐며 아이 수준으로 변한 아버지를 어린 아이로 생각하고 최선을 다하자고 했다. 결국 아버지를 모셔오기로 하면서 형제들에게 조건을 달았다. 다니던 직장을 그만둬야 하기 때문에 아버지 생활비를 조금씩 보내 달라고 했다. 부양의무 책임을 피하게 된 그들로서는 그렇게 하겠다고 쌍수를 들어 환영했다. 아들들 입장에서는 버리지 않고 모셔 갈 곳이 생기자 조마조마하던 가슴을 쓸어내렸을 것이다.

처음부터 쉽지 않을 것이라는 예상은 했지만 현실은 그 이상으로 가혹했다. 밤에 자다가도 침대 위에서 벽을 향해 소변을 보는가 하면 옷을 입은 채로 침대 시트를 밤마다 몽땅 버려놓기도 했다. 침대 시트를 교체하다가 물컹거리는 물체에 밟혀서 보면 침대 모서리 쪽에 변을 봐 놓기도 했다. 기저귀를 채워 놓으면 조각조각 찢어서 침대 위에 종이 부스러기가 솜처럼 하얗게 널려 있었다. 때로는 기저귀를 빼서 머리에 쓰고 잘 때도 있었다.

밥을 먹고 난 후 다시 배고프다고 부엌에서 그림자처럼 서성거렸다. 삼겹살을 구워서 먼저 드리고 난 다음 밥을 먹으면 음식 먹는 딸의 모습을 뚫어져라 바라보는 아버지의 눈길과 마주치기가 겁났다. 왜 그렇게 보느냐고 물으면 또 먹고 싶어서 그런다는 말을 듣고 쌈과 고기를 드리면 끝도 없이 드시는 아버지의 모습을 측은하게 바라보곤 했다. 단순히 많이 드시고 옷에 변 본다고 먹는 것까지 제한하려 한 자신을 질책하다가도 아버지의 이상행동에 울컥울컥 화를 내기 일쑤였다. 생활 리듬이 깨어지자 마음도 몸도 서서히 지쳐갔다. 여자 혼자 감당하기에는 한계점에 다다랐다. 몸이 힘든 건 그런대로 참을 수 있는데

나는 행복한

딸을 여자로 보는 데에는 참을 수 없는 분노에 가까운 울화통이 터져 나왔다.

"너하고 하룻밤 자면 참 좋겠다."

상상도 못했던 그 말에 제정신이 아니라 돌아버릴 것 같았다. 그날 밖에는 비가 추적거리며 내리고 있었다. 한없이 우울해진 마음을 가누기 힘들었다. 소주 한 병을 벌컥거리고 마시자 울컥 눈물이 쏟아져 나왔다.

"어머니! 아버지를 두고 왜 그렇게 빨리 돌아가셔서 나를 이리도 힘들게 하나요?"

퇴근한 남편은 흐트러진 소주병과 눈물로 얼룩진 아내 얼굴을 보며 아버지한테 무슨 일 있었냐고 물었다. 아버지 모시는 건 내 힘으로는 못하겠다고 말하자 그런 각오 없이 모실 각오를 했냐며 남의 말 하듯이 하는 남편에게 불덩이 같은 분노를 쏟아내었다.

"아버지의 이상행동에도 당신은 아무런 반응이 없었어. 내가 이렇게 힘든데 무관심에 가까운 당신은 도대체 뭐야?"

"당신 힘든 걸 내가 왜 모르겠어? 내가 부녀 사이에 시시콜콜 끼어들면 당신 마음이 편하지는 않겠지. 아버지가 살면 얼마나 산다고 갈 곳 없는 아버지를 못 모신다는 것은 자식의 도리를 저버리는 행위 아니겠어? 당신이 고생하는 것 알면서도 내가 나서서 당신 편에 서서 환자인 아버지에게 대적하면 당신 마음이 편하겠어?"

"아버지가 죽기 전에 내가 먼저 죽을 것 같아."

세상 사람들은 다 행복하게 사는데 왜 혼자 무거운 짐을 지고 비틀거리며 힘겹게 살아야 하는지 억울하고 분했다. 이렇게 힘들게 사느니 차라리 세상 끝내버리자 하고 약국을 돌아다니며 수면제를 사서 모았다. 마지막으로 아버지 얼굴이라도 보려고 방문을 열었다. 침대 위에서 세상모르고 평화롭게 자는 아버지의 모습은 어린아이 같았다. 어린 딸을 끔찍이도 사랑하던 아버지, 외동딸이라고 끝없이 사랑해 주던 아버지와의 추억이 바람처럼 스쳐갔다. 볼에 뽀뽀해 주고 쓰다듬어 주던 옛 모습이 떠올랐다. 제풀에 꺾여 현실을 도피하려고 죽음을 선택하려는 어리석음을 느끼는 순간 냉정한 판단이 들었다.

생각다 못해 신경정신과를 찾았다. 정신과의사는 부친이 정상적인 사고가 아니라 아이 같은 상태에서 인간의 가장 기본적인 성욕만 남아 있기 때문에 환자에게 나타나는 자연스러운 현상일 수 있으니 크게 상심하지 말라고 했다. 그제야 냉정을 되찾고 환자인 아버지와 정상인 아버지의 사이에 있는 자신을 발견했다.

아버지께 인사를 온다고 집에 형제들이 가끔 모였다. 오빠와 동생들은 몇 달 동안 잘 보내주던 생활비를 언제부터 안 보내기 시작했다. 집에 올 때 과일 한 상자 사오는 걸로 입 닦으려 하는 것도 여자는 섭섭했다. 그들은 놀러 오듯이 얼굴을 내밀고 가지만 형제들이 방문하면 식사 준비를 해야 하는 가사노동의

강도는 높아가고 몸은 지쳐갔다.

그날도 아버지는 따뜻한 햇볕이 내리는 아파트 벽 앞에 서서 볕을 쬐고 있다가 사람들이 지나가는 길목에서 바지를 내리고 아파트 외벽에 대고 방뇨했다. 이를 지켜본 주민이 이런 지각 없는 행동으로 인해 주변이 지저분해지면 아파트값 떨어진다고 소리를 지르는 바람에 주민과 남동생이 싸움이 붙었다. 사람 사는 동네에 치매로 분별력 없는 분이 소변 좀 보았기로 집값이 떨어지면 얼마나 떨어지냐며 따지고 들었다. 하지만 소변을 본 잘못을 저지른 아버지는 두 사람 싸우는 걸 남의 불난 집에 불구경하듯 지켜보면서 재미있는 표정으로, 아들과 싸우는 여자 얼굴 한번 아들 얼굴 한번 번갈아 보며 실실 웃고 있었다.

그 무렵 사촌 언니가 작은아버지를 뵙겠다고 집에 들렀다. 몸도 마음도 어린아이로 돌아간 아버지의 모습을 본 후 언니는 돌아가면서 자꾸 씨익 웃는 게 아닌가. 언니에게 무슨 좋은 일이 있느냐고 물었다.

"작은아버지 아직도 건강한 것 같아. 나를 보더니 뽀뽀 한 번만 해주고 안아 달라고 조르더라. 내가 아직 남자를 몰라서 뽀뽀를 못한다고 했더니 '너는 남자를 모른다.'라고 하면서 시집가서 애도 낳고 잘 살면서 그까짓 뽀뽀 한번 안 해주냐고 섭섭해하시더라."

여자는 그 후로 도덕적 관점에서 바라보던 아버지를 환자의 관점으로 보기 시작했다. 며느리에게 뽀뽀를 해달라고 조른 것도, 딸을 여자로 본 것도, 조카에게 안기고 싶어 한 것도 관심을 받고 싶은 사랑에 목마른 환자였다는 사실에 아버지를 이해할 수 있었다. 여자는 아버지가 아닌 환자와 동거 중이라고 스스로 최면을 걸었다.

정신줄을 놓고도 비교적 건강하던 아버지는 노환으로 병석에 누웠다. 세상 떠날 준비를 하는 아버지는 생의 마지막을 지켜보는 딸의 손을 꼭 쥐고 딸에게서 눈을 떼지 않았다. 임종을 기다리는 자녀들 앞에서 하늘나라로 긴 여행을 떠났다. 아버지는 여자에게 고통만을 주고 가신 게 아니었다. 노인장기요양보험 제도가 생기기 전 아버지는 세상 짐을 벗고 가족이라는 따뜻한 마음을 선물로 주고 하늘나라로 홀연히 떠났다. 마침내 여자에게 자유를 허락했다.

"아버지! 이제는 아버지를 이해합니다."

지난날을 회상하는 여자의 얼굴에 한때는 자신을 힘들게 했던 아버지를 그리는 애잔한 마음에 눈가에 이슬이 촉촉이 맺힌다.

*이 내용은 '노인장기요양보험' 제도가 생기기 전 동료 요양보호사 K씨가 아버지를 모실 때 경험한 일을 전해 듣고 작성한 글입니다.

나는 행복한

"밥을 언제 줬어?"

태풍 영향권 안에 들었다는 날씨는 음습하게 꾸물거리더니 가는 바람을 타고 온 비가 유리창에 맺힌다. 일기예보와 달리 나뭇가지에 이는 바람이 요란스럽지 않다. 남쪽에서 위력을 떨치는 바람이 올라오는 도중 세력이 약해졌다. 기운이 쇠잔한 노인처럼 제대로 힘을 쓰지 못하고 수명이 다했다. 다행이다.

날씨가 흐리거나 비 오는 날이면 유난스레 시끄럽게 반응하던 어르신들이 깊은 잠속에 빠져 있다. 남자 어르신 방에서 부르는 소리가 난다. 70대 중반의 Y가 옆 침대 C와 둘이 무슨 말을 주고받는다. 무슨 일로 부르냐고 묻자 저녁밥을 가져오란다. 저녁 식사는 이미 했다고 하니 무슨 소리를 하냐며 목소리를 높인다. Y는 옆 침대 동료에게 묻는다.

"우리 저녁밥 먹었어요?"

그는 밥 먹은 적 없다고 대답한다. 그들의 세계에서 증인이 나오고 밥을 먹지 않은 것이 확인되는 순간이다. 우리가 밥을 먹지 않았는데 왜 거짓말을 하냐며 배고프니 당장 밥이나 가져오란다. Y는 C에게 저녁 식사 여부를 재차 물었다. 동료가 안 먹었다고 말하자 밥 주기 싫어서 거짓말까지 한다며 이제는 삿대질까지 하며 밥 가져오라고 난리를 친다. 밥 한톨 남기지 않고 맛있게 다 드셨다는 내 말이 의심스러운지 다시 C에게 물었다. 그러면서 저녁밥을 안 먹은 게 확실하다고 말한다.

"밥을 주긴 언제 줬어. 에이 씨 당장 밥 가져와."

거짓말하지 말라고 둘이서 협공했다. 어차피 진실이 통하지 않은 분들이니 달래는 수밖에 없다. 주방선생님이 퇴근해서 지금은 밥이 없으니 내일 아침에 밥 드리겠다면서 그냥 주무시라고 말했다. 하지만 그들을 잠재우기란 쉽지 않다. C가 삿대질을 하며 '밥도 안 주는 X같은 곳'이라며 특유의 고음으로 소리 지른다. 어느 한 사람이라도 제대로 기억을 하면 안 먹었다고 박박 우기지 못하지만 둘이 다 안 먹었다고 생각하니 제때에 밥도 주지 않은 나쁜 사람이 되어 버렸다. 웬일로 비 오는 날 조용히 넘어가나 했더니 자다 깬 두 분이 말썽을 피운다.

언젠가 아침 식사 끝난 후 요양보호사들이 식탁에서 밥 먹는 광경을 보고 당신들만 먹지 말고 밥 가져오란다. 지금 우리가 너무 배고파서 먼저 먹고 있으니 조금만 기다려주시면 빨리 먹고 갖다 드리겠다고 대응했다.

치매 환자들은 그 순간만 넘어가면 자기가 무슨 말을 했는지

나는 행복한

기억하지 못한다. 그들의 감정은 순간순간 변하고 감정 상태는 검열되지 않는다. 진실이 통하지 않은 곳이 요양원 어르신들이다. 눈앞에 보이는 것이 그들 세계의 전부이다.

의학발달로 수명은 길어져 백세시대로 들어섰다. 예전에는 팔십 넘으면 장수한다 했지만 대상자들 대부분 구십 넘은 분이 많다. 건강해서 장수하면 축복이지만 무너진 정신세계는 치매로 제대로 분별 못하고 스스로 할 수 있는 일이 거의 없다. 희미한 과거 속에서 배회하다가 현실을 살고 있는 자신의 남은 삶이 어떤 상황에 있는지 깨닫지 못한다. 특히 비가 오거나 날씨가 안 좋은 날은 정도가 심하다. 아들 밥 차려 줘야 한다며 집에 가겠다고 나서는 분이 있는가 하면 옷을 꺼내 보따리를 싸는 할머니도 있다. 지금 어두워서 집에 가는 차가 없으니 잠자고 내일 밝은 날 같이 가자고 달랜다.

요양원에서 생활하는 노인들 삶은 여태 살아온 과거는 흘러간 시냇물에 불과하다. 바다로 흘러간 시냇물이 다시 돌아오지 않듯이 잃어버린 현실은 내가 누구인지, 왜 이곳에 와 있는지, 무엇 때문에 가족과 떨어져 사는지 인지 기능이 작동되지 않는다. 나뭇가지에 대롱거리며 버석거리는 마른 낙엽 같은 그들의 삶은 요양원이라는 새로운 공동체에서 이어지고 있다. 과거도 없고 미래도 없는 오직 현실만이 존재하는 이 시간을 살아가고 있다. 시간은 흐르고 과거 속으로 사라지는 현실만이 남아 있다.

면회

"어르신 전번에 온 따님 면회 왔어요. 거실에 나가보세요."

"아냐. 난 오로지 나 혼자야. 예전 옆집에 친분 있던 이가 가끔 들르는 거지. 난 가족 없어."

정순 할머니는 침대에서 내려와 거실 쪽으로 워커를 밀면서 옆집에서 같이 살던 이가 잊을 만하면 찾아온 거라며 웃는다. 여자에게 어떤 관계냐고 묻자 그녀 역시 할머니가 요양원으로 오시기 전에 옆집 살던 이웃이라고 했다. 할머니와 똑같은 얼굴 모습에서 모녀지간이라는 것은 누가 봐도 금방 알 수 있을 것 같다.

고령화시대 웃지 못할 새로운 풍속도가 나타나고 있다. 누군가에게는 가족을 가족이 아니라고 말해야 하는 시대다. 정부 지원을 받는 수급자인 대상자들은 가족이 있다는 걸 숨기려고 한다. 가족들 역시 신분이 노출되는 것을 꺼려하기 때문에 면회를 오면 그저 아는 지인이라고 말하곤 한다.

나는 행복한

할머니와의 첫 만남은 요양원 첫 출근 날, 각 방마다 다니며 인사를 하고 다닐 때였다. 비록 늙었지만 큰 키에 꽤 예쁜 얼굴이었다. 허리춤에는 보자기로 뭔가 두둑이 묶어 걸음걸이가 늘 불편해 보였다. 남들이 훔쳐간다며 속옷을 보자기에 말아서 허리춤에 두르고 다녔다. 목욕을 시키려고 하면 목욕한 지 며칠 되지도 않았는데 무슨 목욕을 또 하냐며 한사코 거부한다. 사물함에는 여러 개의 보따리가 있었다. 얼마 전에도 목욕하고 난 후에 보따리에 넣어두었던 물건이 없어졌다며 보따리를 풀어서 침대 위에 온갖 잡동사니를 늘어놓고 없어진 물건 찾는다며 소란을 피웠다. 할머니는 과거를 뚜렷이 기억하고 일상생활에서도 특별히 이상행동은 나타나지 않지만 유독 아무 쓸모 없는 물건에 대한 편집증만 심했다.

언젠가 고향이 어디냐고 물었더니 할머니는 선물보따리 풀듯 묻지도 않은 이야기들까지 술술 끄집어냈다. 할머니 표현대로 인용하면 평양 처녀가 전라도 깽깽이 총각한테 시집을 갔단다. 같은 직장 동료였던 청년은 미모의 아가씨에게 여러 차례 청혼을 했지만 그럴 때마다 여자는 거절했다. 어느 날 아버지로부터 빨리 집으로 오라는 전화를 받고 무슨 일인가 싶어 달려갔더니 계속 청혼해 오던 청년이 자기 뜻을 이루지 못하자 손목을 면도날로 그어서 피를 철철 흘리고 있었다. 사랑하는 사람과 결혼하지 못할 바에야 차라리 죽겠다고 자살소동을 벌인 것이다. 하는 수 없이 그 사건에 코가 꿰어 결혼을 했단다. 그래도 후회는 하지 않는다고 했다. 결혼 후 남편은 사업을 시작하여 가정부를 두고 살 만큼 경제적 여유도 있었다.

"한번은 바깥에 외출하고 집에 왔더니 안방에 가정부와 남편이 나란히 누워 있는 거야. 참, 등잔 밑이 어둡다더니 내가 바로 그 짝이었지. 불륜 현장을 들켜버린 남편이 무릎을 꿇고 싹싹 비는 거야. 평정심을 잃지 않으려고 가정부에게 다시는 만나지 않겠다는 각서를 쓰라고 했지. 무릎을 꿇은 남편 옆에서 각서를 받아내고는 바로 내보냈어."

느긋한 성격이라 가정을 깨지 않고 지혜롭게 넘어갈 수 있었다. 남편은 가족들을 평양에 두고 고향인 전주에 있었는데 그 무렵 6.25 전쟁이 났다. 아들과 딸을 데리고 피난길에 올랐다. 젊은 나이에 피난길이 두려웠을 법도 한데 목숨을 건 모험인지라 위기에 처하면 남자들의 멱살을 흔들어가며 아이 둘을 겨우 데리고 나와서 남편을 찾아 재회했단다.

살아온 과거를 말하면 한 편의 드라마 같다는 그녀도 아들 이야기를 할 때는 긴 한숨을 쉬었다. 남편은 일찍 세상 뜨고 아들은 장성해서 결혼 후 이발관을 차렸다. 섬세하고 꼼꼼한 솜씨라 주변에서 이발 잘한다고 명성이 자자했다. 다른 이발관은 파리를 날려도 아들 가게는 손님이 항상 북적였다. 일을 마친 아들은 밤늦게 술을 마시고 이발관에 딸린 방에서 잠자리에 들었다. 아침에 가게 문을 열지 않아서 찾아가 보니 아들은 연탄가스에 중독되어 이미 세상을 떠난 후였다. 이상한 것은 아들은 방에 있었는데 방문이 바깥에서 잠겨 있었단다.

"멀쩡한 아들을 잃자 눈물이 강을 이루었어. 세상사는 게 아무 의미가 없었지. 늙은 나는 이렇게 살아 있고 살아야 할 아들은 죽었으니 세상 참 불공평하지."

"딸이 있잖아요."

"에이, 딸들은 다 외국에 나가서 소식 몰라. 나는 피붙이가 없어. 이 세상에서 나 혼자야."

가족이 있으면 혹시 불이익이라도 당할까 봐 그런지 어떠한 상황에서도 할머니는 한사코 독신임을 강조한다.

그날 오후 성에가 잔뜩 낀 요양원 유리창을 통해 메마른 겨울 나뭇가지들이 바람에 흔들린다. 그 풍경을 바라보는 정순 할머니가 세월이 지나도 잊혀지지 않은 지난날의 아픈 기억을 회상하면서 흐르는 눈물을 조용히 닦는다. 그 모습이 마냥 안타까울 따름이다.

키다리 할아버지의 순정

아침 시간, 바닥청소를 하느라 청소기의 소음이 귀청을 울려 오가는 사람의 발걸음도 감지하지 못하고 이쪽저쪽 다니며 청소기를 열심히 돌리고 있다. 옆에 커다란 물체가 있다고 생각하고 눈을 들어 앞을 보는 순간 저벅저벅 걸어가는 한 사람. 아침 이른 시간에 요양원을 방문할 사람은 키다리 할아버지밖에 없다.

그는 인사를 하기도 전에 할머니가 있는 방으로 성큼성큼 걸어가 버렸다. 인사를 해도 제대로 받은 적도 없고 갈 때도 가겠다고 말한 적도 없다. 아내 옆에 묵묵히 있다가 바람처럼 사라져 버리는 할아버지다. 할머니의 침대 옆에서 두 사람의 사랑스러운 눈길이 서로를 향해 바라보고 있다. 할머니의 반짝이는 눈동자가 할아버지를 반기고 입가에 흘러나온 미소가 행복해 보였다. 할아버지에게 자판기에서 커피를 뽑아다 주자 컵을 한 손으로 잡고 홀짝거리며 마시다가 자판기에서 율무차를 한 컵

뽑아 와서 침대를 ㄴ자로 새우더니 부인의 입에 율무차를 서서히 흘려 먹이고 있다.

할머니는 뇌졸중 환자다. 전신 마비에 언어장애까지 있고 영양 섭취는 레빈튜브로 환자용 메디푸드를 사용하는 중환자다. 입으로는 물 한 모금도 섭취하지 못하고, 움직이는 것은 물론 앉는 것도, 말도 못하지만 의식은 명료해서 눈빛으로 의사 표현은 곧잘 했다. 남편이 찾아오면 서로를 향하는 뜨거운 눈빛은 두 사람이 금슬 좋은 부부였다는 것을 확인해 주고 있다. 음식이 입으로 직접 들어가면 흡인성 폐렴 위험성이 있기 때문에 안 된다고 했더니 천천히 먹이면 괜찮을 거라며 고집을 피웠다. 무슨 말을 하는지 환자의 얼굴이 환해지는 것으로 봐서 사랑의 말을 속삭이는 것 같았다. 언젠가도 와서 할머니를 만나고 돌아가면서 사랑한다고 속삭이는 말이 할아버지의 입에서 흘러나오고 할머니의 얼굴이 환하게 핀 함박꽃처럼 밝아졌다. 달콤한 사랑의 언어는 움직이지 못하고 침대에 누워 있는 환자에게 어떤 기술적인 언어보다도 마음을 편하게 해준 것 같다.

할아버지는 할머니의 굳어서 굽은 바짝 마른나무 같은 다리를 들어 올리더니 노를 젓듯 다리 관절운동을 시키고 있었다. 격렬한 운동에 다리골절이라도 생길 것 같아서 서서히 하라고 말해도 듣지 않는다. 두 다리와 두 팔을 들어서 한참을 운동시키고 나면 할아버지의 이마에는 땀방울이 송골송골 맺혀 있다. 관절운동이 끝나면 얼굴을 쓰다듬고 지압을 했다.

이마와 코 옆 볼 등을 지압하고 나면 환자의 연약한 피부는 멍이 들어 있었다. 기술적으로 하는 지압이 아니라 자신의 정성으로 사랑하는 아내에게 조금이라도 위로와 사랑의 마음을 전해 주고 싶은 마음 표시를 하는 것 같았다. 돌아갈 때는 침대 옆에 걸린 달력의 날짜에 볼펜으로 빨간 동그라미를 그려놓는다. 방문한 시간을 써놓고 다음 예정 방문 날짜를 부인에게 얘기해 준다. 둘이 손을 붙잡고 한참 있다가 아쉬운 듯 뒤돌아보며 나간다. 남편의 뒷모습을 물끄러미 보던 할머니의 눈가에는 구슬 같은 눈물이 맺힌다. 뒤돌아가는 남편의 모습을 놓치지 않고 바라본다. 서글프고 아름다운 이별의 시간이다.

할아버지는 언젠가 "아내가 연상의 여인입니다."라고 말했다. 부부의 연을 맺고 살다가 할머니가 60대 중반에 뇌졸중으로 덜컥 쓰러졌다. 아들 둘은 성인이 되어서 각기 가정을 이루고 살지만 부부의 삶에 빨간 신호등이 켜졌다. 어떻게 해서라도 치료하려고 병원에 몇 년을 입원했지만 감당하기 어려운 치료비 때문에 요양원으로 들어왔다. 처음에는 매일 요양원에서 살다시피 했다. 날마다 할머니 옆에서 닦아주고 마사지해 주는 바람에 집에도 안 갔다. 규칙을 어기고 불편한 요양원 간이침대에서 잘 때도 많았다. 컵라면 사다가 물 부어 먹는 게 안 돼 보여서 원장님이 마음 편히 식당에서 식사하라고 배려해 준 덕분에 날마다 할머니의 곁을 지켰다. 아침이면 물수건으로 세수시키고 팔다리, 가슴, 등까지 정성스레 닦아 주고는 화장도 해

나는 행복한

주었다. 환자에게 하얗게 파운데이션을 바르고 빨간 립스틱으로 입술을 바른 다음 눈썹연필로 까맣게 눈썹을 비뚤거리게 그려놓으면 마치 순정만화의 주인공 같았다. 메이크업이 완성된 부인을 보며 예전의 예쁘던 모습을 회상하는지 화장시킨 후에는 이리저리 살펴보며 흐뭇한 표정이다. 아예 주변의 시선 따위는 염두에 두지 않고 부인에 대한 사랑에만 지극 정성이다.

언젠가부터 할아버지의 모습이 자주 보이지 않았다. 한 달에 두세 번쯤 다녀가는 것이 전부였다. 그도 건강이 안 좋아 시골에 요양중에 있다고 했다. 할아버지와 두 아들이 함께 오면 할머니의 시선은 할아버지에게 고정되어 있다. 아들들은 어머니 얼굴 한번 보고는 로비에서 TV 시청하며 아버지가 나오기를 기다린다. 여름날에도 땀을 비질비질 흘리며 할머니의 다리를 붙들고 노를 젓듯 관절운동을 시키더니 환자 기저귀를 풀고 부채질을 하고 있었다. 움직이고 있는 자신의 몸에 흐르는 땀이 환자도 더울 거라고 생각했는지 한참동안 부채질을 하고 있었다. 본인의 건강 상태가 안 좋아서 시골에서 요양하고 있기 때문에 자주 못 오고 한 번씩 오려면 새벽에 나서서 와서 부인을 케어하고 가면서 아쉬운 표정으로 뒤돌아보고 간다.

부부는 마치 견우와 직녀 같았다. 둘이서 봄날 같은 사랑을 하면서도 함께 있을 수 없는 아쉬움 때문에, 날을 정해서 와서 만나고 가고 서로를 그리워하는 연인들처럼 헤어질 때는 사랑스러운 눈길을 주고받으며 헤어졌다.

할머니는 폐렴 증세로 가끔씩 열이 나고 소화도 잘 안 되는지 설사를 자주 했다. 할머니가 몸이 안 좋다는 연락을 받고 할아버지가 휘청거리는 모습으로 아침 일찍 요양원을 방문했다. 혼자 장거리를 오기가 쉽지는 않았을 터였다. 수척해진 모습에서 그의 건강 상태를 짐작할 수 있었다. 그의 몸 상태는 아내 곁에 오래 머무를 정도가 되지 못했다. 아내의 손을 붙잡고 한참을 서 있다가 떨리는 손으로 얼굴을 어루만져 주면서 가야 한다며 아쉬운 작별을 하고 돌아갔다.

서로에 대한 사랑을 확인하듯 사랑하는 남편의 따뜻한 사랑의 손길을 못 잊는지 남편이 서 있던 곳을 향해 눈길을 주시했다. 할아버지가 간 지 두 시간쯤 되어 할머니는 잠들듯이 조용히 눈을 감았다. 사랑하는 할아버지를 두고 혼자서 세상을 떠나야 하는 외로운 여행길을….

부부는 볼 때마다 사랑의 감정을 공유했고 서로를 향하는 뜨거운 눈빛이 보는 이들의 마음을 안타깝게 했다. 마지막을 남편의 뜨거운 사랑을 아름답게 간직하고 아쉬운 이별을 고하고 세상을 떠난 할머니의 마지막 모습이 누구보다도 행복해 보였다.

소장수의 아내

요란한 소리가 꼭 싸우는 소리 같다. 살금살금 보름 할머니 방으로 가 봤더니 침대에 걸터앉아서 TV 리모컨을 움켜쥐고 옆 침대 경희 할머니를 향해서 소리치고 있었다.

"남의 집에서 세 살면 얌전히 있어야지 시끄럽게 하기는…. 여기가 당신 집이야? 한 번만 더 시끄럽게 텔레비 틀면 그때는 당신 짐 보따리를 집 밖으로 내놓을 거야."

경희 할머니는 본래 3층에 있었지만 원장님 볼 때마다 바깥 풍경이 잘 보인다는 5층으로 자리를 바꿔 달라고 졸랐다. 사실은 같이 생활하던 동료가 몸이 안 좋아 병원으로 이동한 지 한 달 만에 떠난 게 그녀의 마음에 영향을 미치는 듯했다.

같은 방에서 생활하던 혜자 할머니의 자식들이 어머니의 소지품을 찾으러 왔었다. 어머니는 어떠냐는 동료 할머니들의 질문에 아들은 괜찮다고 했다. 하지만 사물함 서랍에서 생신 잔치 때 한복을 곱게 차려입고 환하게 웃는 모습의 사진을 들여다

보며 눈물을 글썽였다. 그 모습을 지켜보던 같은 방 할머니들은 나름 상황판단을 한 것 같다. 말없이 떠나버린 혜자 할머니가 다시 돌아올 수 없는 길을 떠났다는 사실에 가슴앓이를 했다. 주인 잃은 빈 침대를 볼 때마다 같이 웃고 생활하던 동료의 모습이 생각나서인지 자리를 옮겨 달라고 하는 것이다.

한 달 전부터 원장님한테 부탁을 해놨던 차에 5층 빈자리가 났다. 드디어 경희 할머니는 원하던 5층으로 왔건만 그날로 구박을 받아야 했다. 보름 할머니는 치매 증세가 있어서 2인실 방을 자기 집으로 착각하곤 한다. 기억력 정확하고 자존심 강하고 현실 판단이 확실한 경희 할머니는 어안이 벙벙했다. 같이 맞대응하기에는 두 사람의 수준이 같아지고 참고만 있기에는 즐겨보는 TV를 못 보는 인내심이 필요하다. 일주일도 못 견디고 짐 보따리 싸서 예전에 있던 방으로 다시 가버렸다.

보름 할머니의 입담은 알아준다. 동료들과도 같이 앉아서 시간 가는 줄 모르고 지난날을 더듬어서 얘기하는 걸 보면 치매증세가 있다고 생각할 수가 없다. 분위기를 재미있게 끌고 나가며 사람의 마음을 휘어잡는 재주가 있다. 큰 키에 머리카락은 단풍 든 소나무 잎처럼 다 바스러지고 머리 한가운데 머리카락이 다 빠진 자리에는 시커먼 더덕개비가 똬리를 틀고 있다. 머리에 일명 쇠똥이 앉았다고 한다. 머리가 왜 이렇게 생겼냐고 물었더니 젊어서 떡장사 하면서 뜨거운 떡을 머리에 이고 이십 리 길에 있는 장에 다니면서 떡을 팔아 아이들을 키우며 살았던 삶의 흔적이란다.

그녀의 남편은 소를 사서 장에다 파는 소장수였다. 장에 갔다 오면 전대에 돈이 가득 들었어도 겨우 먹고살 만큼의 돈만 주는, 아내에게는 인색한 남편이었다. 어느 날 방물장수 아주머니가 날이 어두워져서 잠잘 데가 없다고 하룻밤 재워달라고 하기에 재워줬다. 웬걸 아내에게 인색하게 굴던 남편은 이튿날 아침 전대에서 한 움큼의 돈을 꺼내더니 아내가 보는 앞에서 돈을 세더니 방물장수 여자에게 건넸다. 다음에 또 오라는 말까지 하면서….

여자가 간 다음에 그 여자가 뭔데 당신이 그 여자한테 돈을 주냐며 따지자 오죽하면 머리에 물건을 이고 팔러 다니겠냐며 불쌍해서 준 돈이니까 신경 쓰지 말라고 하더란다. 생판 모르는 여자 고생하는 것은 그토록 마음 아프고 마누라가 고생하는 것은 아무렇지도 않냐며 퍼부으려 했지만 여자는 이미 가버린 뒤였다. 굳이 싸움을 일으킬 필요가 없어 속이 부글부글 끓어올랐지만 속으로 화를 삭일 수밖에 없었다. 한참 있다 잊을 만하니까 방물장수 여자가 다시 찾아왔다.

"여기는 왜 왔어? 그래 니 서방이 몸 팔아오라고 하든?"

다짜고짜 여자를 몰아세웠다.

"아주머니 무슨 말씀을 그렇게 하세요. 저 그런 사람 아니에요."

오늘은 절대 재워줄 수 없으니 다시는 여기 오지 말라며 내쫓

다시피 보내버렸다.

  돈 잘 벌던 남편도 젊은 날 술을 많이 마신 탓에 병을 얻어 일찍 세상을 떴다. 가장이 없으니 집에 쌀 살 걱정부터 해야 하는 현실이 됐다. 1남 3녀의 자식들과 먹고살기 위해서 떡을 만들어서 장마당에 가서 팔고 와야 하는 고달픈 삶이었다. 떡 그릇을 머리에 이고 장마다 팔러 다니는 바람에 그때 한가운데 머리카락이 다 빠지고 딱정이가 더덕개비처럼 앉았다. 요양보호사 H가 딱정이 진 부분에 오일을 듬뿍 발라서 불렸다가 살살 떼어내자 지난 과거의 훈장처럼 들어앉은 딱정이가 떨어져 나가자 머리에 이고 있던 짐을 부린 것 같다며 좋아했다.

  딸 셋을 시집보내고 아들과 둘이 살았다. 늦은 나이에 겨우 결혼한 아들 부부와 불편한 동거가 시작되었다. 세 사람의 관계가 삐걱거리기 시작했다. 며느리는 일일이 살림살이를 간섭하는 시어머니를 못마땅하게 여겼고 그런 며느리에게 생활경제권을 빼앗겼다고 생각했다. 시어머니와의 주도권 싸움을 하다가 며느리는 친정으로 갔고 아들도 그런 아내 따라서 처가살이를 자청했다. 아들이 한심했다. 그래도 이혼하는 것보다는 나을 것 같아서 며느리가 들어와서 아들과 같이 한 집에서 살라고 하고 자신은 요양원으로 들어왔다. 부족한 아들을 위해 며느리에게 자존심을 굽혔단다. 두 사람이 화목한 가정을 꾸리기를 원한다는 할머니는 아들의 행복을 위해 양보할 줄도 알아야 한단다.

나는 행복한

환자라는 사실이 믿기지 않았다. 며칠 전 다녀간 딸이 언제 왔다 갔는지 제대로 기억하진 못해도 남편에 대한 기억은 생생하다. 젊은 날 남편이 살갑게 대해 주지 않았어도 남편이라는 울타리가 있어서 든든했었다는 말을 곧잘 한다. 남편 생전에 일탈된 행동을 원망하기보다는 가장 없는 빈자리가 그렇게 중요한지 몰랐다면서 자신이 가장이 된 후에야 간절하게 느꼈단다.

그녀의 멈춰버린 시계는 희미한 과거의 테두리에서 벗어나지 못하고 옛날로 회귀하고 있다. 오늘도 놀러온 옆방 할머니들 붙들고 소장수 남편이 집에 온 방물장수 여자에게 돈을 준 얘기를 한다. 여자가 불쌍해서 준 돈이 아니라 줄 만한 이유가 있었을 거라며 지금 같으면 그 여자를 가만히 두지 않았을 거라며 입담을 자랑한다. 질투 같은 건 절대 하지 않는다는 할머니의 말을 어디까지 믿어야 할지….

디아스포라, 나 집으로 가리라

이민자들이 살던 곳에서 고국으로 역이민을 오는 경우도 있다. 안정된 삶보다는 자기가 태어나고 부모 형제가 있던 곳을 잊지 못하기 때문이다. 요양원에 입소한 대상자들의 십중팔구는 집을 못 잊고 자기가 살던 집으로 돌아가려고 한다. 자신이 태어나고 자란 곳을 잊지 못하는 귀소본능이다. 노인들이 예전에 살던 집으로 가기를 간절히 바라는 일들이 벌어지는 곳, 요양원. 바벨론 유수(幽囚)처럼 이산(離散)의 아픔이 서린 이곳에서는 디아스포라의 현실 그대로가 펼쳐진다.

"집으로 보내 달라고 틈만 나면 간호과에 와서 난리를 쳤다.

"이런 불효막심한 놈, 지는 지 마누라와 같이 살면서 제 어미만 데리고 가고 아비는 요양원에 내팽개쳐서 이산가족을 만들어놓고 오지도 않는 나쁜 놈이야. 내가 쫓아가서 집구석을 때려 부숴 버릴 거야."

"어르신, 할머니 많이 보고 싶어요?"

"그럼요. 우리 할머니 키도 크고 얼굴도 아주 예뻐요. 아들놈이 못돼서 이 애비 혼자 외롭게 살고 있는데도 얼굴도 안 비쳐서 화가 나서 죽겠소.""

– "나를 집으로 보내주오" 중에서 –

"밤은 고요하고 잠은 오지 않는데 집을 떠나올 때 다시 귀가할 날을 기대했지만 허상된 꿈을 안고 산다는 그녀. 낮에 떠나가는 아들의 뒷모습을 생각하면서 소리죽여 '이별의 노래'를 부르는 모습이 바람결에 날아가는 은행잎처럼 쓸쓸한 긴 여운으로 남았다."

– '이별의 노래' 중에서 –

집으로 돌아갈 수 없는 사람들

새 생명을 잉태한 봄 햇볕 아래 하얀 목련이 우아한 모습으로 꽃잎을 열었다. 따스한 햇살에 반짝이며 아름다운 자태를 마음껏 뽐내며 미소를 짓고 있다. 주변에는 아직도 싹을 틔우지 못한 나목들이 즐비하게 늘어서 있다. 기나긴 겨울을 지나온 벌거벗은 나무들은 옷을 입을 준비를 하고 있다.

목련은 홀로 고고히 빼어난 아름다움을 자랑하지만 꽃의 수명은 사나흘에 불과하다. 길가 양지바른 곳에 일찍 개화한 목련은 벌써 수명을 다하고 땅 위에 떨어져 꽃잎이 갈색으로 변해 간다. 개화 때의 아름다움은 간데없고 낙화하는 모습은 쓸쓸하고 초라하기 그지없다. 바닥에 떨어져 볼품없는 모습은 젊음이 사라진 사람과 비교된다. 요양시설에서 노후를 맞게 된 어르신들의 생활을 보는 듯하다.

환경이 쾌적한 요양원은 꽃과 나무와 산새와 바람과 햇볕이 함께 동거한다. 아침 햇살을 받아 건물 유리벽이 유난히 하얗게 반짝거린다. 건물 뒤 산에서는 새들이 지저귀고 건물 옆 초원에는 철따라 꽃들이 피어난다. 주변 자연환경이 평화로운 이 건물 안에는 떨어진 볼품없는 꽃잎처럼 삶의 마지막을 의지하고 있는 어르신들의 안식처인 요양원이다. 나무들이 서 있는 푸른 초원 옆 동화 속 헨젤과 그레텔에 나올 법한 아름다운 모양의 하얀 건물 지붕이 유난히 목련꽃처럼 하얗게 빛을 발한다. 빵과 과자로 지붕을 두르지는 않았지만 지붕은 하얀 백설기를 얹어놓은 것 같다.

입소자들이 저마다 여러 사연을 안고 생활하는 공동시설에서 아침과 함께 하루가 시작된다. 그 공간 안에는 세월도 계절도 시간도 멈추어 있다. 과자로 아이들을 유혹하는 늙은 마녀가 아닌 그들의 남은 여생을 함께 동행하는 요양보호사들이 어르신들을 돌보며 날마다 소리 없는 전쟁을 치른다.

시시때때로 엘리베이터 앞을 서성이던 A할머니가 엘리베이터 문이 열리자 재빨리 엘리베이터 안으로 들어가려 했다. 옆에 있던 사회복지사가 할머니를 붙잡았다.

"나 좀 놔두쇼. 우리 아들 밥 차려 줘야 한단 말이요. 아들이 굶고 있을 것인디 으째서 나를 집에 못 가게 이렇게 붙잡어두요? 징해서 못살것네."

울부짖는 소리는 절규에 가까웠다. 입소한 지 두 달 가까이 됐는데도 현실에 적응하지 못하고 날마다 집으로 돌아갈 꿈을

나는 행복한

꾼다. 노인요양 대상자들 대부분이 처음에는 낯선 환경에 힘들어 하다가도 차츰 동료들과 재미있게 잘 지내며 그 안에서 작은 사회를 이루며 그들의 방식으로 살아간다. 새로운 환경에 적응 못 하고 배회하는 분들이 간혹 있다. A할머니처럼 그토록 힘들어하는 모습은 다른 시설을 거쳐서 온 것이 아니라 집에서 도저히 케어가 안 되자 시설로 모시고 온 것임에 틀림 없다. 새로운 공간에서 외부와 차단된 환경은 그녀의 영혼을 옥죄는 올무가 된 것이다.

로비에 둥글게 원을 그리며 앉아서 공을 주고받는 레크레이션 시간이 되었다. 가볍게 공을 굴리면 받아서 다른 분에게 굴려 보낸다. 깔깔대며 웃는 분들 틈에 끼어서 공을 굴리던 할머니는 면회 온 보호자가 집에 가려고 엘리베이터를 타려고 하자 자리에서 일어나 같이 따라가려고 한다. 겨우 붙들어서 데려왔다.

요양원에서는 영양사가 칼로리 맞춰서 음식을 제공하고 계절에 맞게 냉난방시설도 잘 돼있고 생활에 무료하지 않게 프로그램에 맞춰서 영화상영이나 노래교실 등 문화생활을 한다. 어쩌면 가정에서 누리지 못한 것들이 다 갖추어져 있어도 돌봐줄 이도 없는 집으로 돌아가려고 발버둥친다. 객관적인 시각으로 본다면 요양원은 노인 환자들이 생활하기에 완벽한 곳이다. 그들은 집에서 아무리 잘 관리해도 한계가 있고, 가족들의 희생 또한 따른다. 더이상 선택의 여지가 없을 때는 가족을 떠나 요양원에 온 후에 인생의 가을날을 쓸쓸히 낙엽 지는 허무한 빈 가슴을 안고 살아가고 있다. 바닥에 털썩 주저앉은 A할머니는 손으로 바닥을 치며 울고 있다.

"제발 나 좀 보내주쇼. 뭣 할라고 이렇게 나를 붙잡아두요? 나는 언제나 집에 갈꼬."

이제는 잊을 만도 할 것 같은데 집을 향한 끈질긴 집념은 우리를 지치게 한다. 날마다 집을 그리는 할머니의 의지는 탈옥을 하기 위해 거듭된 실패에도 포기하지 않는 빠삐용을 연상케 한다. 요양원에 입소하면서 모든 것을 다 잃었다고 생각한 그녀는 자식을 향한 그리움을 떨쳐내지 못하고 바닥에 주저앉아 울고 있다.

"고향이 그리워도 못 가는 신세"

생활실에서 갑자기 큰 소리로 노래 부르는 소리가 들린다. 깨어진 항아리의 파편 같은 B할머니의 투박한 목소리다. 그녀는 언제나 잠에 취해 있다. 밥상 앞에서도 꾸벅꾸벅 졸던 그녀가 웬일인지 시골집이 어떻게 됐는지 알 길이 없다며 훌쩍거린다. 고향에 가면 지금쯤 쑥 캐서 쑥국 끓이면 별미인데 여기는 왜 쑥국도 안 주냐며 투덜거린다. 심한 치매가 아니기 때문에 계절은 인지하고 있는 것 같다.

만물이 소생하는 봄이 찾아왔건만 어르신들에게는 집과 고향을 그리는 향수병을 불러온다. 젊음도 사라지고 자녀들과도 헤어지는 상실감으로 오늘도 살던 집을 그린다. 신기루를 쫓는 사막의 나그네처럼 집을 향한 집념은 끝이 없다. 유리창 너머 뒷산에 시들어 떨어진 꽃을 바라본다. 볼품없는 시든 목련꽃처럼 그녀들의 조각난 삶은 고향을 떠도는 위로받지 못한 영혼처럼 오늘도 한 많은 사연을 안고 살아간다.

이산(離散)의 아픔을 겪는 그들만의 슬픔이 아닌 오늘날 요양원에서 옛집으로 돌아갈 날을 기다리는 입소자들이 집으로 돌아갈 날만을 간절히 기다리고 있다. 가족과 집을 그리워하는 그들이 영원한 안식처를 찾을 때까지는 집을 그리워하는 새로운 풍속이 생겨났다. 그들은 집이 아닌 영원한 본향을 기다리는 새로운 공동체 난민이다. 속절없는 세월에 붙들린 그들의 삶은 이 땅의 순례를 마치고 죽음 너머의 새로운 삶을 기다린다. 그들의 꿈은 삶의 종착역에서 본향을 바라보고 있다.

이별의 노래

노란 은행잎이 춤을 추며 날아가고 있다. 밤늦은 가로등 아래 옷을 벗어가는 은행나무의 초라한 모습이 유리창을 통해 눈에 들어온다. 여름날 은행잎은 푸른 잎으로 나무에 양분을 공급해 줬지만 가을이 되면 나무에 양분을 공급하지 못한 잎은 자기의 할 일이 끝났으니 나뭇가지에서 스스로 떨어져 나간다. 겨우살이를 위해 나무는 잎을 떨어낸다.

밤 늦은 시간, 주변은 고요하고 실내조명등이 노란 불빛을 쏟아낸다.

"기러기 울어 예는 하늘 구만리 바람이 싸늘 불어 가을은 깊었네."

가느다란 목소리가 생활실에서 흘러나온다. 발소리를 죽여 가까이 갔더니 성자 할머니가 침대 위에 비스듬히 앉아서 가곡 '이별의 노래'를 부른다. 박목월의 시에 곡을 붙인 이 가곡은 낙엽 지는 가을날에 떠난 사람을 못내 아쉬워하는 노래다. 낮에

나는 행복한

아들이 면회 와서 어머니를 보고 간 뒤여서인지 우울하게 앉아 있던 성자 할머니는 저녁 식사를 거의 하지 않았다. 가슴 아픈 사연을 안고 이곳 요양원으로 들어와서 마음을 달래느라 힘든 시간을 보내는 것 같았다.

"어르신, 왜 안 주무셔요?"

"잠이 오지 않아서요. 주변 시끄러울까 봐 혼자 조용히 부른다고 소리죽여 불렀는데 들렸어요?"

요양원에 입소할 때 아들이 모시고 왔고 잊을 만하면 아들이 다녀가곤 했다. 많이 힘들어하는 그녀 옆에 앉았다. 그녀가 가슴에 담고 있던 지난 과거 이야기를 쏟아놓기 시작했다.

전직 고교 교사 출신인 그녀는 사업하는 남편과의 행복했던 시절을 떠올렸다. 남편의 사업은 탄탄대로였고 슬하에 두 남매도 신경 쓰지 않을 만큼 각자 자신들의 앞길을 잘 헤쳐나갔다. 하지만 IMF 위기가 휩쓸고 지나가자 멀쩡하던 회사가 연쇄 부도를 맞고 파산했다. 매출도 많고 자금도 안정적이던 회사는 거래회사에서 돈이 들어오지 않자 자금줄이 막혀서 완전히 손을 털었다고 했다. 살고 있던 집까지 팔아서 수습하려 했지만 결국 빈털터리가 되고 남편은 그 후유증으로 세상을 떠났다.

친구들과 함께 여행을 즐기며 여유롭고 풍요롭게 살던 생활이 하루아침에 나락으로 떨어졌다. 설상가상으로 건강마저 좋지 않아서 누군가의 도움 없이 혼자서는 생활할 수가 없었다. 고민이 많아질수록 고통의 무게가 가슴을 억눌렀다. 끌어안고 있었던 것은 허영이었고 자만이었다. 화려했던 지난 과거를 털어내고 스스로 낮아지는 자세가 필요했다. 스쳐 지나가는 바람 같은 과거의 행복이 현실을 살아가는데 아무런 도움이 되지 않았다. 아무리 생각해도 결단이 필요했다. 스스로 요양원을 택했다.

활발하게 사회활동 하다가 요양시설에 있으려니 답답하고 우울해서 견디기 힘들지만 적응해 가고 있단다. 피아노를 치던 손은 예술적 기능을 상실하고 겨우 밥 먹는 데만 쓰는 도구로 전락했다. 몸이 불편한 것 못지않게 마음도 불편하고 먼저 떠나버린 남편이 그리울 때면 피아노 위에서 춤추던 손으로 단 한 번만이라도 옛날처럼 연주하고 싶은 마음이 간절해진다고 했다.

아버지의 사업을 돕던 아들도 그 후 취업을 했지만 원치 않게 직장에서 나와 집에서 아이를 돌보는 상황이 되고 말았다. 직장생활을 하는 며느리가 실질적으로는 가장이 된 셈이니 짐을 덜어주려고 요양원에 들어왔단다. 시간이 지나면 밤늦게 퇴근하는 며느리를 고생시키는 것도 미안한데 시어머니 일로 신경 쓰게 하고 싶지 않았단다.

낮에 아들은 가을옷을 가지고 왔었다. 그리운 아들이 왔지만 아들의 생활을 도울 수 있는 방법이 없다. 미안해하는 아들에게 스스로 선택한 길이니 미안해할 것 없다며 아들의 손을 잡아주었다. 아이가 학원에서 돌아오기 전에 가봐야 한다며 나가는

나는 행복한

아들의 뒷모습을 보기 위해 생활실 유리창 쪽으로 다가갔다. 떨어진 은행잎을 밟고 지나가는 아들의 모습이 보이지 않을 때까지 바라보고 있었다.

밤은 고요하고 잠은 오지 않은데 집을 떠나올 때 다시 귀가할 날을 기대했지만 허황된 꿈을 안고 산다는 그녀. 낮에 떠나가는 아들의 뒷모습을 생각하면서 소리 죽여 '이별의 노래'를 부르는 모습이 바람결에 날아가는 은행잎처럼 쓸쓸한 긴 여운으로 남았다.

귀가를 기다리는 디아스포라

"여보, 나 집에 갈 거야. 빨리 김기사 불러줘!"

경호 할아버지는 딸의 손을 잡고 들어온 아내를 보고 집으로 간다며 보챈다. 잊을 만하면 집에 보내 달라고 떼를 쓴다. 옆에 있던 부인이 보다 못해 한마디한다.

"우리는 여기서 살아야지 집으로 가지 못해."

부인은 어느 정도 현실의 문제를 판단한다. 부부는 같이 요양원에 입소했다가 지금은 다른 층에서 각자 생활한다. 같은 층 4인실 방에서 생활할 때 부인이 옆 동료들과 마찰을 자주 일으켰다. 사사건건 부딪칠 때가 있었다. 금도를 넘은 우월한 엘리트주의가 그녀의 마음속에 아직도 남아 있다. 남편은 명문대학교를 나온 인재였다. 미인의 아내도 같은 대학을 나온 재원이었다. 남편은 금융계의 유력인사로 한때 승승장구하던 시절이 있었다. 출퇴근을 운전기사와 함께 했고 비서가 늘 그의 옆에서 업무를 도왔다. 사회적으로나 경제적으로나 흔히 남들이 부러

나는 행복한

워하는 성공한 사람이었다. 몸에 밴 생활습관은 공동체 생활에서도 나타난다. 부인은 골프를 친다며 방 안에서 스윙 포즈를 취하곤 했다. 옆 동료들과 언쟁이라도 나면 상대를 깔보듯이 말을 던졌다.

"당신 골프 칠 줄 알아?"

비록 같이 생활해도 당신 같은 사람들과는 차원이 다르다며 상대를 은근히 무시하는 듯한 태도를 보이곤 했다. 판단력이 없어진 남편을 병실 동료들이 무시한다는 느낌을 받으면 그들에게 내 남편이 어떤 위치에 있었는데 감히 함부로 대하냐며 신경전을 벌이며 주변사람들과 사사건건 부딪치는 일이 잦았다.

그녀도 몸 상태가 많이 안 좋아지자 가족들이 병원에 몇 달간 입원시킨 후에 퇴원하면서 남편과 떨어진 다른 층으로 옮겨서 아예 시빗거리를 없애 버렸다. 그 후로는 자녀들이 면회 오면 어머니를 모시고 와서 같이 만나게 하는 정도였다. 할아버지는 아내를 애타게 기다리거나 찾지는 않았지만 집으로 보내 달라면서 운전기사를 찾을 때가 있다. 그는 원초적인 본능은 살아 있어서 식사시간에 식판을 가져오면 식탁 위에 앉아서 옆 사람 식판을 자기 앞으로 끌어와서 먹기도 한다. 먹는 것은 남기지 않고 잘 먹었다. 침대에 누워 있다가 휠체어에 태우려 하면 꿈쩍도 안 하다가도 "밥 먹게 일어나세요." 하면 곧바로 일어나서 스스로 휠체어 앞으로 다가온다. 그는 배가 고프면 먹는 것과 자는 것 외에는 걱정이 없다. 다만 집으로 가자며 집을 그리

위하는 회귀본능은 살아 있다.

젊은 날에는 수많은 금융업무가 그의 손을 거쳐서 결정되었고 조직의 브레인 역할을 했지만 화려했던 과거의 영광은 아침이슬처럼 사라져 버렸다. 지금은 쓸쓸히 요양원의 침대에서 한가로이 낮잠을 자는 그에게 화려했던 과거의 영광은 빛바랜 옛 추억이 되었다. 비록 휠체어에 의지한 몸이지만 옛날처럼 휠체어 위에서도 흐트러지지 않은 자세를 유지하려고 하는 모습을 보이곤 한다. 자기가 살던 곳으로 가야 된다는 생각만은 변함이 없는 것 같다.

언젠가 희미한 기억 속에서 첫사랑 옛 애인인 박○○ 이름을 불렀다. 요양보호사 Y가 내가 첫사랑 박○○이라고 하자 Y의 얼굴을 자세히 보더니 아니라고 고개를 흔든다. 박○○는 얼굴이 아주 예쁘고 날씬한 미인이란다. 왜 첫사랑과 헤어졌냐고 물었다. 결혼을 할 무렵 그녀는 폐결핵으로 죽음의 문턱을 넘나들고 있었단다. 이루어질 수 없는 사랑을 남기고 그녀는 홀로 천국 문을 열었다는 것이다. 낮에 첫사랑 얘기를 한 후로는 수십 년이 지난 지금도 잠꼬대로 박○○을 부른다. 이루지 못한 슬픈 사랑을 남기고 떠난 첫사랑을 찾아 꿈속에서도 헤매고 있다.

새벽에 할아버지의 방에서 끙끙 앓는 소리가 들렸다.

"아이구 힘들어 죽겠네."

방으로 갔더니 다리는 침대 위에 걸치고 두 팔을 마룻바닥에

나는 행복한

짚고 반 물구나무 자세로 침대에서 내려오려고 시도하고 있었다. 조심성이 많아서 다치지는 않았지만 집으로 가려고 내려오려고 했단다. 자칫 낙상사고를 당할 뻔했다.

집을 두고 요양원에 와 있는 대상자들은 집으로 갈 날을 기다린다. 치매로 판단을 못 해도 집으로 돌아간다는 회귀본능의 신념만큼은 변하지 않는다. 과거 히브리민족이 바벨론 포로로 잡혀가서 조국 이스라엘로 돌아갈 날을 손꼽아 기다리던 것처럼 그들은 집으로 돌아갈 날을 애타게 기다리는 슬픈 현실이 오늘날 요양원에서 벌어지고 있다. 비단 바벨론에서 포로로 잡혀 있던 히브리민족만 이산의 아픔을 겪는 것이 아니다.

지금 우리 사회에서는 새로운 풍속도가 생겨나고 있다. 요양원에서 가족의 품을 그리워하며 집으로 갈 날만을 기다리는 노인들의 슬픈 자화상이다. 가족과 집을 그리워하는 그들이 영원한 안식처를 찾을 때까지는 고향과 집을 그리워하는 일상이 반복적으로 이어질 것이다. 그들은 영원한 본향을 기다리는 새로운 공동체 난민이다. 경호 할아버지는 메모지 위에 비뚤거리는 글씨로 옛집 주소를 써 주며 그 주소로 자신을 데려다 달라며 내 손을 잡는다. 이루어질 수 없는 꿈, 요양원에서 본 코리안 디아스포라의 현실이다.

가을 끝에 서서

차가운 바람이 귓가를 스친다. 은행나무에서 우수수 떨어지는 노란 은행잎이 가을 햇볕에 반짝여 바닥에는 쌓인 은행잎이 카펫을 깔아놓았다. 걷는 발자국마다 사그락사그락 소리가 난다. 이미 벌거벗은 나무 위에 매달린 나뭇잎이 파르르 떨며 나뭇가지에서 떨어지지 않으려고 안간힘을 쓰고 있다. 나무들은 생존을 위해 입었던 옷을 벗고 추운 겨울을 준비한다. 겨울에 양분을 공급받기 위해 제 몸에 달린 잎을 떨쳐 내야만 제대로 수분을 공급받을 수 있으니 잎을 떨쳐 내는 것은 추운 겨울을 살아가기 위한 나무들의 생존방식이다.

생성과 소멸의 과정을 거치는 것은 사람도 매한가지다. 요양원 침대 위에 힘없이 누워 있는 Y는 무엇을 생각하는지 눈만 껌벅인다. 욕창 예방을 위해 체위 변경을 하려고 몸을 돌리면 귀찮다며 크게 소리를 지른다. 모든 게 다 귀찮기만 한 그는 똑바로 누워 있는 걸 가장 편하게 생각한다. 기저귀를 갈 때마다

198

"에이 씨" 하며 불평한다. 말할 만큼 기력이 있는 것도 아니고 기력만큼 여분의 힘이 있더라도 모든 걸 포기했던 그다.

유난히 하얀 피부에 가는 손가락을 지닌 그는 소지품 중에 몇 권의 책이 사물함에 있지만 그 책을 언제 읽었는지는 모른다. 언제부터인지 그의 숨소리가 거칠어지면서 식사로 나온 죽을 섭취하는데 연하 곤란이 생겼다. 곱게 간 죽을 먹다가 기도에 걸려 꺽꺽 소리를 내며 얼굴이 파래지는 바람에 기겁을 한 적이 있었다. 가슴과 등을 쳐서 겨우 응급상태를 넘겼었다.

야간 근무시간이었다. 새우등처럼 옆으로 등을 보이고 자는 Y의 이마에 손을 얹어 보았다. 약간 미열이 있어 물수건으로 닦아주고 얇은 이불로 바꿔 덮어주었다. 몇 달 사이에 급격하게 나빠진 그의 건강은 병원 응급실에 갔다가 코에 L-tuve를 끼고 돌아왔다. 정확하게 언어를 구사하던 그는 말을 해도 무슨 소리를 하는지 목소리를 낼 때마다 입에서 웅웅거린다. 체위 변경을 하려고 몸에 손이 닿는 순간부터 눈을 크게 뜨고 턱을 위아래로 흔든다. 왜 귀찮게 하냐는 항의 표시다. 일 년 전만 해도 스스로 걷고 휴대전화로 가족과 통화하던 그다. 언젠가 새벽 1시에 전화하는 소리가 들렸다. 조용한 시간이라 부스럭거리는 소리까지 들리는 고요한 시간에 누군가와 통화하고 있었다.

"여기 감금되어 있어요. 빨리 구출해 주세요."

침대 앞에 가자 119에 구조요청을 하고 있었다. 휴대전화로

곧바로 문자 메시지가 떴다. '신고접수 되었습니다. 곧바로 출동하겠습니다.'라는 문자였다. 휴대전화를 뺏어서 소방서 당직자와 통화했다. 여기는 요양원인데 방금 전화하신 분은 치매가 있어서 집에 가기 위해 신고한 전화이니 출동하지 말라고 하자 알았다며 전화를 끊었다. 집에 데려다 달라고 조르다가 안 되자 감금되어 있다고 소방서로 구조요청을 한 것이다.

그는 한동안 동생한테 전화해서 돈 좀 가지고 와달라고 부탁하는 일이 잦았었다. 요양원 안에서도 돈이 있어야 든든하다고 생각한 모양이다. 동생이 와서 그에게 신용카드를 주고 갔다. 요양원이라는 공간 안에서 그가 신용카드를 사용할 일은 없었다. 그는 고생하는 요양보호사에게 한번쯤 사례를 하고 싶은 마음이었다며 빵 사 먹으라며 신용카드를 주려고 했다. 아니라며 성의와 마음만 고맙게 받겠다고 말하자 섭섭해하던 표정이 인상 깊게 남았다. 다혈질인 그는 기분이 안 좋으면 "너 이리 와봐." 하고 소리부터 지른다.

"누구 찾으세요?"

"여기 있던 키 쬐끔한 여자 어디로 갔어. 휠체어 태워 달라고 했더니 도망가고 없어."

"불편한 점 있었다면 제가 대신 사과드릴게요. 아침 식사시간에는 휠체어 태워 드릴 수가 없어서 그럽니다. 식사 끝나고 태워 드릴 테니 조금 참으세요."

씩씩거리며 흥분 가라앉지 않고 삿대질하던 그다. 갑자기 고

열이 오르내리며 건강상태가 안 좋아졌다. 병원에 입원해서 중환자실에서 보낸 후 일반병실에서 다시 일주일 지나서 요양원으로 돌아왔다. 그의 몸은 뼈만 앙상하게 남아 있고 언어구사력은 현저하게 떨어졌다. 머리카락은 단풍든 소나무 노란 잎처럼 버석거렸고 윤기 없는 얼굴은 마른 나뭇가지에서 낙엽이 우수수 떨어지는 모습으로 비친다.

비번인 날에는 산에 오른다. 깊어가는 가을, 만추의 아름다움을 느낄 수 있다. 봄에 새싹으로 자라서 여름에 무성하던 푸른 잎은 늦가을 한해의 마지막을 예쁜 옷을 갈아입고 떠날 준비를 하고 있다. 가장 아름다운 모습으로 마무리하려 화려한 옷을 입고 있는 숲, 가을은 사계의 완성이다. 저마다 산으로 오르는 사람들 모습은 다양하다. 부부끼리 정답게 이야기하며 정상을 향하는 사람들이 있는가 하면 마라톤 하듯 뛰어오르는 젊은 이도 있다.

삶의 방식이 다양한 사람들이 다양한 생각과 모습으로 살아가듯 산에도 다양한 나무와 식물들이 얼크러지듯 살고 있다. 나뭇가지 위에 앙증스런 모습으로 앉아서 지나가는 등산객을 바라보는 다람쥐가 눈을 마주치자 재빨리 줄행랑을 친다. 까치가 나무 사이에서 곡예 하듯 이리저리 자리를 옮긴다. 사람 발소리에 놀라 푸드득 거리며 "꿩꿩" 제 이름을 부르며 날아가는 꿩 울음소리에 내가 더 놀랐다.

한겨울에도 푸름을 자랑하는 사철나무와 굳은 절개의 상징인

소나무, 봄날 아기 눈동자처럼 까만 열매를 반짝이며 등산객들의 눈요기를 시키던 벚나무도 옷을 벗고 서 있다. 여러 나무 틈새에 제 몸을 밀어 넣고 등산로에 떡하고 버티고 서 있는 갈참나무는 한때 무성한 잎을 펼쳐 하늘을 가리던 잎은 노랗게 말라 있다. 바스락거리는 마른 잎을 흔들며 반겨 준다. 찬바람이 어깨 위를 스친다. 바스락거리는 낙엽 위를 걸으며 생각한다.

젊음을 불태우며 한 시대의 중심에 섰던 노인들은 한때의 산업역군이었고 경제발전의 중추적 역할을 하던 경제 전사들이다. 지금은 사회의 아웃사이더로 밀려나 요양원의 침대 위에서 외로운 나날을 보내고 있다. 유리창을 통해 햇살이 살며시 들어온다. 산에도 거리에도 한 조각 신음소리에 눌린 요양원 창가에도 햇살은 고요히 내려앉는다.

가족을 간절히 그리는 그들의 마음을 위로해 주고 그들의 희망의 빛이 되고자 한다. 그들의 삶 끝자락을 동행하며 하루가 저문다.

기다림

거실 조명등이 노란빛을 희미하게 쏟아낸다. 유리창 가에 우두커니 서 있는 사람은 L아저씨다. 칠십대 초반이라 요양원에서는 젊은 층에 속한다. 모두 잠자는 시간에 그는 주머니에 손을 넣고 유리창 밖을 주시한다.

"뭘 그리 보세요?"

"여기 아래 아파트에 여동생이 살고 있는데 낮에 오기로 했는데 오지 않네요. 코로나바이러스 때문에 면회라고 해봐야 유리창을 사이에 두고 멀찍이 잠시 얼굴만 보고 가는데 그나마 요즘 바쁜지 오지 않네요."

보호자가 면회 오면 어르신들은 감염 예방을 위해 투명 실드 캡을 쓰고 2m 정도 떨어진 곳에서 얼굴 바라보며 몇 마디 이야기하고 가는 정도다. 그리움을 사이에 두고 손 한번 잡지 못하고 가면서 서로가 아쉬워하는 모습을 볼 때마다 마음이 찡하다.

가로등 불빛에 반짝이는 늦가을의 풍경은 사람을 기다리는 마음을 더 쓸쓸하게 한다. 황금빛으로 물든 은행잎이 절정을 이룬다. 가지에 남아 있는 은행잎은 노란 물감을 풀어놓은 것 같다. 길가 매연 속에서도 아름답게 물든 잎을 달고 있다. 바람이 불면 우듬지에 달린 잎이 나비처럼 날아서 바닥에 떨어진다. 바닥 위에는 은행알이 술에 취한 주객들에게 밟혀 신음하듯 널브러져 있다.

팔짱을 끼고 창밖을 바라보는 모습은 그리운 사람을 기다리는 마음을 더 쓸쓸하게 한다. 동기간의 그리움도 있겠지만 항상 같이 다니던 P할머니의 부재에 더 쓸쓸한 것 같다. 이별의 말도 없이 갑자기 떠난 P할머니와 항상 정답게 다니며 같이 차를 마시면서 마음을 주고받던 사이였다.

식사시간에 앞치마를 가져다가 목에 둘러주고 식탁에서 식사가 끝나면 그녀의 휠체어를 밀고 가서 양치를 도와주고 나란히 앉아 차를 마시며 TV 시청을 같이했다. 열 살도 넘는 나이임에도 그는 누나처럼 연인처럼 살뜰하게 그녀를 챙겼다. 어르신들은 가족이 자주 면회 오지 않으면 요양원 안에서 서로 친분을 쌓으며 생활한다.

어느 날 갑자기 P할머니가 고열에 시달렸다. 보호자들에게 연락하자 병원에 입원시켰다. 급하게 입원하는 바람에 서로 인사도 못하고 헤어졌다. 그는 밤만 되면 습관처럼 유리창 밖을 내다보며 오가는 사람들을 바라본다. 기약 없는 이별에 대한 미련인지 그의 얼굴은 늘 외로워 보였다.

빨아놓은 앞치마를 가지런히 개어 놓았다. 그는 P할머니가 쓰던 빨간 꽃무늬 앞치마를 찾아가지고 가서 식사 때마다 착용했다. 원래 앞치마 착용을 하지 않았는데 P할머니의 체온이라도 느끼려는지 앞치마를 빨아놓으면 누가 가져갈세라 마르지 않은 앞치마를 걷어다가 자기 침대 위에 갖다 놓았다.

그는 몸은 비교적 건강한 편에 속했지만, 요양원에 들어오기 전에 심한 편집증으로 집안에 온갖 잡동사니로 가득 채워놓았다. 정상적인 생활이 어려워지자 여동생이 요양원에 입소시켰다. 가끔 여동생이 면회 오는 정도였다.

"부인은 바쁜가 보죠?"

"헤어진 지 오랜데 내가 여기 있는 줄도 모를 거예요."

그는 앉아서 자기가 살아온 이야기보따리를 풀어놓는다. 가정은 이미 와해된 상태였다. 술 먹고 밤늦게 부인과 싸우다가 미끄러져 넘어지면서 계단 밑으로 굴러떨어졌다. 머리를 심하게 다쳐서 병원에 실려 가서 수술을 받았다. 그 후유증으로 머리 한쪽이 움푹 꺼져 있다. 불행은 거기서 끝나지 않고 아들이 극단적 선택을 하는 바람에 가족이 뿔뿔이 흩어지는 운명을 맞았다. 부모보다 먼저 생을 마감하는 것이 제일 큰 불효라고 했다. 그래서인지 그는 아들을 먼저 보내고 혼자 술병을 옆에 끼고 살았단다.

젊은 시절 파월장병으로 월남에 파병되었다. 정글을 헤치며 베트콩과 대치상태에서 생사가 갈리는 전투현장에서 동료들이 전사하는 모습을 보며 사지에서 불사조처럼 살아나왔다. 그래도 위문단 연예인들이 위문 공연을 오면 그때는 병영에 활기가 넘쳤다고 회고한다. 전쟁의 참화 속에서도 돌아갈 수 있는 고향이 있기에 정글을 누비면서도 귀국 날짜를 꼽으며 잊지 않고 부모에게 안부를 전했다. 군 생활을 마치고 귀국했을 때는 의기양양했다. 그가 귀국할 때는 부잣집에서나 볼 수 있는 녹음기와 텔레비전은 필수품으로 들여왔다. 비록 목숨을 담보로 전쟁터에서 고생하고 왔지만 경제적 보상이 있었기에 그 시절은 인생의 황금기였다. 결혼도 하고 가정을 꾸렸지만 지금은 이렇게 홀로 요양원에서 생활한다면서 언젠가는 집으로 가는 날이 올 거라며 비교적 담담한 표정으로 이야기한다.

"P할머니 기다리는 거예요?"

"병원에 입원했으니 몸 나으면 다시 오겠지요. 그렇다고 내가 문병 갈 처지도 못 되고…."

그가 P할머니 방 앞을 지날 때마다 빈 침대를 바라본다. 그는 항상 정수기에서 따뜻한 물을 받아서 그의 사물함 위에 올려놓았다. 그녀를 기다리는 간절한 마음의 표현인지 식사 때마다 주인 없는 식탁 위에 따뜻한 물병을 갖다 놓는다. 그녀의 빈 침대를 쓸쓸히 바라본다. 부는 바람에 우수수 떨어지는 낙엽을 바라보며 살아온 과거 이야기를 마친다.

밤늦은 시간 거리를 오가는 사람들이 옷깃을 여미며 지나간

다. 집에서 기다릴 가족들을 생각해서 잰걸음으로 바삐 움직인
다. 돌아오지 않는 P할머니의 부재에 그가 습관처럼 유리창을
바라보는 날은 언제쯤 끝이 날런지….

　아직도 그녀를 기다리는 그의 마음은 찬바람에 휘날리는 낙
엽 같다. 유리창 아래에 눈길을 떼지 못한 그의 뒷모습이 가을
처럼 쓸쓸하다.

"나를 집으로 보내주오"

간호과 앞에서 요란스런 소리가 들린다. 두 주먹으로 간호과 책상을 내리치는지 쿵쿵 소리가 들리더니 영태 할아버지의 흥분한 소리가 건물이 떠나갈 것 같다.

"당신 지금 뭐 하는 사람이요? 내가 내 집으로 가겠다는데 왜 나를 안 보내 주는게요. 나를 감금하고도 멀쩡할 것 같소? 내가 신문기자 불러서 불법으로 사람을 감금하고 집에 안 보내주는 이곳 요양원 아주 문을 닫게 만들어 버릴 거야."

소리를 고래고래 지르며 간호사에게 삿대질을 하고 있었다. 틈만 나면 집에 가겠다고 보채는 그는 간호사들에게는 골치 아픈 요주의 인물이다.

그는 한때 아내와 함께 요양원에 같이 입소했다가 아내는 집으로 가고 혼자 남은 것에 대한 분노를 간호과에 찾아가서 한 번씩 쏟아내었다. 2인실 생활실에서 할머니와 함께 지냈는데, 공동체 생활에서 지켜야 할 기본적인 생활 수칙을 지키지 못하

나는 행복한

고 자기 집으로 착각하고 아내의 침대에서 함께 자려고 하는 바람에 부부싸움으로 번져서 가끔 할아버지의 얼굴에 두 줄로 그어진 손톱자국이 나곤 했다. 할머니의 불평이 많아지자 아예 부부를 각각 다른 층으로 떨어져서 생활하게 했다. 견우와 직녀처럼 낮에 한 번씩 만나서 얼굴 보는 애틋한 그리움을 품고 생활하던 중 할머니의 치매증상이 심해지자 함께 살던 큰아들이 할머니를 집으로 모셔갔다.

갑자기 할머니가 집으로 가버리자 아들을 불러오라며 간호과에 요청했고 그래도 별다른 조치가 없자 집으로 보내 달라고 틈만 나면 간호과에 와서 난리를 쳤다.

"이런 불효막심한 놈, 지는 지 마누라와 같이 살면서 제 어미만 데리고 가고 아비는 요양원에 내팽개쳐서 이산가족을 만들어놓고 오지도 않은 나쁜 놈이야. 내가 쫓아가서 집구석을 때려 부숴버릴 거야."

"어르신, 할머니 많이 보고 싶어요?"

"그럼요. 우리 할머니 키도 크고 얼굴도 아주 예뻐요. 아들놈이 못돼서 이 애비 혼자 외롭게 살고 있는데도 얼굴도 안 비쳐서 화가 나서 죽겠소."

시간만 나면 아들에게 전화를 해 달라고 보챈다. 아들 전화번호를 몰라서 못 한다고 하면 큰 소리가 나온다. 요양원을 다 때려 부숴버려야겠다며 보행용 워커를 문짝에 내리친다.

"어르신, 이렇게 기물 파손하면 경찰에 잡혀가요."

"내가 이렇게 때려 부숴야 아들이 올 게 아니에요. 나도 어쩔 수 없어요. 아들 오게 하는 방법이니까요."

살살 달래서 생활실로 모시고 가 말을 건네면 젊은 시절 지나온 이야기보따리를 풀기 시작한다. 동네에 키 크고 예쁜 처녀가 있었다. 어떻게 해서라도 그 처녀하고 결혼을 하고 싶었다. 이런 아들의 마음을 눈치챈 아버지가 하루는 처녀를 불러왔다.

"너 우리 큰 며느리 삼고 싶은데 괜찮지?"

처녀도 싫은 눈치는 아니었다. 기회는 이때다 싶어 처녀에게 날마다 구애를 해서 허락을 받아내 결혼을 하게 됐단다. 지난날의 추억을 더듬으며 이야기하면서 할머니한테 가고 싶다고 했다.

그날 밤 10시가 되자 침실 문을 살며시 열고 나온 영태 할아버지가 얼굴을 내민다. 거실 소파에 앉으며 냉장고 쪽으로 자꾸 눈을 돌린다.

"어르신 간식 드실래요?"

"먹으면 좋죠. 그렇잖아도 배가 고프던 참인데…."

두유 한 개와 바나나를 꺼내서 앞에 놓자 고맙다는 목례를 하고는 맛있게 드신다.

요양원에 오신 어르신들은 가족들로부터 버림받았다고 생각한다. 생활을 하는데 기본적으로 불편한 것 없고 영양을 고려해서 음식도 잘 나온다. 규칙적인 생활과 프로그램에 맞춰 활동할 수 있다. 물리치료, 노래교실, 영화감상 등 문화생활을

나는 행복한

즐길 수 있어도 그들에겐 늘 집에 대한 향수가 끊임없이 따라다닌다. 웬만한 가정보다 편리한 시설을 갖추어져 불편할 것 같지 않지만 가족과 떨어져 생활하는 그들은 날마다 가족의 품으로 돌아가는 꿈을 꾼다.

영태 할아버지도 명절에 집으로 모셔갔다가 아들이 모시고 요양원에 들어선 순간 다시 집으로 되돌아간다며 옷 보따리를 쌌다. 일단 아들을 보내고 나서 할아버지를 붙들고 이야기를 하다 보면 아들이 눈에 안 보이면 슬며시 일상으로 돌아온다. 유독 부침이 심한 아버지를 모시고 집에 간 순간부터 요양원으로 다시 돌아올 때까지 시달려야 하는 아들의 마음도 편치 않아 보인다. 언제쯤 다시 집으로 돌아갈거나 하고 기회만 기다리는 할아버지도, 그런 아버지를 떼어놓고 발걸음을 옮기는 아들도 이 시대가 가지고 있는 비극의 단면이다.

상처로 남은 과거

소등된 거실 한쪽에 푸르스름한 비상등 불빛이 새어 나온다. 침실 문을 살며시 열고 방안을 둘러본다. 어르신들은 침대 위에서 세상모르고 코를 드르렁거리며 숙면에 취해 있다.

갑자기 C할머니가 몸을 뒤척인다. 이불을 덮어주며 주무시라고 말하자 눈물을 주르륵 흘린다. 흘러내린 눈물이 베개 커버를 적신다. 무슨 일이냐고 묻자 여기까지 살아온 날이 한스럽다며 훌쩍거린다. 과거 그늘진 어둠의 그림자가 늘 그녀 주변을 맴돌고 있었다.

"어려서 어머니가 돌아가셨어. 계모가 들어왔는데 아무도 없으면 나보고 죽으라고 때리고 꼬집으면 정말로 죽고 싶었어. 도망가려고 해도 갈 데가 없어서 모질게도 그 매를 다 맞고 살아왔어. 하루는 집을 나가려고 보따리를 싸놓고 어디로 갈까 생각했는데 갈 곳도 없어. 게다가 동생이 마음에 걸려서 다시

나는 행복한

주저앉았지."

아버지는 객지에 일하러 나갔다가 손님처럼 가끔 집에 다녀가곤 했다. 계모의 학대는 육체뿐 아니라 마음속 깊은 곳에 상처로 자리 잡아 그림자처럼 따라다녔다. 큰 키에 서글서글한 눈매와 계란형의 얼굴은 꽤 예쁜 얼굴이다. 항상 얌전히 앉아 있고 어떤 요구나 불평도 하지 않은 조용한 성격이다. 70여 년 전에 학대당했던 아픈 기억에 가끔 눈물짓는 할머니의 모습을 전에도 몇 번 보았다. 계모에게 저항할 만큼 다부진 강한 성격도 아니었고 속수무책으로 당하다 보니 가슴에 맺힌 한이 세월이 흘러도 그림자처럼 따라다닌다.

그녀는 가끔 여기가 어디냐고 묻는다. 요양원이라고 하면 죽을 때까지 여기서 살아야 하냐고 묻는다. 마음에 상처가 가지 않게 설명하려면 6하원칙을 써서 말해도 이해하지 못하는 분들도 있다. 아들 밥을 차려 줘야 아침 일찍 일 나간다며 버스 정류장까지 데려다 달랜다. 아침밥을 먹지 못하고 굶고 출근할 아들을 위해서 밥 차려 주려 한다며 옷 보따리를 들고 나올 때가 있다.

어린 시절 받았던 상처는 주머니 속의 송곳처럼 순간순간 그녀의 마음을 찌르고 있었다. 가족과 떨어져 있는 현실을 받아들이지 못하고 마음이 울적할 때마다 나타나는 증상이다. 어려서 받았던 옛 상처는 그대로 마음속에 머물러 있다. 흐느끼는 그녀에게 달리 해줄 말이 없다. 말없이 손을 잡아주는 것만으로 내 마음을 전할 뿐이다.

언젠가 집에서 옷을 다리다가 뜨거운 다리미가 발등을 살짝 스쳤다. 피부가 벌겋게 됐는데 소독약만 몇 번 발라주었다. 괜찮아지는 것 같아 그냥 놔뒀더니 어느 순간 환부에 물집이 부풀어 오르고 가렵기 시작했다. 신경 쓰지 않고 방치한 결과 환부가 둥글게 벌겋게 자리 잡았다. 병원에 다니며 여러 날을 치료받았다. 처음에 소독만 철저히 했어도 쉽게 치료될 상처 부위를 키워놓은 꼴이 되었다. 주인의 무관심에 피부가 반란을 일으킨 것이다. 다행히 상처는 나았고 잊었다.

마음 쓰지 않고 하찮게 생각하면 작은 상처일지라도 몸이 고생하는 결과를 가져온다. 드러난 상처는 치료가 끝나면 곧 잊어버린다. 치료도 쉽고 나으면 끝이다. 눈에 보이지 않은 마음속의 상처는 다르다. 가시처럼 마음을 할퀸다. 마음으로 받은 상처는 마음으로 다독이는 게 최상의 치료법이거늘 그녀는 치유되지 않은 상처 때문에 지금도 고통 속에서 헤어나오지 못하고 있다.

어머니의 사랑을 듬뿍 받고 자랄 시절 계모의 학대는 계모가 세상을 떠난 후에도 화해를 이루지 못하고 마음속에 가시로 남아 있었다. 모든 것을 잊어버리고 어떻게 살아왔는지조차 물결처럼 가물거리는 기억력이지만 과거의 어두운 그림자는 수시로 찾아왔다. 계모와도 자기 자신과도 풀지 못한 불편한 기억의 잔상들로 인해 여전히 어두운 과거 속을 맴돌고 있다.

틈만 나면 집으로 간다고 옷 보따리를 챙긴다. 아들이 혼자 사는데 행여 굶고 생활할까 걱정되어 버스 정류장까지만 데려다 달라고 보챈다. 한밤중이어서 버스가 끊겼으니 자고 나서 내일 아침에 가자고 하면 못내 실망한 얼굴빛이 역력하다.

가을비가 유리창에 부딪친다. 빗물처럼 흘러내리는 눈물을 살며시 닦아주며 이불을 덮어주었다. 유년시절 가족 중 누군가의 따뜻한 말 한마디라도 사랑의 표현이 있었다면 이렇게 힘들진 않았을 터이다. 지켜보는 내 마음이 저려온다. 비 오는 날에는 유난히 우울해지는 그녀는 어두운 터널 속에 갇힌다. 살며시 문을 열고 나오는 내 발걸음이 바윗덩어리처럼 무겁다. 바람을 타고 온 비가 유리창을 두드린다.

천국의 문을 향하어

미세먼지로 거리가 온통 뿌옇다. 눈앞에서 조금 멀리 떨어진 곳도 안갯속에 가려진 것처럼 불투명하다. 베일에 가려져 앞날을 예측 못하는 우리의 삶처럼 하늘과 땅의 경계가 명확치 않은 것 같다. 삶과 죽음의 경계에 있던 H의 건조한 얼굴이 영상처럼 스쳐지나간다. 그가 세상을 떠났다는 말을 남자 요양보호사 W가 말했다. 빈 침대는 시간이 흘러도 주인이 돌아오지 않은 가지런히 개어진 이불이 주인의 부재를 알린다. 일 년 넘게 H와 유일하게 소통했던 W는 그가 기댔던 사람 중 한 사람이다.

며칠 전, 수심 가득한 얼굴의 그의 부인이 점심시간 식당에 나타났다. 같이 식사를 하자고 했더니 바빠서 그냥 가겠다며 물만 한 컵 마시고 일어섰다. 병원에 입원한 남편의 필요한 물품을 가지러 왔다고 했다. 입원해도 이삼 일 넘기지 않고 귀원하던 H가 이번엔 일주일을 넘겼다. 남편 좀 어떠냐는 물음에 그냥 그렇다는 사무적인 말만 하고 종종걸음으로 나갔다. 세상살이에 지친 그녀의 풀죽은 뒷모습이 외줄타기하는 곡예사마냥 위태위태해 보였다.

H는 나이 60이 채 되지 않은 젊은 환자다. 뇌졸중으로 쓰러진 지 20여 년이 다 되어간다는 그는 종일 침대에 누워 있는 병실이, 그의 눈에 보이는 공간이 세상의 전부였다. 기관지를 절개한 목에 삽관을 하고 코에 연결한 비위관을 통해 영양을 섭취했다. 움직이지 못한 몸의 근육은 말라 있었다. 다리는 막대처럼 가늘고 삽관한 목에서 가래가 흘러나올 때는 벨을 눌러서 요양보호사를 호출한다. 유일하게 혼자 할 수 있는 일이 손으로 벨을 눌러서 불편한 부분을 부탁하곤 했다.

언젠가 바쁜 케어 시간에 그에게 경관식을 하려고 침대를 일으켜 세웠다. 비위관에 물을 주입하자 불편한 모습으로 경관식 주입을 거부했다. 무슨 말인지 웅웅거리는 말이 기관지 절개 삽관을 통해 흘러나왔다.

"식사 드릴 거니까 잠시 기다리세요."

담당 요양보호사를 찾아오라는 뜻으로 받아들이고 하던 일을 계속했다. 갑자기 그의 눈은 흰자위가 커지더니 코에 연결된 비위관을 잡아 빼려고 비위관 줄이 그의 손에 쥐어져 있었다. "알았어요. 알았어요."를 외치며 급하게 그의 손을 잡았다. 순식간에 일어난 일이었다. 유난히 낯가림이 심한 그는 자기 담당자가 아니면 누구도 거부하는 예민한 사람이었다. 그도 그럴 것이 병상에 누워 있는 세월이 하루 이틀도 아니고 삼십대에 쓰러져 이십여 년간 누워 있으려니 이골이 날 만도 했다. 편협한 생각이라고만 말하기에는 젊은 청춘이 병원과 요양원 침대에서 사라진 그의 삶이 가혹했다. 그 후로 그의 케어는 W가 맡아서 했다. W는 그가 불편하지 않게 정성을 다해 마음을 보듬어주고 세상과 단절된 그에게 세상 소식을 전하는 통로가 되었다.

새로 입사한 요양보호사 G가 멋모르고 비위관 경관식 투여를 했다. H는 낯선 사람이 케어하는 것에 화가 나자 순식간에 자기 코에 연결된 비위관을 잡아채서 뽑아버렸다. 침대에 흥건하게 유동식이 쏟아져 흘러내렸고 G의 얼굴과 옷에도 유동식이 허옇게 튀었다. 다시 삽입하려면 병원에 가서 삽입하고 와야 한다. 게다가 집에서 부인이 와야 병원에 갈 수 있다. 부인이 오지 않으면 안 가겠다고 버틴다. 그럴 때마다 병원 앰뷸런스를 이용해서 부인을 대동하고 다녀오곤 했다.

생계를 책임진 부인은 바쁜 시간을 쪼개서 남편 병원 외래를 거르지 않고 동행했다. 그에게 바쁜 부인의 입장은 별 관심거리가 아니었다. 옆에 부인이 있어야만 마음이 편하기 때문에 가끔 일부러 뜻하지 않은 사고를 치기도 했다. 한 달에 한 번씩 협력병원 의사가 회진을 나와서 대상자들 건강상태를 체크한다. 그때 비위관 환자나 도뇨관 환자들이 삽입한 튜브를 교체한다.

한번은 협력병원 의사가 와서 비위관 교체한 지 얼마 되지 않았다. 그런데 H가 비위관을 빼버렸다. W가 왜 비위관 빼버렸

나는 행복한

냐고 묻자 비위관을 빼야 부인이 올 것 같아서 그렇게 했다고 말했다. 맞벌이를 해도 살아가기 힘든 세상에 혼자서 일터로, 남편 면회하러 다니는 그녀의 모습이 바람에 휘청거리는 쓰러져가는 나무 같았다.

차라리 정신이 흐릿한 사람은 자신의 처지를 확실하게 판단하지 못하기 때문에 크게 불편하거나 고통스럽게 느끼지 못하는 사람들도 있다. 가족들은 힘들고 고통스러워도 본인은 판단력이 없기 때문에 고통을 느끼지 못한 환자 본인만큼은 크게 고통스럽지 않다.

삶과 죽음의 경계에 섰던 그가 갑자기 열이 올랐다. 폐렴으로 병원에 입원한 지 십여 일 만에 질긴 생명의 끈을 놓았다며 부음 소식을 전해왔다. 하나의 문이 닫히면 또 다른 문이 열린다. 그는 세상의 미련을 버리고 열린 천국 문을 향했다. 왠지 마음이 개운치 않다. 무조건 낯선 사람을 거부한 환자인 그에게 좀 더 너그럽게 다가갔다면 그의 부음 소식을 듣고도 마음이 불편하지는 않았을 텐데 하는 아쉬움이 떠나지 않는다. 미세먼지로 희뿌연 날씨만큼이나 불편한 하루였다.

내일을 기다리는 사람들

재활병원에는 뇌졸중으로 쓰러진 후 몸을 제대로 쓰지 못하는 마비환자들이나 골절환자들

이 대다수다. 아픈 몸을 이끌고 뼈를 깎는 고통을 견디며 내일을 향한 재활의 의지를 불태

우는 환자들을 곁에서 지켜본다. 환자들의 신체뿐 아니라 마음을 다독이는 위로가 필요

한 곳이다. 벼랑 끝에서 희망의 노래를 부르는 그들의 내일이 붉게 타오르는 해처럼 꼭 와

주었으면 좋겠다.

"병원 중환자실에 누워 있는 아들은 목에 삽관하고 온갖 의료 기구를 주렁주렁 단 채로 의식 없이 누워 있었다. 엄마는 집에 들어가서는 털썩 주저앉았다. 그리고 기도했다.

"주님! 당신이 주신 생명 살리든 거두어가든 당신 뜻대로 하옵소서."

아버지는 침대에 드러누운 채 겨우 눈은 떴지만 아무런 의식 없는 아들을 향해 말했다.

"이놈아, 아비 왔다. 내 목소리가 들리느냐? 어디 부모한테 한마디라도 좋으니 말 좀 해봐라."

애타는 부모의 소리를 아는지 모르는지 두 눈만 겨우 뜨고 누워 있는 아들을 향해 부르짖곤 했다."

– '3년의 기적' 중에서 –

"늑골 골절에 폐렴까지 온 그의 병이 심상찮다고 했다. 그날도 면회 온 아내의 손을 잡고 눈물을 흘렸다.

"내가 죽어야 당신이 이 고생 안 하는데······."

"당신이 살아만 있는 것도 내게 힘이 되니 그런 말 하지 말아요."

그는 감성주의자였다. 병실 유리창 밖을 바라보던 J는 벌거벗은 나무에 펄럭이는 메마른 나뭇잎을 보며 자신의 수명이 다해가는 것을 느껴서인지 혼잣말로 중얼거렸다."

– '아픈 사랑 떠나보내고' 중에서 –

치매 병동의 하루

요양보호사 교육을 마치고 나면 대부분 요양원이나 요양병원으로 취업한다. 더러는 교육실습 나갔던 기관으로 취업하는 경우도 가끔 있다. 실습 기간 중 성실함을 인정받은 한 동료가 요양원의 치매 병동에서 근무한 지 일주일 만에 중환자실로 자리를 옮긴다며 근무환경을 파악하기 위해서 중환자실로 내려왔다.

그녀는 처음 시작한 일이 생소한 분야지만 치매있는 환자들과 함께 한 일에 보람을 느끼며 열정적으로 일을 시작했다. 어떤 사정으로 고작 일주일 만에 자리를 옮기냐고 물었더니 근무 중에 일어난 일에 무척 놀랐다며 가슴을 쓸어내렸다. 내용은 이랬다.

치매 병동 할아버지 방을 맡았는데 가끔씩 할아버지들이 시간과 공간의 흐름 혼돈 증세가 심한데다가 요양보호사를 가족으로 착각하곤 한다. 그녀가 있던 병동의 A할아버지는 해만 지면 지나간 유행가를 부른다. '고향이 그리워도 못 가는 신세'를 구슬픈 목소리로 멋들어지게 한 곡조 뽑아낸다. 친구에게 빌려준 돈 받아오겠다며 몇 번 버스타고 가는지 교통편을 알려달라는 B할아버지 목소리는 유난히 시끄럽다. 저녁만 되면 오늘은 수배자를 꼭 잡아야 한다며 출근 가방을 찾는 C할아버지는 전직 경찰관 출신이다. 학교에 가야 하는데 출근 시간이 늦었다면서 요양보호사를 향해 출근 가방을 어디다 놔뒀냐고 성화를 부리는 선비 같은 전직 교장선생님이었던 D는 말을 할 때면 아침 조회시간에 훈화하듯 말도 그렇게 한다. E할아버지는 퇴직금을 받으러 가야 하는데 종로 5가에 가려면 교통편이 어떻게 되느냐고 묻는다. 환자들의 각자 살아온 환경이나 성격이 다르지만 그들의 말이나 행동은 지난날을 비추는 거울 같다.

하루의 낮 근무가 끝나고 저녁시간에 피로를 풀기 위해 화장실에서 대야에 발을 담근 채 근무일지를 쓰고 있었다. 틈만 나면 집에 가겠다던 K할아버지가 빨리 침대로 오라고 했다. 일단 말 대응을 해줘야 해서 요양일지 쓰고 간다며 조금만 기다리라고 했는데 또 부른다. 환자들은 병실을 자기 집으로 착각할 때가 있지만 가끔씩 일으키는 혼돈상태라 굳이 현실을 깨우쳐 주지 않아도 맑은 정신으로 돌아올 때가 있다.

"빨리 오라는데 지금 뭐 하고 있어?"

요양일지 쓰던 손을 멈추고 어떤 물체가 있다고 느끼는 순간 눈앞에 벌어진 광경을 보고 "악" 하고 까무러칠 뻔했다. 일한

나는 행복한

지 일주일밖에 안 된 신입 요양보호사인 그녀는 처음 겪는 일이었다. 옷을 몽땅 벗고 나체로 화장실 문 앞에 서 있는 할아버지의 모습을 보고 비명을 지르며 맨발로 간호과로 뛰어갔다. 그러자 놀란 간호사가 그 방에 들어가서 할아버지의 모습을 보고 "어르신 왜 옷 벗고 있어요? 무슨 일이세요?" 하며 노련한 간호사답게 환의를 가져와서 입히려 했다. 하지만 할아버지는 왜 남의 일에 신경 쓰냐며 빨리 가라며 놀라서 도망간 그녀를 찾았다. 결국 당직의가 나섰다.

"어르신 샤워하시려고요?"

"침대에 온다던 사람은 안 오고 웬 사람들이 이렇게 허락도 없이 남의 집에 오는 거야? 내 일에 신경 쓰지 말고 빨리들 가슈."

아주 태연하게 말하는 K할아버지는 병실을 자기 집 안방으로 생각한 것이다.

이런 일을 겪은 후 그녀는 치매 병동에서는 무서워서 도저히 일할 수 없다면서 중환자실을 택한 것이다.

치매 병동은 세상의 축소판과도 같다. 각양각색의 사람들이 모였고 성격 또한 제각기 다르기 때문에 그 안에서 일어나는 일도 한 편의 드라마나 다름없다. 실종된 현실과 혼미한 과거 속에서 배회하는 그들도 맑은 정신이 돌아오면 집에 가겠다고 난리를 친다. 내가 왜 수용소에 갇혔냐며 집으로 보내 달라고 한다. 두고 온 가족과 손자 손녀의 모습이 눈앞에서 어른거리면

"○○아, 빨리 와." 하고 손주 이름을 부른다.

언젠가 환자 한 명이 사라졌다. 병실마다 뒤지고 돌아다녀도 어디로 갔는지 찾을 길이 없었다. 화장실마다 열어보고 물품 창고까지 확인해도 보이지 않았다. 병원에 비상이 걸렸다. 직원들이 총동원되어 찾으러 다녔다. 병원 직원이 비상문으로 나가는 것을 보고는 뒤따라 몰래 빠져나가서 병원 뒷산으로 올라간 것이다. 산 중턱에 있는 환자를 발견해서 데려온 후 결국 밖으로 연결된 문을 폐쇄시키고 말았다.

K할아버지도 틈만 나면 집에 가겠다고 요양보호사를 조르다가 그날 이상행동을 한 것이다. 돌발 사태 발생시 경험이나 순발력이 부족해서 순간의 위기를 넘기지 못하는 요양보호사들은 놀란 가슴을 안고 계속 일을 해야 할지 말지 심각하게 고민하다가 종국엔 중환자실로 오곤 한다.

나이가 들고 쇠약한 몸이지만 인간의 본능적인 욕구는 남아 있는 것 같다. 그렇다고 완력을 쓸 만큼 힘이 있는 것은 아니지만 요양보호사들은 수시로 겪은 일이다 보니 여성 요양보호사일수록 남자 병동을 기피하는 경향이 있다. 열정과 부지런함이 남달랐던 그녀는 미처 생각하지 못했던 일에 놀랐는지 중환자실에서도 일을 그만 두고 말았다.

뜻밖의 행운

　병원 복도에서 휠체어에 비스듬히 몸을 기대고 있는 Y는 오가는 환자들의 시선을 의식하지 못하고 밖을 보며 골똘히 깊은 생각에 빠져 있다. 빨리 병실로 들어가라는 내 목소리에 정신이든 것 같다. 바삐 지나가는 사람들에게 부딪치기라도 하면 병실 복도에 나뒹굴어질 게 뻔하다. 아까 면회 온 외숙모 하고 얘기는 잘 됐냐고 묻자 외숙모가 다른 요양병원으로 가자고 하지만 자기는 살던 집으로 갈 거란다. 어느 병원에 있어도 결과는 달라지지 않을 텐데 굳이 병원을 고집할 이유는 없다며 고민에 빠져 있던 그는 결심을 굳힌 듯 말했다.

　"병원에 입원하기 전에 조그만 전세방을 얻어서 형과 함께 있다가 형은 나가고 방이 비어 있는데 그곳에서 불편한 대로 생활해야죠."

　왜소한 키에 몸까지 불편해서인지 그는 늘 피곤해 보였다. 재활 치료를 받으러 갈 때도 휠체어를 타지 않고 보행 보조기에 몸을 의지한 채 땀을 뻘뻘 흘리면서도 걸어서 재활 치료를 받으러 간다. 휘청거리는 걸음만큼이나 그의 삶도 휘청거렸다. 조금 전에 면회 왔던 외숙모는 집에서 가까운 요양병원으로 가자며 그를 설득하려고 했지만 집으로 가겠다고 완강히 거부하는 그에게 생각할 여유를 주겠다며 병실을 나갔다.

자기의 신상에 대해 좀처럼 말하지 않던 그가 입을 열었다. 부모는 삼남매를 뒀는데 아버지와 결혼한 어머니가 자식들에게 유전병을 그대로 물려주는 가족의 불행의 역사가 시작되었다. 건강했지만 가진 거라고는 아무것도 없는 아버지는 잘사는 부잣집 딸과 결혼하면 먹고사는 데 어려움 없이 살 수 있을 거라는 말에 장애를 가진 부잣집의 딸을 아내로 맞아들였다. 그 시절 농촌에 장애인 자녀를 둔 집의 흔히 있는 정략결혼이었다.

아버지는 굶주림은 면했고 평생 가지고 싶었던 토지도 소유했지만 자식들에게 유전병을 물려주리라고는 상상도 못했었다. 아내 몸이 불편한 것은 그 시절 흔한 소아마비 정도로 가볍게 생각했다. 아이들을 낳아 기르다 보니 문제가 생기기 시작했다. 큰 아들이 태어나 걷고 말하고 할 때는 여느 집 애들과 성장 과정이 비슷했다. 초등학교에 들어가서도 괜찮던 아이는 어느 순간부터 길을 가다가 자주 넘어지기 시작했다. 몸에 기운이 빠지고 서서히 걸음걸이가 불편해졌다. Y도 같은 과정을 겪어야 했다. Y의 여동생 또한 같은 운명을 벗어나지 못했다. 척추 근육 위축증은 한 가정의 행복을 송두리째 앗아가 버렸다.

나는 행복한

여동생은 비장애인과 결혼해서 살고 있다며 매부가 순애보의 주인공이라고 말했다. 부모형제의 반대를 무릅쓰고 자기 의견을 관철시킨 뚝심을 아무도 막지 못했단다. 두 사람은 불행한 삶은 아내로 족하다며 아이를 가지지 않으면서 주변을 의식하지 않고 나름대로 행복하게 산다고 했다.

"장애 때문에 부모님을 원망하지는 않나요?"

"어차피 부모님은 본인들의 인생이 있고, 나는 내 인생이 있는데 연관시켜서 한탄한다고 결과가 바뀌지는 않잖아요. 운명이라고 생각해요."

자기 인생의 주인공은 자기 자신일 뿐이다. 그는 피할 수 없는 주어진 운명을 담담하게 받아들였다.

어려서부터 외가의 영향 아래 있던 그는 서울에서 제조업을 하는 외삼촌 공장에서 일을 해왔다. 외삼촌은 조카의 몸에 이상이 온 건 가족들에게 내려온 유전병력 때문이라는 미안한 마음이 컸기 때문이다. 그는 서서히 다가오는 장애를 정신적으로 이겨내려고 무던히도 노력했었다. 걸어서 20분이면 갈 수 있는 회사를 이른 아침에 집을 나서서 두 시간 가까이 걸어서 출근하면서 정신력으로 이겨내려고 했다. 외삼촌의 회사이기에 일할 수 있다는 마음으로 최선을 다한 모습에 외삼촌도 그를 아끼고 챙겨주었다. 날이 갈수록 근육의 힘이 빠지고 무기력해지면서 세상살이의 힘든 파도와 싸우기가 버거워져만 갔다. 누구의 도움 없이 보행만 할 수 있다면 어떤 어려움이 닥쳐도 이겨낼 수 있을 것 같았다. 그나마 바위처럼 단단한 그의 마음이 그를 지탱했다.

몇 년 전 그는 뜻하지 않은 행운을 잡았었다. 하루는 친구와 함께 과천경마장에 놀러갔다. 스스로 움직일 수 있을 때 갈 수 있는 곳은 가보고 싶었다. 마권을 구입해서 관람석에 앉았다. 앞으로 또 다시 올 수 없을 수도 있다고 생각하고 구입한 마권은 그에게 들어가자 그의 손은 마이더스 손으로 변했다. 세금을 뗀 돈이 6천 만 원에 달하는 행운의 주인공이 되었다. 결코 행운을 목적으로 삼지 않았지만 우연을 가장한 행운의 주인공이 되어버렸다. 그날 그는 경마장 측 경호팀의 경호를 받으며 집 주변까지 왔다. 그 돈으로 지금까지 병원비를 하고 있다고 했다. 다만 앞으로 살아갈 날들을 위해서 치료의 가능성이 거의 없는 병 때문에 목숨 같은 나머지 돈을 다 써버릴 수 없다며 집으로 가겠다며 짐을 챙겼다.

나는 한 가지 궁금한 게 있었다. 왜 외숙모가 시댁 조카 입 퇴원을 주관하는지에 대해서 물었다. 그의 말인 즉 외삼촌 회사에 있을 때부터 외숙모는 조카들을 자식들처럼 챙겼단다. 하지만 이번에는 본인 의지대로 하겠다며 선을 그었다. 자신의 삶이 타인에 의해 살아가야 할 운명에 놓이자 마지막 자존심으로 생각하며 자기의 의지를 관철시키려고 했다.

경마에서 엄청난 수익을 올려서 경마장 유혹을 쉽게 포기하기 어려웠을 텐데 그 뒤로 경마장에 가지는 않았을까. 그는 건

나는 행복한

강한 정신의 소유자였다. 일생에 한 번 있을까 말까 얻은 행운이 또 다시 찾아올 리가 있겠냐고 말했다. 우연히 얻은 행운인데 그런 요행을 또 바라는 것 자체가 잘못된 생각이라 그 후 경마장에 갈 일은 없을 거라고 맹세했단다.

결국 그는 자신의 의지대로 퇴원했다. 그날 휘청거리며 집으로 가는 그의 쓸쓸한 뒷모습을 바라보면서 기적처럼 찾아온 경마의 행운처럼 그의 건강에도 기적처럼 찾아오기를 기원했다.

악바리 아줌마의 미소

"어서 오쇼잉. 어저께 들어왔는디 처음 보요. 다리가 뿌러져서 입원 했당께요."

새로 들어온 환자는 침대 위에 앉아서 인사를 했다. 주름이 깊게 파인 얼굴에 검게 탄 모습, 심한 억양의 전라도 사투리가 인상적이다. 목례로 답하며 불편하더라도 재활 치료를 잘 받고 빨리 회복해서 퇴원하기 바란다는 말을 그녀에게 건넸다.

질병코드를 살펴봤다. 정형외과에서 수술을 받고 재활 치료를 받으러 입원한 환자다. 80대 노인으로 알았는데 60대 후반이다. 화장품 구경은 한 번도 안 해봤을 듯한 퍼석한 피부와 머릿속이 훤히 보이는 바스러진 솔잎 같은 머리카락, 그리고 자외선을 받아서인지 검게 탄 얼굴은 나이에 비해 턱없이 늙어 보인다. 악바리 같은 강한 인상은 살아온 날의 이력서일 것이다. 침대 위에서 다리 한쪽은 침대 밖으로 내리고 자신의 살아온 과거를 풀어놓는다.

시장 귀퉁이에서 노점상을 했는데 아침에 장사할 물건을 손수레에 싣고 끌고 나오다가 계단 위에서 굴렀단다. 구급차에 실려 병원에 가서 검사해 보니 고관절 뼈가 골절되어버렸다. 하루하루 벌어 먹고 사는데 병실 침대에 누워 있으니 답답해 죽겠다고 하소연한다.

"집에는 바깥분 혼자 계셔요?"

"아니지라. 벌써 하늘나라에 간 지 이십 년이나 됐지라. 하도 속을 썩여서 눈에 안 보이면 살 것 같았는디 없응께 왜 그리도 생각나는지 눈물이 납디다. 살아 있을 때 좀 더 잘해 줄 걸 내가 소리 지르고 악쓰고 싸웠던 게 후회됩디다."

질문을 기다리기라도 한 듯 묻지도 않은 과거사를 줄줄이 쏟아놓는다. 남편은 양복에 백구두를 신고 아침에 나가서 밤이 되면 술에 만취해 비틀거리며 집에 들어오는 날이 많았다. 리어카에 과일 행상을 하면서 딸 교육만큼은 중단하지 않으려고 억척스럽게 살아가는데 남편은 친구들과 어울려 술 마시고 놀고 즐기기에 바빴다. 가계에 도움을 주기는커녕 집에 들어와서는 술이 깰 때까지 잔소리하는 주정뱅이였다.

"장사하고 밤늦게 들어왔는디 옆집 여자가 '아저씨 술 마시고 골목길 바닥에 드러누워 있습디다.'라고 하길래 갔더니 사람들이 지나다니는 골목 입구에 양복 입은 채 백구두 한 짝은 벗어지고 땅바닥이 안방인 줄 알고 누워 있습디다. 겨우 일으켜서 옆구리에 어깨를 끼고 오는디 대그박을 이쪽 때리고 저쪽 때리고 합디다. 남붕이 튀어나와도 참고 겨우 끌어다가 방구석에 들여놨더니 눈에 보이는 대로 집어던져서 살림살이가 문 밖으로 나불어져 있응께 속에서 천불이 나는디 그래도 참았지라. 술만 취하면 나오는 버릇은 못 고칩디다. 우산이고 식용유 병이고 손에 잡히는 대로 다 던져분께 엎질러진 식용유에 미끄러져 내 대그박 또 깨질 뻔했지라. 남편이 쥐어박고, 미끄러져서 벽에 부닥치고 참 말로는 다하기 어렵지라."

"아이들은 어떻게….""

"딸 하나 있는디 지아버지 술 먹고 소리 지르고 들어와서는 책이고 가방이고 던져분께 즈이 이모집으로 피신시켜서 이모집에서 먹고 학교 다닌 날이 더 많았소. 사람들은 내가 싸나와서 남편이 나한테 꼼짝 못하고 산 중 아는디 남편이 술주정 하면 술 깰 때까지 속에 불이 나도 참고 기다렸지라. 술 깬 다음에는 내가 지랄지랄하면 '미안해 앞으로는 술 안 먹을 게' 해도 소용없어라. 술 먹은 인간 말을 곧이들어봐야 말짱 헛소리지."

그러다가 어느 날 술병이 나서 병원에 이 년 넘게 입원했는데 살고 있는 집이 병원비로 날아갔단다. 자신이 벌어야 병원비도 대고 먹고 사니 하는 수 없이 아들 간병 좀 해달라고 시어머니를 불러들였다. 장사할 물건 머리에 이고 가서 산등선에서 등산객들에게 막걸리도 팔고 김밥도 팔고 장사가 일찍 끝나면 또 다시 물건을 받아다 파는 억척을 떨었다. 그때는 젊어서 장사할 물건을 머리에 이고 산꼭대기까지 걸어 다녔어도 병든 남편이 있고 돈은 벌어야 해서 힘든 줄도 모르고 다녔다.

기약 없는 병원 생활에 지쳐만 갔다. 병원비는 바닥나고 할 수 없이 퇴원해서 집에서는 시어머니가 아들 간병을 하고 자신은 장사하러 물건을 머리 위에 이고 어깨가 빠지게 들고 다녔는데 장사하고 집에 들어오면 아들과 시어머니가 쌈박질을 하는 게 아닌가. 시어머니가 아들하고 싸우고 행여라도 집으로 내려갈까 싶어서 어머니 속 썩이지 말라고 남편을 나무랐다. 그러던 어느 날 장사 나갈 준비를 하는데 남편이 다른 날과는 달랐다. 자세히 봤더니 눈빛이 달랐다. 그리고 스르르 눈을 감았다.

"남편에게는 안 됐지만 어떻게 보면 남은 가족 짐을 덜어준 것 같네요."

"아니지라. 그래도 병석에 누워 있어도 있을 때는 몰랐는디 없응께 겁나게 후회됩디다. 내가 못해 준 것만 생각나고 누워 있어도 살아 있을 때가 좋았지라."

남편이 떠난 뒤 사람들 이동이 많은 곳에 포장마차를 차렸다. 제법 장사가 잘되었다. 어느 날 어깨가 떡 벌어진 깍두기들이 포장마차 앞에 나타났다.

"누구 맘대로 여기에서 장사해요? 빨리 치워요. 안 그러면 좋은 일은 없을 거요."

"내 맘대로 장사한다. 왜 느그들이 시비냐? 나도 벌어야 먹고 산디 느그들이 나 먹여 살려 줄 거냐?"

그들은 포장마차 옆에 놓인 양동이를 발로 차서 굴려버렸다. 내일 다시 올 거니까 피해 보지 말고 장사 접으란 말을 하고는 가버렸다. 며칠 있다 약속을 지키려는 듯 그들이 또 왔다. 포장마차 앞에 있는 의자를 발로 차서 엎어버렸다.

"자, 좋은 말 할 때 나가! 더 큰 피해 입지 말고."

"이 썩을 놈들이 어디 와서 떼거리여? 이놈들아 느그들이 포장마차를 사줬냐, 술을 사줬냐. 뭣 땜시 장사를 방해하냐? 이 땅이 느그들 땅이냐?"

"이 아줌마가 미쳤나?"

깍두기가 생수병을 들어서 패대기를 쳤다. 그녀도 생수병으로 깍두기 앞으로 던졌다. 이제는 투기 전이 벌어졌다. 국자를 던지고 손에 잡힌 그릇을 던졌다. 드디어 육탄전까지 벌어졌다. 부침개 뒤집개를 손에 쥐고 때리려고 하면 손을 잡고 놓아주질 않았다. 우산을 들고 깍두기 배 앞으로 내밀자 확 채가더니 길바닥에 패대기쳤다. 악을 쓰며 싸워도 그들을 당해낼 재간이 없었다. 그녀는 휴전을 선포했다.

"내가 오늘은 뻐쳐서(힘들어서) 그냥 집에 간다. 내 물건 하나라도 손대면 너 죽고 나 죽는다."

싸움으로는 도저히 해결될 것 같지 않아 주먹 좀 쓰는 제부에게 연락했다. 제부가 나오자 깍두기들은 꾸벅 인사를 하고는 싸울 때 던졌던 흐트러진 기물을 주워 주면서 앞으로 신경 쓰지 말고 장사하라며 자기네가 영업하는데 보호해 주겠다면서 깍듯이 대하는 게 아닌가. 그날 그들을 스탠드 바로 데리고 가서 마음껏 마시라며 한턱 쓰고 나서는 포장마차를 그만둘 때까지 공생관계를 이어갔단다.

그녀는 파스로 몸을 도배하다시피 한다. 노점상을 하면서 짐보따리 들고 다닌 후유증으로 어깨 신경계 근육통증이 훈장처럼 자리를 잡았다. 밤에도 깊은 잠에 들지 못하고 자다가도 몸을 뒤척이며 어깨를 두드린다. 고관절 수술 자리가 거의 나아간다며 퇴원하면 다시 일터로 복귀할 작정이란다.

머릿속에 장사할 청사진을 그리는 그녀. 비록 나이는 먹었어도 화끈하게 놀 줄 알기 때문에 시장 상인들과 야유회를 가면 그날은 자기 생일인 양 마음껏 신나게 즐긴단다. 딸에게 전화해서 먹을 만한 밑반찬이나 간식을 사오라고 하면 딸이 필요한 것을 곧장 가져왔다. 다시 노점상으로 돌아갈 날을 손꼽아 기다리는 그녀의 햇볕에 검게 탄 얼굴엔 미소가 활짝 번진다.

모자간의 엇박자

휠체어를 타고 한 손으로 밀고 들어온 환자는 사십대 초반의
젊은 남자다. 검게 탄 얼굴에 팔다리의 근육이 남달랐다. 외관
상으로 보기에 발병하기 전에는 건강했을 것 같은 체력이었다.
대부분 나이 많은 노인들이 입원한 요양병원에 젊은 사람이 들
어온 경우는 흔치 않은 일이다. 어머니가 생활에 필요한 물건
을 담은 쇼핑백을 들고 따라 들어왔다. 간호사가 들어와서 그
의 과거 병력을 묻고 병원생활 수칙을 알려주고 나갔다.

그는 침대에 올라가자 앉아서 쇼핑백을 뒤지기 시작했다. 책
을 꺼내놓고 읽기 시작했다. 이미 다른 병원을 거쳐 왔기 때문
에 피곤하고 정서적으로 안정되지 않아 휴식시간이 필요한데
도 숙제에 쫓기는 학생처럼 책부터 펴고 읽고 있다. 어머니가
옆에 섰는데도 앉으란 말 한마디 없이 독서삼매경에 빠져들었
다. 간호사가 입원 서식을 가져와서 어머니에게 내밀자 서류에
사인하고는 아들에게 집에 가겠다고 말했다. 책을 보던 아들은

나는 행복한

어머니를 한번 힐끔 보더니 잘가시라는 말 한마디 안 하고 여전히 책을 보고 있다.

저녁 식사가 끝난 후 어머니가 다시 왔다. 아들 옆에 다가서도 그는 못 본 체하고 책만 보고 있다. 며느리는 안 오냐고 물었더니 아직 미혼이란다. 아들이 뇌졸중으로 쓰러져 재활 치료 잘 한다는 요양병원으로 오게 됐다고 했다.

가족이라고는 단 둘뿐인데 아들이 어머니한테 너무 냉정하게 대하니 섭섭하지 않냐고 물었더니 어느 날부터인가 아들이 어머니를 자기 인생의 걸림돌로 생각한다는 말이 돌아왔다. 자그마한 키에 차분하게 비교적 논리적으로 말하는 어머니는 자식 하나에 인생을 걸었다. 그녀는 아들과 평행선을 이어오다가 어느 날부터인가 두 사람의 선이 어긋나기 시작했다. 동네 골목에서 슈퍼마켓을 운영하기 때문에 병원에 자주 오지 못한다는 그녀는 자신을 반기지 않은 아들임에도 옆에 있지 못함을 아쉬워했다. 아들은 어머니를 보더니 충격적인 말을 했다.

"보기 싫으니 빨리 꺼져."

옆에 있는 어머니가 불편하다는 듯 듣기 거북한 말 한마디 내뱉고는 옆으로 돌아앉았다. 며칠 후 다시 오겠다고 하자 뭐 하러 오냐며 오지 말라고 분풀이하듯 뚝배기 깨뜨리는 소리를 한다.

아들은 학교 다닐 때 머리가 명석했다. 입학하기 어렵다는 명문고를 졸업하고 어머니의 가게 일을 도와주다가 소형트럭을 사서 채소장사를 시작했다. 아들이 번듯한 직장에 다니기를 바랐을 어머니로서는 아들이 대학 진학을 포기하고 장사를 시작한 것이 마음에 걸렸다. 도매시장에서 물건을 떼어다가 팔고 까맣게 탄 얼굴로 집에 들어오면 속상했다. 좋은 두뇌를 가지고 공부를 포기한 것도 그렇고 길거리를 누비며 거친 욕설이 난무하는 노점상을 하는 것도 마음에 걸렸다.

어느 날부터인지 아들에게 사귀는 여자가 있었다. 사십이 넘도록 결혼을 안 한 아들이 사귀는 여자는 몇 살 더 많은 아이가 두 명이나 딸린 과부였다. 반듯한 가정을 이루기를 소원했던 어머니의 마음은 두 사람의 사랑을 용인할 수 없었다. 아니 사랑이 아니라 악어와 악어새의 공생 관계쯤으로 생각했다. 두 사람의 관계가 끝까지 가지 않을 거라는 내면의 심리가 깔려 있었다. 그 여자와는 절대 안 된다고 극구 만류했다. 그러자 아들은 술을 마시고 들어오는 날이 많아졌다. 아들과 어머니의 힘 겨루기가 시작된 것이다.

아들은 어머니를 미워하는 정도를 넘어 증오에 가까운 언행을 했다. 어머니는 아들의 여자를 찾아가서 아들과는 절대로 안 되니 만나지 말라는 부탁을 했지만 지금도 몰래 만나는 것 같다고 했다. 아들이 입원한 병원에 아들의 여자가 몰래 소주병을 가져가서 아들에게 줬다며 그 여자를 만난 후부터 아들이 극도로 어머니를 미워한다고 말했다.

나는 행복한

환자는 밥 먹는 시간 빼고는 항상 책을 펴고 독서에 몰두하고 있었다. 손에 간식거리를 싸온 어머니는 아들을 사랑스런 눈으로 바라보며 찐만두를 꺼내자 손에 있는 만두 그릇을 낚아채듯이 가져가서 어머니에게 하나 먹어보란 말 한마디 없이 순식간에 먹어치웠다. 건강을 생각해서 술을 먹지 말라고 하자 돌아오는 말은 험하기만 하다.

"니나 잘해. 보기 싫으니 빨리 꺼져."

어머니를 원수 보듯 한다. 그녀는 병원을 옮길 때 어느 병원으로 갔는지 아무에게도 알려주지 말라고 부탁했다며 혹시 여기로 여자가 찾아올까 봐 걱정된다고 했다.

그 후로 어머니는 아들의 병수발을 위해 운영하던 슈퍼마켓을 정리하고 아들을 찾아 왔다. 아들은 여전히 어머니에게 눈길 한번 주지 않았다. 어머니 때문에 자기 인생이 파탄났다고 생각한다. 두 사람의 엇박자는 언제쯤 끝날 것인지….

짐을 가득 실은 수레는 두 바퀴가 잘 굴러야 움직인다. 짐은 실어놓고 바퀴 하나가 펑크 나면 짐을 내리든지 아니면 바퀴 하나를 다시 갈아 끼우든지 해야 한다. 짐도 내리지 않고 바퀴도 갈아 끼우지 않은 길 위의 모자의 수레에 어떤 해법이 나올지 궁금하다.

가면 속의 얼굴 🍃

　재활 치료시설이 비교적 잘되어 있는 요양병원인 H병원은 젊은 재활 치료환자들이 많다. 활동할 수 있는 공간도 넓고 옥상에 올라가면 운동할 수 있는 운동장이 있어서 다른 곳에 비해 활동의 제약을 덜 받는 편에 속한다. 평소 휠체어를 타고 옥상에 오르내리던 환자 J가 옥상이 가까운 내가 있는 병실로 올라온다는 간호팀의 연락을 받았다. 잠시 후 J의 병실에 있던 요양보호사가 짐을 들고 그를 앞세워 점령군처럼 병실에 들어왔다. 결코 반갑지 않은 환자였지만 어떤 환자라도 요양보호사가 환자를 선택할 수 있는 권한은 없다.

　인사를 하는 J의 굳어진 표정 사이로 힘들었던 그의 삶의 과정이 어렴풋이 드러났다. 같이 생활하는데 불편한 점이 있더라도 동료 환자들과 잘 지내라는 말과 함께 빠른 쾌유를 빈다는 나의 말 한마디에 얼었던 그의 마음이 녹는 듯 밝은 표정으로 변했다.

다혈질인 그는 젊은 패기로 순간의 감정을 억누르지 못하고 주변 환자들과 마찰을 일으키고 간호과에도 가끔 불만을 표출하는 바람에 간호사들과도 불편한 관계였다. 듣던 소문과는 달리 까탈스럽지도 않고 비교적 적응도 잘했다. 휠체어에서 침대로 올라갈 때 도와주기라도 하면 스스로 할 수 있다며 아무리 힘들어도 누구의 도움도 요청하지 않았다.

그의 표정이 처음 왔을 때보다 한결 밝아졌다. 결혼도 안 한 젊은 사람이 입원했는데도 찾아오는 사람이 누구 하나 없었다. 부모도 얼굴을 안 내밀기에 가족들에 대해 물어 봤다. 아버지는 살아계신단다. 입원하고 한 번 병원에 다녀간 후로는 2년 동안 얼굴도 못 봤다며 서로의 삶이 다른데 오면 뭘 하냐며 시큰둥한 표정을 지었다.

언젠가 담배를 피우러 옥상에 올라간 그에게 말쑥하고 인상 좋은 미남형의 어떤 남자가 찾아왔다. 형이라면서 노트북 컴퓨터를 가지고 J를 찾기에 옥상에 가서 만나라고 했는데 둘이서 한참 동안 얘기하고는 엘레베이터 앞에서 헤어지는 모습을 보았다. 그는 다음에 오겠다는 말을 하면서 J와 헤어졌다. 마침 옆 침대 환자 보호자가 J와 남자가 헤어지는 광경을 보고 J를 불러서 어떻게 아는 사이냐고 물었다. 예전에 있던 병원에서 만난 형으로 노트북 컴퓨터를 사왔는데 컴퓨터를 사용할 줄 몰라서 그만 가져가라고 했단다. 며칠 후 다시 찾아오겠다고 약속했다며 그래도 의지할 수 있는 사람은 유일하게 그 형뿐이라고 말했다.

J와 같은 방 환자의 보호자인 K는 컴퓨터를 들고 방문했던 남자가 예전에 자기 형과 같은 병원에 입원했던 어린 장애 환자의 아버지란다. 오랜 병원 생활을 같이한 환자들이라서 보호자끼리도 서로 친숙해지다 보니 그와 돈거래가 있었단다. 그가 자기 돈을 떼먹고 주변 사람 모르게 아들을 몰래 퇴원시켜버렸다고 했다. 그를 찾고 있던 중 우연히 새로 옮긴 병원 병실 주변에서 그를 본 것이다.

그날 J는 자신이 태어난 과정과 성장과정, 사고로 장애를 입은 과정을 비교적 소상하게 지난 과거를 말했다. 그는 아버지가 딴 여자와 바람피워서 태어난 혼외자였다. 어린아이를 여자 혼자서 키울 수 없다고 판단하고 아이를 아버지 집에 주고는 자기의 길을 갔기 때문에 생모의 얼굴을 기억하지 못한다고 했다. 딴 여자와 바람피운 것도 모자라 아이까지 낳아 들어온 남편과 아이를 환영할 여자가 있겠는가. 형제들 틈에 끼어 말을 배우기 전부터 눈치를 살펴야 하고 어린 시절부터 아웃사이더의 서러움과 차별을 겪어야 했다. 그의 오른쪽 팔에 심한 화상 흉터가 있었는데 어려서 뜨거운 물에 데인 화상 상처라며 치료를 제대로 받지 못해서 남은 흉터라고 했다. 피부 근육이 쪼그라들 정도로 심한 흉터는 고통스런 옛 기억을 고스란히 나타냈다.

들판의 잡초처럼 자란 그는 부모로부터 한 번도 사랑을 받지 못했다. 중학교를 겨우 졸업하고 생활전선에 뛰어들었다. 제화기술을 익혀 구두공장에서 기술자로 일했다. 일한 만큼 수익도 생겨서 저축도 하고 사람 사는 재미도 있었다. 항상 차가운 눈초리로 바라보는 큰 엄마와 형들을 의식하지 않아서 자유롭고 편안해서 세상사는 즐거움이 있었다고 했다. 비록 아버지의 사랑을 받지는 못했지만 방을 얻어서 엄마와 형제들에게 인정받지 못한 아버지와 둘이서 살면서 가전제품도 사고 불편함 없게 살았던 게 그가 행복했던 날의 전부였다.

어느 날 회사에서 회식이 있었다. 회식 끝난 후 그는 평소 교통수단으로 타고 다니는 오토바이를 타고 집으로 가던 길이었다. 야생마 같은 정열로 밤거리를 누비는 자유는 어린 시절 형제들 틈에 끼워 눈치를 살피던 억압의 불편함에서 벗어난 자유로움이 몸에 날개를 달아주었다. 새벽길에 집으로 가기 위해 오토바이에 몸을 싣고 도로를 한껏 달리고 있었다. 순간 오토바이와 함께 그의 운명도 뒤집혀 버렸다. 뒤에서 오는 차에 부딪힌 것까지만 기억하고 눈을 떠보니 병원 중환자실이었다. 그가 의식을 회복했을 때는 온몸이 산산이 부서져서 손가락 하나 움직이지 않은 상태였다.

혼자 할 수 있는 것은 아무것도 없었다. 순식간에 바뀐 운명 앞에 차라리 눈을 감고 싶었다. 가해 차량은 사람이 아무도 없는 틈을 타서 뺑소니를 쳐서 사고가 난 지 2년이 지났지만 아직도 교통사고 해결이 안 된 미제사건으로 남았다. 휠체어에 의지한 몸이 기우뚱한 것처럼 그의 운명도 걷잡을 수 없는 소용돌이 속에서 겨우 헤어나온 것 같았다.

태어날 때부터 축복받지 못한 운명으로 태어났고 중도에 장애를 입는 운명이 되었다. 평생 장애를 안고 살아가느니 차라리 죽는 것이 편할 것 같았다. 자살을 생각하고 병실 창밖을 내다봤다. 창밖 나무 위에 새들이 자유로이 날아다는 걸 보고 메마른 도심의 매연 속에서도 생명의 근원이 되는 나무는 새들을 품는 보금자리가 되어 있는 것을 보고는 희망을 잃지 않고 살아야 하는 이유를 깨달았다. 죽는 것도 혼자서는 실행할 수 없는 운명, 그래 살아 있는 것만으로 감사하게 생각하자는 마음으로 힘든 재활 치료를 시작했다. 정형외과 주치의 선생님이 앞으로 살아가야 할 날이 많은 젊은 그를 위해서 혹독한 재활훈련을 시켰다. 손가락이라도 움직여야 전동 휠체어라도 운전할 수 있다며 뼈를 깎는 훈련을 시켰다. 장애를 안고 살아가야 할 날을 위해 견뎌내야 하는 훈련의 과정이라며 그는 움직이는 것을 스스로 하려고 했다.

그가 H병원에 오기 전에 형이라 부른 남자와 만난 과정도 그의 삶이 얼마나 정에 목말라 했는지 짐작이 갔다. 보호자 없이 항상 재활 치료실과 병실을 오간 그를 보고는 옆에서 가끔 간식도 챙겨주고 그가 필요로 하는 물품도 사다주는 편의를 봐줬다. 그는 항상 천사의 얼굴을 하고 나타났다. 인상도 좋고 언변이 좋은 그가 위로해 줄 때마다 그가 친형같이 느껴졌다. 2년 동안 병원 생활을 해도 얼굴 한번 비추지 않는 가족보다는 앞으로 살아가야 할 일을 염려해 준 옆 침대 소아장애환자의 보호자인 그 형을 의지했다. 깔끔한 외모와 친절한 그는 J의 불편한 부분에 편리를 봐주고 베푼 친절에 그 남자는 J의 정신적 지주가 되었다.

하지만 얼마 지나지 않아 일이 터지고 말았다. 그는 교통사고 보상금으로 나온 보험금을 그에게 맡겼던 터였다. 어차피 혼자서 돈 관리를 할 수 없고 의지할 만한 사람도 없기에 그의 따스한 인정과 자상한 마음에 끌려 돈과 함께 그에게 자기의 인생을 걸었다. 그 형이 펀드에 투자해서 돈을 불려준다는 말을 믿고 사고 보상금으로 받은 망가진 온몸의 뼈 값을 그의 손에 건네주었다.

어린 장애인 아들이 입원한 병원에 보호자로 아들 옆에서 간병을 했다는 것과 남자의 이름 정도만 알고 있을 뿐 다른 아무 정보도 없는 베일에 싸인 그를 믿었다. 정에 굶주렸던 J는 어느 날 소식을 끊고 사라진 그 남자가 경찰에 수배된 사기꾼이었다는 사실을 알고 허탈감에 빠졌다. J는 그 남자의 가면 속의 본모습을 알지 못했다. 그는 경찰이 쫓고 있는 수배된 사기꾼이었다.

어느 날 아들을 몰래 퇴원시키고 종적을 감췄다. 빈털터리가 된 J는 병원비가 몇 달씩 밀리자 인천의 어느 무료복지 병원으로 떠난다며 짐을 챙겼다. 안개 속 같은 미래를 향해 휠체어에 몸을 싣고 추운 겨울날 떠나는 그의 뒷모습이 쓸쓸하기만 하다.

깐깐한(?) C과장

하루를 시작하는 아침시간, 같은 병실에서 일하는 O가 진하게 타온 커피향이 코를 자극했다. 일 시작하면 여유 있게 차 한 잔 마실 시간이 없다며 커피잔을 내게 내밀었다. 아무리 급한 일이 있어도 서두르지 않은 그녀의 특유의 느긋한 여유로움이 부러울 때가 있다. 환자들 목욕시키고 나면 에너지가 소진돼 지칠 것에 대비해 통과 의식을 행하는 것처럼 잠깐의 휴식을 갖는다. 쓴 커피를 입에 흘려 넣으며 풀리지 않은 피로의 여독이 목덜미를 잡은 것 같아 반쯤 남은 커피를 쏟아버리고 환자 목욕을 시작했다. 어차피 일을 앞에 두고 있어야 시간만 지체될 것 같아서다.

목욕 침대에 환자 P를 옮겨 눕히고 목욕실로 향했다. 의식이 없는 P는 눈 뜨는 것과 눈 감는 것 외에는 별다른 변화가 없이 항상 침대 그 자리에 그 상태로 누워 있어서 목욕하는 시간 외에는 침대에서 이동을 하지 않는다. 스스로 움직이지 못하기

나는 행복한

때문에 혼자 목욕시켜도 큰 무리가 없다. 다만 목욕 침대에 안전바가 없어서 낙상의 위험 소지가 있다. 이리저리 몸을 닦는데 환자의 몸이 비누 거품에 밀려 목욕 침대에서 스르르 밀려 중심을 잃고 떨어지려고 했다. 손에 들고 있던 바가지를 던지고 급하게 환자를 붙잡아 당겼다. 순간 환자가 벽 모서리에 부딪치며 "쿵" 소리가 들리고 P의 이마에서 붉은 피가 흘렀다.

피 흘리는 환자, 벌어진 사고에 아연실색한 나는 눈앞이 캄캄했다. O가 목욕탕으로 달려왔다. 당황한 내 등을 가볍게 치며 괜찮다고 위로해 준 그녀의 침착함이 사고수습을 재빠르게 도왔다. P를 침대로 옮겼어도 터진 이마에서는 피가 계속 흘러나왔다. 상처 부위가 커서라기보다도 환자에게 혈액 용해제를 쓰기 때문에 흐르는 피는 지혈이 되지 않기 때문이다.

보고 받은 간호팀장이 달려왔고 담당의사 C과장이 상처를 꿰매기 위해 외과용 바늘과 가위를 가지고 왔다. 그의 얼굴이 굳어져 있다. 그의 익숙한 손놀림은 찢어진 상처를 금방 꿰매고 종종걸음으로 병실을 나섰다. 간호팀장도 와서 하얗게 질린 내 모습을 보고는 앉아서 차 한 잔 마시라며 오히려 위로해 주고는 나갔다. 요양보호 일을 시작한 지 얼마 되지 않아서 생긴 일이라 몹시 당황했다. 만약 P가 목욕 침대에서 떨어져 사망에 이르렀다면… 생각할수록 소름이 끼쳤다. 처음 당하는 사고에 나 스스로를 감당치 못하고 있을 때 O와 간호팀장이 위로해 주지 않았다면 무척 힘들었을 것 같았다. 환자에게 최선을 다한 담당의사 C과장도 화가 많이 났겠지만 상처 부위 봉합이 끝나자 아무 소리 없이 자리를 나갔다.

C과장은 그 환자 진료를 오면 의식 없이 아무런 변화 없는 환자지만 이리저리 살피며 환자 앞에서 자세히 관찰하다가 환자 얼굴 위에 손을 휘휘 저어보며 어떤 반응이 있나 살피고 갈 때가 있다. 그는 때로는 의료용 망치를 가운 주머니에서 꺼내서 팔 관절에 대고 툭툭 때려보기도 한다. 어떤 반응이 나오나 보기 위해서다. 환자가 의식이 있는지 또 소리를 들을 수 있는지 궁금해서 C과장에게 물었다.

"환자가 사물을 보고 들을 수 있나요?"

그는 부정적인 의미로 고개를 무겁게 흔들었다.

한번은 면회 온 환자 P의 아들이 C과장의 진료 모습을 지켜보더니 아버지 면회 올 때마다 환자 얼굴 위에서 손을 휘휘 저었다. 그 모습을 지켜 본 O는 아마도 다음번에는 망치를 가져와서 제 아버지 팔을 두드릴 거라고 했다.

C과장은 자그마한 키에 다부지고 차가운 이미지와는 달리 요양보호사들을 보면 언제나 깍듯이 인사를 한다. 명문대 의대를 나온 인재였고 대형 3차병원에 근무한 경력이 있었지만 그의 인품은 권위의식이 없고 항상 겸손했다. 그는 회진을 돌면 그냥 와서 쓱 보고 간 적이 거의 없다. 요리저리 살피고 어떻게 반응하나 관찰하며 의식 없이 누워 있는 중환자에게 최선을 다한 그의 모습에서 환자를 자기 가족처럼 살핀다는 생각이 들 정

도였다.

그날 이후로 자다가도 환자 P를 자주 살피며 그의 손을 꼭 쥐어주었다. 미안한 마음을 어떻게 해서라도 그에게 전하고 싶어서였다. 사고가 난 그날도 "미안해요." 하고 그의 손을 꼭 쥐어주며 여러 번 반복했다. 그가 알든 모르든 그에게 미안한 마음을 전하고 싶어서였다. 아무런 반응이 없던 그가 눈을 깜박거리는 반응이 나왔다. 그런 모습을 한번도 본 적이 없었는데 그가 알았다는 표시로 반응을 했다.

50이 갓 넘어서 뇌출혈로 갑자기 쓰러져서 하룻밤이 지난 다음날에 딸에게 발견되어 대학병원에서 생사를 넘나드는 수술을 하고 요양병원으로 이송되어 왔다. 뇌수술로 움푹 패여 있는 한쪽 측면 머리를 처음 보는 사람은 흠칫 놀랄 정도다. 의식 없이 누워 있는 침대맡에 딸이 와서 애타게 "아빠"를 불러도 여전히 허공만 바라보는 듯한 초점 없는 눈. 그는 정말 보지 못했고 듣지 못했는지, 아니면 다 보고 들으면서도 귀찮은 세상과 담 쌓으려고 했는지 아무리 생각해도 신기했다.

나는 그가 비록 아무것도 모른다고 할지라도 그에게 계속 말했고 빨리 나아서 집으로 가라고 얘기했다. 코에 삽입한 레빈 튜브로 영양을 섭취하고 기관지를 절개한 목을 통해 산소공급을 받고 소변 줄을 달아서 소변을 배출한다. 의료용 카테터를 주렁주렁 달고 비록 몸이 성한 곳이라곤 한 곳도 없지만 지속적으로 그를 위로했다. 물론 그가 알고 있으리라 생각은 안 했다.

그에게 변화가 왔다. 그의 손에 자그마한 부드러운 고무 지압봉을 쥐어줬다. 잘 때도 놓치지 않고 꼭 쥐고 있었다.

예전에 비해 눈에 뛰게 달라진 모습에 O가 슬슬 웃으며 장난을 걸었다.

"전혀 아무것도 모르다가 벽에 부딪치고 나서 저렇게 의식이 있는 걸 보니 부딪치는 것도 치료 방법이 되는 건가?"

미안한 마음에 관심 있게 봐줘서 마음 문을 열어가는 과정인지 아니면 치료가 되어가는 과정인지는 모르지만 P는 다치기 전과는 좀 달라졌다.

환자 진료에 심도 있게 환자를 살피는 C과장의 관심 있는 진료가 많은 영향을 끼쳤다. P는 내가 질문을 하면 눈을 깜박이는 의사표시를 할 정도로 좋아졌다. C과장의 겸손함과 성실함이 요양보호사나 보호자에게 존경받을 만한 모습이 환자에게, 흐르는 물이 마음에 스며들듯 그대로 환자에게 전해진 것 같았다.

언제까지 살 수 있을지 알 수 없는 환자들 앞에서 인간의 존엄성을 생각하며 인술을 베푸는 C과장, 언젠가 간호사들에게 보기와 달리 참 부드러운 인간미가 있다고 하자 한 간호사가 말했다.

"모르는 소리 하지 마세요. 우리 병원에서 가장 까다로운 분이에요."

그는 까다로운 의사였지만 보호자와 가장 하부층에 있는 요양보호사들에게 겸손함을 갖춘 인기 있는 의사였다.

나는 행복한

환자의 눈에 비친
병실 풍경

경환자실에 있던 환자 S가 중환자실로 들어왔다. 섬뜩할 만큼 머리 측면이 함몰되어 두뇌균형이 기울어진 것처럼 보였다. 휠체어를 탄 채 들어선 모습이 마치 개선장군만큼이나 당당하고 씩씩하다. 나를 보자마자 자기소개를 했다.

"58년생 개띠 ○○○이라고 합니다."

"네, 반가워요. 이 병실은 말할 수 있는 분이 없으니 침대에서 혼자 내려오려고 하지 말고 필요할 때는 도와달라고 불러주세요."

S는 병실을 둘러보더니 낯선 곳에서 처음 마주친 옆 침대 환자의 모습이 불편하게 보였나 보다. 혼잣말로 "아이고 밥이 아깝다. 저렇게 살면 뭐해? 차라리 죽는 게 낫지."라는 말을 툭 던지고 혀를 끌끌 찼다. 다리는 굳어서 펴지지 않았고, 기관지 절개 부위에 삽관을 하고 코에는 영양섭취를 위해 레빈튜브가

달려 있는 환자의 모습이 한심스러워 보였던 것이다. 그런데 옆 침대 한 사람만 그런 게 아니라 자세히 보니 딴 환자들도 거의 비슷한 모습이다. 그는 다시 독설을 날렸다.

"여기는 다 죽어야 할 인간들만 모였네. 아이구 이렇게 살아서 뭐해?"

그의 눈에 비친 그들의 삶은 죽은 것이나 별반 없이 보여진 것이리라. 그의 소지품을 정리하는데 가족사진이 나왔다. 아들과 딸이 함께 찍은 가족사진 속의 아내는 갸름한 얼굴로 서글서글한 눈매 등이 얼굴의 조화를 잘 이루고 있는 서구형 미인이었다. 아내가 미인이어서 좋겠다고 했더니 지금은 이혼했고, 아이들도 그녀가 데리고 갔으며 양육 조건으로 살던 집을 줬다고 했다. 그러면서 "얼굴만 예쁘면 뭐해? 소가지가 좋아야지."라며 말 꼬리를 흘린다. 자신을 떠난 부인에 대한 서운한 감정이 아직도 남아 있는 것 같다.

그의 어머니가 면회를 왔다. 세상 걱정 없이 누워 있는 아들을 보자 속이 터진 듯 말을 쏟아냈다. 몸을 움직여서 치료받을 생각은 안 하고 편하게 누워만 있으면 어떻게 하냐고. 치밀어 오르는 화를 참지 못하고 아들의 등짝을 두어 대 내려쳤다. 그녀도 몸이 불편해 보였다. 당신도 자식의 부양을 받아야 할 나이에 젊은 자식의 병원비 걱정까지 해야 하는 불안정한 그녀는 무거운 세상 짐을 버겁게 지고 있는 듯했다. 그는 어머니가 아무리 잔소리를 해도 반기를 들지 않는 착한 심성을 지니고 있었다. 아들에게 필요한 물품을 사왔다며. 들고 있는 보따리를 내려놓는데 그게 마치 그녀가 지고 있는 고생보따리처럼 고되어 보인다. 본인이 할 수 있는 일은 도와주지 말고 스스로 하도록 놔두라고 당부했다.

그는 사고 이전에 건축 일을 했는데 술을 너무 좋아했다. 사고가 난 그날도 술을 마시고 취한 상태에서 지하철역에서 내려오다가 계단에서 굴러서 병원으로 이송되어 뇌수술을 받았단다. 수술 때 잘라낸 왼쪽 머리 부분이 푹 패여 있었다. 손상된 뇌신경은 한쪽이 마비돼서 걸을 수 없는 장애를 입었고 휠체어를 타야 했다.

환자들은 거울 보는 일이 거의 없기 때문에 자기의 모습이 어떻다는 것을 모른다. 그래서인지 주변 환자들의 모습을 보고 한심해한다. S, 그도 마찬가지다. 옆 침대 환자를 보고는 한심한 눈으로 그들을 바라보곤 했다. 그는 기억력 장애와 지남력 장애를 지니고 있었다. 현실과 과거를 착각하고 방금 전 본 것도 전혀 기억을 하지 못했다. 병실을 집으로 착각하기도 하고 나를 친누나로 착각할 때도 있었다. 누굴 찾느냐고 물으면 조금 전에 누나가 있었는데 어디 갔냐고 묻곤 했다. 그런 아들의 모습을 보는 어머니의 속은 새까맣게 타들어갈 수밖에. 어머니는 아들이 재활 치료 잘 받으면 사회에 복귀할 수 있으리라는 믿음을 가지고 있었다. 아들을 볼 때마다 언제까지 병원에 있을 거냐며 빠지지 말고 재활 치료 받으라고 독촉했다.

한번은 옆 병실 요양보호사가 놀러 와서 얘기하는 것을 보고
는 S가 대뜸 한마디했다.

"여기도 직장인데 할 말 했으면 빨리빨리 가지 않고 남의 방
에 와서 한도 끝도 없이 말만하고 있으면 어떡해요 빨리 가요."

결코 틀린 말을 한 것은 아니다.

S의 바로 옆 침대에는 당뇨합병증으로 실명한 혈액투석 환자
J가 있었다. 밤에도 똑바로 누워서 잠을 자지 못하고 항상 침대
식탁을 펴놓고 고개를 식탁 위에 얹고 고통스런 모습으로 "아
이구 힘들어." 소리를 연발하고 몸을 뒤척이고 있었다. S는 "누
워서 안 자니까 힘들지. 시끄러워서 잠 못 자겠네. 총이 있으면
탕 쏴버리고 싶네." 하고는 J를 노려봤다.

사실 그가 J를 미워하는데는 또 다른 이유가 있었다. J에게는
찾아오는 가족이나 친지가 없었다. 당뇨식만 먹는 J가 가엾어서
가끔씩 오이나 토마토 등을 챙겨주고 당뇨 합병증으로 실명한 J
가 혼자서 식사를 하지 못하기 때문에 밥을 떠먹여 주는 게 부
러워서 시샘을 하는 것 같았다. S의 눈에는 멀쩡해 보이는 J가
혼자 밥 먹지 않고 아이들처럼 먹여주는 밥을 먹고 있으니 요양
보호사에게 특별대우를 받고 있는 것 같이 보였던 것이다. 그
는 혼자서 밥도 못 먹는 저런 인간은 죽어야지 뭐 하러 사느냐
면서 J를 힐끔 쳐다봤다. J는 신장염으로 일주일에 두 번 인공
신장실에 혈액투석을 받으러 갔다. 갔다 오면 맥이 풀리고 파
김치가 다 돼 있었다. 지쳐 있는 모습이 안타까워 요양보호사

들이 신경 써주면 J를 편애한다고 생각한 모양이다.

한번은 J가 혈액투석 받으러 인공신장실에 가고 없는 점심시간에 S가 밥을 먹지 않고 있었다. 왜 밥 안 먹느냐고 했더니 팔이 아파서 먹지 않겠다고 했다. 요양보호사에게 특별대우를 받을 기회다 싶어 기발한 생각을 한 것이다. 이 기회에 떠먹여 주는 밥을 먹을 계획이었는데 먹여주기 기다리다가 그만 식사 시간을 놓쳐 버렸다. 자신의 생각이 빗나가서 엉뚱하게 점심 한 끼를 굶는 결과를 초래한 셈이다. 미루어보건데 속으로 '저 녀석은 멀쩡해 가지고 먹여주는 밥을 먹고 나는 팔이 아프다고 해도 밥 먹여 주지도 않는 건 뭐야?'라는 불만이 가득해 보였다.

오후에 혈액투석 마친 J가 병실에 들어오자 밥 못 먹은 게 J의 탓인양 "저 인간은 죽지도 않고 또 왔네."라면서 화풀이를 했다.

그날 저녁밥을 갖다 주자 허겁지겁 먹는 것을 보니 배가 많이 고팠나 보다. S는 먹고 자는 것 외에는 걱정 되는 게 하나도 없었다. 나이든 어머니가 어렵게 병원비를 마련해오는 것은 안중에도 없었다. 그의 어머니는 세파에 시달린 힘든 삶이 차림새나 구부정한 모습을 통해 투영됐다. 아들의 사회 복귀를 간절히 바라는 어머니의 애타는 심정을 기억력 장애에 어린애의 지능이 돼버린 S가 알 리 없었다.

그는 중환자실에 한 달 정도 있다가 다시 예전에 있던 경환자실로 돌아갔다. S가 있던 병실에 갔다가 놀라운 광경을 목격했다. 담당병실 요양보호사가 S에게 밥을 먹여주고 있었다. 내가 담당 요양보호사에게 혼자서 밥 먹는 환자에게 왜 밥을 먹여주 냐고 했더니 S가 자기는 팔이 아파서 혼자서 밥 못 먹는다고 요양보호사에게 먹여달라고 해서 한 달 동안 여태 밥 먹여 줬다는 게 아닌가.

"이 환자는 혼자서도 밥 잘 먹고, 밀려 내려온 침대에서도 버팀목에 힘주고 스스로 침대로 올라갈 수 있으니 스스로 하도록 놔두세요."

내 말을 들은 S의 표정이 싹 달라졌다. 여태 편하게 대접받고 생활했는데 방해꾼이 나타나서 일을 그르쳤다고 생각했는지 나를 째려보며 남의 집에 와서 시끄럽게 잔소리하지 말고 빨리 가란다.

사고로 다친 몸 때문에 기약 없는 병원 생활에 지친 사람, 치매로 실종된 현실 속에서 희미한 과거 속에서 배회하는 사람, 어린애와 같은 지능이 돼버린 사람 등등. 요양병원에서 그들을 돌보는 요양보호사들의 하루하루는 이런 일상이 반복된다.

나는 행복한

중국인의 아내

저녁은 환자들의 자유시간이다. 재활 치료로 고단한 하루를 끝낸 그들은 침대 위에 앉아서 TV를 시청하는 휴식을 즐기는 여유가 있다. 한여름 밤의 더위 열기가 아직 가시지 않자 슬슬 복도에 나온 환자들은 무료한 시간에 간절하게 담배를 피우고 싶은 유혹에 어디서 구했는지 휴게실 한쪽에 앉아서 흡연을 시도하기도 한다.

요양병원은 산재 환자들이 비교적 많은 편이다. 뇌졸중 환자들 중에서도 재활 치료를 받는 환자들이 주류를 이룬다. 요양보호사가 병실을 맡고 있지만 간혹 산재 환자의 가족이 와서 케어를 하는 경우도 있다. 산업현장에서 갑자기 당한 사고로 언제 끝날지도 모르는 지루한 병원 생활은 가족이 그저 옆에 있어주는 것만으로도 환자에게는 위로가 된다.

저녁 아홉 시쯤이었다. 목욕실에서 칼날처럼 날카로운 여자의 비명이 들렸다. 무슨 소리인지 알 수 없는 말을 쏟아놓는다.

폭풍 속에 좍좍 쏟아지는 소낙비처럼 거친 말투는 일어난 일의 심각성을 어렴풋이 직감케 한다. 목욕실로 뛰어갔더니 30세 전후의 젊은 중국인 여성이 옆에 죄인처럼 서 있는 남자를 향해 삿대질을 하면서 격앙된 목소리를 마구 질러댔다.

그녀의 남편은 중국인 노동자다. 건설현장에서 일하다 다쳐서 병원에 입원하자 그녀가 직접 병원에 와서 간병을 하기 시작했다. 남자 환자들 틈에서 생활을 하다 보면 먹고 자는 것 또한 불편하기 짝이 없다. 그래서인지 그녀는 환자들이 사용하지 않는 밤시간을 이용해서 샤워실에서 씻곤 하는데 샤워중 문이 벌컥 열리며 남자 환자가 들어왔으니 놀랄 수밖에 없었다. 얼떨결에 남자샤워실로 착각하고 잘못 들어간 실수였다는 게 남자의 변명이다.

중국인 여성의 입에서 연신 불을 내뿜듯 목소리가 무섭게 쏟아졌다. 그러니 남자는 자기 입장을 말해야 되는데 그럴 틈조차 없는 상황이다. 항변을 하려고 해도 서로 의사소통이 되지 않고 자기의 주장만 쏟아내는 중국인 여성 앞에서 난처한 입장에 처했다. 샤워실을 잘못 찾았다고 말대꾸를 하지만 소용이 없다. 키 작고 뚱뚱한 중국인 남편이 불편한 다리를 질질 끌며 방에서 나오다가 다시 방으로 들어가는가 싶더니 절뚝거리며 또 나온다. 남자를 향한 눈빛이 이글거리며 불타는 증오심이 묻어났다. 감정을 조절하는 자율신경계가 무너져 뜨거운 가슴에서 반란을 일으켰다. 손에는 번쩍이는 물체가 옷소매 끝에 보였다. '감히 내 아내를 넘봐?' 하는 표정이 얼굴에 역력했다. 어디에서 가져 왔는지 식칼을 들고 샤워실 앞 남자에게 다가갔다. 비록 몸이 불편해도 남의 아내를 넘보는 놈은 용서할 수 없다는 굳은 표정이다.

주변 환자들이 몰려와서 중국인 남자를 막고 간호사가 나와서 소란 피우지 말고 조용히 하라고 주의를 줬다. 식칼을 가지고 있는 중국인 노동자가 감정조절을 못하고 어떤 사고를 칠지 모른다는 불안감에 옆 침대 환자가 경찰에 신고했다. 그는 알 수 없는 중국어로 떠들지만 통역이 없는 병원에서 그의 말보다는 화난 얼굴에서 그의 감정이 얼마나 격해졌는지가 역력했다.

경찰차가 오고 경찰관이 병실에 들어왔다. 흉기를 소지하고 위협하는 것만으로도 중국인에게는 불리한 상황이다. 중국인 아내는 어디론가 계속 통화를 하는가 싶더니 잠시 후 해결사로 보이는 건장한 중국인 남자가 나타났다. 그는 당당하게 병실로 들어가 경찰관에게 중국인 부부의 입장을 설명해 주는 것 같았다. 법의 테두리 안에서 정당하게 사건을 해결하려는 경찰관과 비록 법의 지원을 받지는 못하지만 자기 동족의 입장을 대변해 주려는 해결사의 목소리만 들린다. 팽팽한 줄다리기가 이어지는 것 같았다.

불구경과 싸움 구경은 보는 것이 흥미롭다고는 하지만 병실 주변에 웅성거리던 환자들은 어느새 하나 둘씩 제자리로 돌아갔다. 일이 잘 해결되었는지 경찰관과 중국인 해결사도 돌아갔다.

　돈을 벌기 위해 건설현장에서 일하다가 젊은 나이에 병원 신세를 지게 된 그의 삶도 꼬인 모양새다. 여러 명이 함께 쓰는 병실이다. 문화가 다르고 언어가 다른 사람들 틈에 끼어 있는 게 그들 부부가 자신들만의 보금자리로 언제 돌아갈지 모른다. 마음 속에 팽배해진 이국에서의 불만이 어쩌면 아내의 사건으로 인해 터지면서 이성을 찾기 힘들어진 듯싶다.

　그들은 가끔 치외법권의 고립무원에 처해 있을 때를 대비해서 보험을 들듯이 그들의 단체를 관리하는 보스에게 매달 회비를 낸다. 보스는 받지 못한 밀린 월급을 받아주거나 혹시 싸움에 휘말리더라도 그들의 입장을 대신해 주기도 하고 개인이 해결하기 어려운 일들을 처리해 주기도 한단다.

　그날 밤의 분란은 결국 무승부로 끝났다. 병실은 언제 그랬었냐는 듯이 평안을 되찾았다. 각자 자기 침대를 찾아간 환자들은 지친 몸을 수면으로 달랜다. 폭풍우가 휘몰아친 후처럼 한바탕 전쟁을 치른 병실은 다시 또 고요한 밤 속으로 잠이 든다. 내일은 또 어떤 비바람이 닥쳐올지 모를 일이지만.

행복한 C씨

새 환자가 들어왔다. 딸이 보호자로 왔고 가지고 온 짐 보따리로 봐서는 이 병원 저 병원 거쳐서 온 환자임이 틀림없다. 20대 미혼인 딸이 가장이고 밑으로 여동생과 남동생이 한 명씩 있다고 했다. 어린 나이에 삶의 무게에 눌려 가냘픈 몸이 힘들게 보였다.

환자는 50대 중반이고 거구였다. 언어 구사는 거의 정확했고 지팡이를 짚으면 혼자서도 보행이 가능했다. 외상 후 장애로 온 치매 때문일까? 그는 가끔 "여기가 어디요?" 하고 물었다. 어디가 아파서 병원에 입원했냐고 물으면 "나는 아무 곳도 아픈 곳이 없소. 내가 왜 병원에 왔는지 나도 모르요." 한다. 금방 식사를 하고도 왜 밥을 안 주냐고 투덜거리곤 했다. 그래도 그는 과거를 희미하게나마 기억하고 있었다.

그는 높은 곳에서 떨어졌는데 다리 쪽 대퇴부가 골절되는 바람에 꽤 많은 병원 생활을 했다고 한다. 거기다 뇌 손상까지 입어 외상 후 장애로 치매가 있고 지남력 장애까지 있었다. 부인은 왜 안 왔냐고 물었더니 딸이 말하기를 시골에 내려가 있는데 가끔씩 병원에 들른다고 했다.

재활병원에 입원한 환자 중에는 술에 의존하며 몸 관리를 제대로 안 하고 살다가 병원에 입원한 사람들이 꽤 있다. 더욱이 젊은 나이의 가장이 와병 중이면 가정이 와해되는 경우가 많다. 서로 성격적으로 맞지 않은데다 불확실한 미래 때문에, 감정이 안 좋은 상태에서 서로 각자의 길을 가는 사람들도 있다.

C씨도 술이 발단이 된 것 같았다. 가끔씩 소리를 지르고 짜증을 내는 걸 보면 결코 부드러운 성격은 아닌 것 같았다. 그가 하는 일은 자고 밥 먹는 일이 유일한 낙이었다. 그런 그의 현실을 보면 내일이 보이지 않는데도 병원비가 적잖은 재활병원을 고집하는 것을 보면 아버지를 어떻게 해서라도 치료하겠다는 딸의 고집스러운 의지가 엿보였다. 스스로 할 수 있는 것은 하게 놔두라면서 되도록 많이 움직이게 하려고 했다. 그는 큰 소리를 치다가도 큰딸 앞에서는 얌전해졌다. 딸이 올 때마다 전복죽, 닭죽 등을 끓여 왔다. 시간이 없어 그냥 오는 날은 간식거리를 충분히 사다 주고 가곤 했다. 누가 왔다 갔냐고 물어보면 아무도 안 왔다고 한다. 금방 큰딸이 와서 죽 끓여 와서 먹었잖냐고 하면 딸을 보지도 못했는데 무슨 죽을 먹었다고 그러냐며 짜증을 낸다. 눈앞에서 사라지면 5분 전의 일도 기억하지 못한다. 누워 있을 때 일어나라고 아무리 말해도 꿈쩍 않고 있

나는 행복한

다가도 "식사하게 일어나세요." 하면 벌떡 일어난다. 먹을 때가 가장 행복한 것 같아 보였다.

그는 아무 걱정 없고 먹을 것만 있으면 항상 행복한 것 같았다. 가끔 기분이 좋으면 흘러간 유행가를 구성지게 한 곡씩 불러댄다. 눈을 지그시 감고 '돌아가는 삼각지'를 불러댄다. 옆 침대 동료 환자가 노래 잘 부른다고 천 원 한 장을 그의 손에 쥐어주었다. 그날도 동료를 힐끔힐끔 보면서 감정을 넣어 흘러간 유행가를 한 곡조 뽑았다. 박수치는 소리를 들으며 신나던 그는 노래는 불렀는데 왜 돈은 안 주냐고 묻는다. 그는 먹고 자고 노래 부르고 TV를 시청하면서 하루하루를 흘려보냈다.

한 번은 내가 물었다.

"○○○님 생활하면서 가장 걱정되는 게 뭐가 있어요?"

"내가 뭔 걱정이 있것소. 텔레비전 안 보이는 것이 걱정인게 비켜 주시오."

기다렸다는 듯 즉각 단순하게 내뱉는 특유의 전라도 사투리에 병실은 한바탕 웃음이 일었다. 명답이다. 나는 그가 즐기는 TV 시청을 방해하고 있었다. 옆 침대 환자가 배를 움켜쥐고 웃더니 "와! 우리 병실에 위대한 철학자가 있네."라고 하자 또다시 사람들의 웃음이 터져 나왔다.

알렉산더 대왕은 군사들을 데리고 전쟁을 하는 곳마다 승리를 거뒀지만, 그는 진정한 행복과 삶의 가치를 깨닫지 못했다. 세상이 추구하는 행복과는 다른 삶을 사는 철학자 디오게네스를 찾았다. 집도 없이 통 속에서 살고 있는 그에게 대왕은 무엇을 원하느냐고 물었다. 그러자 "나에게 내리는 햇볕을 가리지 말아 주시오."라고 했고 대왕은 "내가 왕이 아니라면 디오게네스처럼 살고 싶다."면서 돌아갔다.

디오게네스를 연상케 하는 C씨! 그는 가끔 푸념했다. 재혼을 해야 되는데, 돈도 있는데 원만한 상대가 없단다. 정말 돈이 있냐고 묻자 집에 많은 돈을 놔두고 왔다고 자랑을 하기에 집 어디에다가 놔뒀냐고 물었더니 "그것은 알아서 뭣 하려고 물어 보요?"라며 의심 가득한 눈초리를 보냈다. 돈 있는 곳을 알아내서 훔쳐가려고 묻는다고 생각하는 것 같았다.

C씨는 아무 걱정이 없다. 화장실을 갈 때마다 어디로 가냐고 묻고 화장실 갔다 오다 옆 병실 앞에서 집을 잃어버렸으니 집 좀 찾아달라고 하기도 한다. 두리번거리다가 병실 문 앞에서 자기 이름표가 있는지 확인하고 들어오기도 하지만 가끔 병실을 잘못 찾아 옆 병실로 들어가 남의 침대에 누워 있기도 했다. 침대 환자가 와서 왜 남의 자리에 와서 있냐고 하면 아무나 먼저 누우면 주인이지 주인이 따로 있냐며 못 비켜주겠다며 당신도 빈 침대에서 누우면 되잖냐고 큰 소리를 친다. 밤에 화장실 갈 때는 잠 자는데 방해되지 않게 살며시 문 열고 화장실에 다녀오곤 한다. 하지만 화장실에 가보면 대형 두루마리 화장지 한 통을 다 풀어서 바닥에 쌓아놓았다. 화장지 풀어놓지 말고 나오라고 하면 "내가 언제 그랬다고 그라요. 증거를 대시오."

나는 행복한

하고 되레 큰소리를 친다.

한 번은 또 화장실 어디로 가야 하냐고 묻기에 정말 모르나 싶어서 반대쪽을 가리키며 왼쪽으로 가라 했더니 고개를 갸웃거리며 화장실은 오른쪽에 있다며 오른쪽으로 뚜벅뚜벅 걸어나갔다. 알면서도 습관적으로 묻는다. 화장실에서 병실로 올 때는 간호과를 거쳐 오는데 간호과 앞에서 "내 방이 어느 쪽에 있소?"라는 말을 간호사가 못 듣고 하던 일만 하고 있자 "xx새끼들이 말해도 대답도 안 하네." 투덜거리면서 곧바로 병실로 돌아왔다.

하루는 고향에 사는 형과 형수가 방문했다.

"오메오메 우리 형수 왔소! 그란디 왜 이렇게 늙어부렀소?"

다치기 전의 기억에서 멈추어진 상태라 젊은 형수로만 기억하고 있었다. 얼마나 반가운지 형수의 두 손을 꼭 쥐고 어린애처럼 좋아했다. 옆으로 눈을 돌리더니 "저그 저 사람은 누구요?" 한다. 형수가 "형인데 몰라?" 하자 저렇게 늙은 형은 없다며 의아해했다. 심각한 표정으로 서 있는 형을 향해 "니가 내 형이어야? 니가 어떻게 내 형이야?"라고 말했다. 상대가 자기를 속이고 형 행세를 한다고 생각하는 모양이다. 형은 기가 막힌지 아무 말도 안 하고 한숨만 내쉬었다. 아무것도 기억하지 못하고 판단하지 못하는, 먹을 것 앞에서는 어린애처럼 좋아하는 동생을 보는 착잡한 심정이 눈빛을 통해 나타났다.

그에게 오늘은 지나가는 행복한 하루일 뿐이고 자고 나면 또 새로운 행복한 하루가 시작될 것이다. 오늘도 딸 손에서 도시락을 받고는 허겁지겁 먹는 그의 얼굴 위로 생로병사의 슬픈 인생사 단편이 그려진다.

끈

쿵쿵거리는 소리가 요란하다. 이따금 들리는 소리지만 신경이 거슬린다. 병실로 가봤더니 K는 침대 난간에 머리를 부딪쳐 자세가 흐트러져 있었다. 그는 심한 자학증세를 보인다. 종일 침대에 누운 채 괴성을 지르거나 머리를 부딪칠 때가 있다.

그의 운명이 이렇게 처참하게 될 줄은 아무도 예상하지 못했다. IMF 전까지 K는 잘나가는 은행원이었다. 언제나 깔끔한 복장으로 출퇴근을 하던 그가 하루아침에 요양병원 침대에서 삶의 끝 언저리에 와 있다. 삶과 죽음의 경계선에 서 있는 비운의 주인공이 되었다.

돈은 자본주의 시대의 야누스 같은 존재다. 한순간에 행복과 불행을 넘나들게 하는 두 얼굴을 가진 존재다. IMF시절 기업들이 줄줄이 도산하자 대출금을 회수하지 못한 자본금 비율이 낮은 은행들은 다른 은행으로 합병되거나 퇴출되었다. 구조조정에 들어간 금융업체들로 인해 수많은 은행원들이 하루아침에 일자리를 잃고 실직자가 되었다. 다른 직종에 비하면 고액 연봉을 받은 은행원들은 많은 퇴직금이 그나마 위로가 되었다. 40대의 젊은 나이에 퇴직한 K도 그중 한 사람이었다.

그의 불투명한 미래는 앞이 보이지 않았다. 생업을 위해서는 뭔가 해야 했지만 재취업의 길은 열리지 않았다. 무직의 시간이 길어지자 가족들 얼굴 보기가 미안했다. 불안한 나날 속에 같은 직장에 있던 퇴직자들끼리 사업을 하기로 의견을 모았다. 옛 상사였던 지점장 출신이 사업을 구상하고 청사진을 그렸다. 다섯 명의 옛 직장동료들이 의기투합하여 사업자금으로 퇴직금을 모두 털어 넣었다. 저마다 억대의 퇴직금을 투자했다. 그가 꿈꿨던 미래는 거기서부터 앞이 가로막혔다.

'복은 쌍으로 안 오고 화는 홀로 오지 않는다.'라는 속담이 있다. 여럿이 투자한 돈으로 사업을 구상했던 옛 상사는 부인이 유방암에 걸리자 치료를 위해서 암 수술을 해주고 치료비로 써버린 돈에 대한 책임 때문에 가족들을 미국으로 피신시켰다. 동료들의 피 같은 투자비용은 그렇게 몽땅 사라져버리고 본인은 홀로 남은 집에서 자살해 버렸다. 마지막 보루였던 가족들의 생명 같은 돈이었다. 여러 가정을 어둠으로 몰아넣은 옛 상사는 자기 혼자 책임을 마무리하려는 듯 자살로 동료들과의 관계도 자기 자신의 삶도 끝내버렸다. 그와 연결된 끈이 떨어지자 뜻을 함께했던 동료들의 가정이 풍파에 휩싸이기 시작했다.

박탈감과 공황에 빠진 K는 그 충격으로 쓰러져 버렸다. 몸이 굳어가는 파킨슨병이 온몸을 점령해 버렸다. 하루가 다르게 빠르게 진행되는 병마가 그를 마음의 감옥에 가두어 버렸다. 그는 희미한 의식 속에서 괴성을 지르는가 하면 침대 모서리에 머리를 부딪치며 자학하는 증세가 심했다. 침대 난간을 스티로폼으로 감싸서 부딪쳐도 충격을 흡수하도록 싸두었다. 거미줄처럼 몸에 연결된 관이 복잡했던 그의 인생관처럼 늘어져 있었다. 말도 못하고 아무 의식이 없이 누워 있는 그는 분명 자신과 화해하지 못하고 자신의 잘못된 선택을 질책하고 있는 듯 신음했다. 무기력한 상태에서 통째로 지워버리고 싶은 과거의 잘못된 선택에 괴로워하고 있었다. 그가 할 수 있는 것은 괴로운 괴성을 지르는 것과 몸을 침대 난간에 부딪쳐 자학하는 일뿐이었다. 고통의 무게만큼 헤어 나올 수 없는 수렁에 빠져들었다. 바람에 표류하는 낙엽처럼 그의 삶은 그렇게 버석거리고 있다.

아내가 생활전선에 뛰어들어 가족의 생계를 책임졌다. 어깨에 걸머진 짐이 무거워 주저앉고 싶어도 현실은 바늘구멍만큼도 여유롭지 않았다. 적잖은 아이들의 교육비와 남편의 치료비까지 떠안고 사는 삶이 쉬울 수는 없다. 피곤한 몸을 이끌고 퇴근 후 남편을 찾아오는 그녀의 얼굴을 보면 눈물을 애써 참으려는 모습이 역력했다. 퇴직과 사기의 배신 속에서 헤어나지 못하고 쓰러져 버린 남편을 바라보는 그녀의 얼굴에는 수심과 먹구름으로 가득 덮여 있었다. 너무 안쓰러워서 차마 그 모습을 볼 수가 없다. 비바람이 휘몰아치는 날이면 남편의 증세는 더욱 심했다. 그래도 그녀는 피곤에 찌든 몸으로 다가와서 남편의 손을 잡아주었다.

경제적 파탄에 몰린 수많은 기업과 회사원들이 비켜가지 못한 사회적 병리현상으로 인해 많은 가정이 표류했다. 잘못된 선택으로 한 가정이 철저하게 무너져 내린 불행한 그 시대. K처럼 다시 일어서지 못하는 이들이 적지 않았다. 그 해 한 해가 저물어가는 세밑에 그의 짧은 삶은 그렇게 끝나가고 있었다. 그에게 돈은 생명의 끈이었을까? 아니면 멍에였을까? 오래된 기억 속에 K의 얼굴이 스쳐간다.

나는 행복한

무늬만 아버지

밤 10시 침대 끄는 소리가 요란하다. 중환자가 발생했다며 간호사가 내가 있는 병실 빈 침대를 빼더니 옆방의 경식 할아버지가 누워 있는 침대가 들어왔다. 환자 얼굴에 산소마스크를 씌우고 혈압 체크를 하더니 보호자에게 병원으로 빨리 오라는 전화를 한다. 환자의 몸은 축 늘어져 있고 당직의가 다녀갔다. 아주 위급한 상황은 아닌 것 같다. 어떤 돌발 상황이 발생할지 몰라 보호자를 호출했다.

피곤한 기색이 역력한 얼굴에 슬리퍼차림으로 들어온 아들은 자주 있는 일인 것 같은 눈치다. 병실에 와서 멀뚱히 아버지의 얼굴을 보고는 피로에 찌든 얼굴로 의자에 앉아 꾸벅꾸벅 졸고 있다. 내가 간이침대를 갖다 주며 잠시 누워서 눈 좀 붙이라고 말하자 조금 있다가 집에 가야 한다며 사양했다. 한 달이면 몇 번씩 불려 다니는지 수시로 벌어지는 응급상황에 아들도 지쳐 보였다. 다 같은 자식들인데 형제간들과 교대로 와도 되지 않느냐는 내 말에 알듯 알 수 없는 웃음만 얼굴에 번졌다.

"아버지가 당장 돌아가신다고 해도 동생은 눈 하나 깜짝하지 않을 거예요."

"아버지를 외면할 만한 특별한 이유라도 있나요?"

그는 내게 과거를 털어놓기 시작했다. 어차피 장남이라서 운명처럼 받아들여야 하는 본인과는 달리 남동생은 아버지의 존재를 좀처럼 인정하려 하지를 않는다고 했다. 아버지는 외아들로 부모의 과잉보호 아래 성장했다. 젊은 시절 상고를 나와서 은행에서 근무하면서 가정을 이루고 아들 둘과 딸 하나를 두었지만 가정에 충실한 가장이 아닌 다분히 바람기 많은 사람이었다. 삼남매를 데리고 사는 어머니는 허약한 몸 때문에 병 치레를 자주 하다가 어린 자식들을 두고 세상을 떠났다. 자식들을 책임져야 하는 아버지는 부양의무를 하지 않은 채 아이들만 남겨놓고 내연녀한테 가버렸다.

그때부터 아홉 살 먹은 여동생이 밥하고 빨래하면서 학교 다니는 생활을 했다. 찬 바람이 부는 겨울날 삼남매는 아버지를 찾아 내연녀와 함께 살고 있는 집을 찾아갔다. 대문 앞에 있는 삼남매를 본 내연녀는 아이들을 매몰차게 내쫓아 버렸다. 셋이 손잡고 걸어서 집에 다다라서 밤새워 울었다고 했다. 엄마가 그리웠다. 원망스런 아버지에게 다시는 가지 않겠다고 마음을 다져먹고 어린 시절을 춥고 불우하게 보냈단다.

삼남매는 세상 풍파를 온몸으로 이겨내면서 꿋꿋하게 자란 나무처럼 각자 삶의 발판을 마련했다. 여동생은 대학을 마친 후 대학원 과정을 마치고 지금은 미국에서 나름대로 자리를 잡았고 자신의 삶을 야무지게 펼치는 파워우먼이라며 자랑스러운 여동생이라고 했다. 남동생은 언론사에 다니며 안정된 생활을 하고 있지만 아버지에 대한 말도 못 꺼내게 한단다. 아버지에 대해서 반감이 크다며 어릴 때 기억의 상처가 잊히지 않은 모양이다. 본인은 부동산경매사로 경제적으로는 여유있게 살고 있지만 동생들과 마찬가지로 잊히지 않은 어린 시절의 기억은 삶의 트라우마가 된 것 같다고 했다. 그것 또한 피할 수 없는 자신의 운명이라고 한다. 장남인 본인마저 외면한다면 아버지의 남은 삶이 너무 비참할 것 같아서 비록 미운 감정은 고스란히 남아 있지만 의무적으로라도 자식의 도리를 하고 있을 뿐이라고 했다.

자기 하고 싶은 대로 살던 아버지는 세월이 흐르자 늙고 병들어버렸다. 젊은 날 자신만의 행복을 찾아서 자식들을 내팽개치고 집을 나갔던 아버지는 늙고 경제적 능력이 없으니 같이 살던 내연녀에게도 필요한 존재가 아니었다.

몇 년 전 겨울날 저녁 퇴근길이었다. 지나가는 사람들이 대문 앞에서 웅성거리고 있었다. 무슨 일이 있는 것 같아서 갔더니 얼굴은 새까맣고 볼품없는 노인네가 땅바닥에 털썩 주저앉아 있었다. 행려병자인가 싶어 신고하려고 보니 어디서 많이 본 얼굴 같아서 자세히 보니 아버지였다. 자신의 행복을 위해

자식들도 외면했던 무책임한 아버지가 이런 몰골로 나타나다니
…….

만감이 교차했다. 어린 시절 삼남매가 아버지를 찾아갔을 때
내연녀에게 내쫓겨왔던 과거가 영상처럼 스쳐 갔다. 세월 앞에
장사 없다고 했던가, 내연녀가 차에 태워서 큰아들이 사는 집
앞에 버려두고 혼자 가버렸다. 그녀는 골치 아픈 짐을 하나 치
웠다고 회심의 미소를 짓고 있을 것이다. 젊은 시절 강물의 물
고기처럼 유영하던 아버지는 이제 마른 바닥에 떨어져 아가미
를 벌리고 신음하는 붕어처럼 허덕이고 있는 것을 지나가는 사
람들이 구경하고 있었다. 신장투석 환자가 되어 얼굴은 까맣고
몸은 말라 있었다.

동생을 불러서 의논했다. 어떤 방법으로 일을 해결하면 좋겠
냐고 묻자 동생은 상처 진 어린 시절의 기억 때문인지 자기는
아버지에 대해서 어떤 역할도 할 수 없다고 매정하게 잘라 말했
다. 미국에 있는 여동생에게 연락했지만 여동생도 아버지의 삶
은 아버지 몫이라는 대답이었다. 그대로 방치할 수 없어 요양
병원에 입원시켰다. 일주일 전에도 위급하다는 전화 받고 밤에
불려 와서 밤새우고 갔다며 장남의 역할을 다하려고 노력을 하
지만 시아버지의 존재를 모르던 아내에게 병든 시아버지가 갑
자기 나타난 바람에 미안했다. 가끔씩 병원에 불려 와서 밤을
새고 가야 하는 어려움도 자기의 운명이라고 말하면서 부모가
자식들 때문에 속 썩는 것이 아니라 어려서부터 부모 때문에 속

썩고 살아온 인생이라고 하소연했다.

　이야기가 거의 끝나가자 부스럭거리는 소리가 났다. 얼굴에 씌운 산소마스크를 벗어버리고 환자가 겨우 눈을 뜨고 아들을 바라본다. 간호과에서 보호자한테 집에 가라고 하자 뒤돌아보며 지친 발걸음을 떼는 아들의 뒷모습이 사뭇 쓸쓸하다.

아픈 사랑 떠나보내고

한 해가 가는 마지막 날 쓸쓸한 마음이 가득했다. 해넘이를 보고 싶다며 밖에 나가자고 남편이 졸랐다. 차를 강화 쪽으로 몰았다. 새로운 마음으로 새해를 맞이하고 싶다는 마음에서이다. 서쪽 하늘에는 주변의 회색 안개 같은 해무리에 싸인 채 바다 너머로 잘 익은 사과처럼 붉은 빛의 태양은 수줍은 듯 모습을 감추고 있다. 서서히 사라져 가는 해의 모습을 카메라에 담았다. 일몰의 풍경은 장관을 이루었다. 가끔씩 지나가는 연인들의 모습과 몸을 숨긴 태양, 그리고 바다 위의 갈매기는 왈츠를 추는 것 같다. 하나의 아름다운 풍경이 예술처럼 펼쳐졌다.

주변에는 젓갈 가게들이 즐비하게 있다. 뜨거운 밥에 먹는 짭조름한 젓갈은 밥맛이 없을 때 먹는 향토 음식이다. 그 시절 냉장고가 없던 시절은 염장식품은 필수였다. 젓갈을 사려면 생활형편이 어려운 H에게 사려고 J의 부인 H한테 전화를 했다. 젓갈 주문을 하고는 J는 지금 건강이 어떠냐고 물었다. 한참 침묵

나는 행복한

끝에 수화기 너머로 들려오는 가라앉은 그녀의 목소리는 노을 속으로 숨어들어 가는 해처럼 빛을 잃었다.

"세상 떠났어요. 본인도 힘들어서인지 나한테 연신 미안하다고 하더라고요. 갈 때를 알았나 봐요."

젓갈을 가져온 H는 눈에 띄게 말라 있었다. 남편과의 사별에 본인의 건강도 좋지 않은 힘든 상황이다. 그녀는 남편 J를 병원에 입원시켜 놓고 소형 밴으로 젓갈을 팔러 다니면서 겨우겨우 생활을 해나가는 가장이다. J는 치매 병동에 입원했다가 사고를 냈던 사람이다.

J와 만난 것은 노인요양병원에서 실습할 때였다. 침대에 누운 그는 몸을 제대로 가누지 못하고 코에 레빈튜브를 삽입한 채 환자용 메디푸드를 섭취하고 있었다. 그 와중에서도 조금 불편하거나 기분이 상하면 요양보호사를 향해 거친 말을 서슴없이 쏟아 내고 불같이 화를 내기도 했다.

H가 남편을 면회 왔다. 소화가 안 되고 몸에 이상을 느낀 그녀는 병원 검사 결과 위암 2기 판정을 받았다. 수술 받으려고 병원에 입원하면서 남편이 입원한 병원 측과 주변 사람들에게 자신이 남편 병원에 면회 오지 않으면 걱정할 텐데 남편에게 비밀로 해 달라고 부탁하고 위암 수술 받으러 병원에 입원했다. 2주 정도면 수술 끝나고 남편에게 면회 가서 그동안 몸이 불편해서 못 왔다고 말하려고 했었다.

남편이 요양병원에 있는 상황에서, 본인은 암수술 받으러 다른 병원에 입원했다. H가 입원한 병원으로 J의 소식을 전해왔다. 그가 추락해서 몸에 골절상을 입었다는 소식을 듣고 치료가 덜 끝난 몸을 끌고 J에게 갔다. 사연은 이랬다. J는 알코올중독으로 입원했었다. 사회생활을 못할 정도는 아니었지만 신앙생활에 장애가 될 것 같아서 독실한 크리스천인 부인의 권유로 입원을 했다.

부부는 도매시장에서 트럭으로 채소를 사다 파는 트럭행상을 했다. 불같은 성격의 J 옆에는 섬세한 H가 그림자처럼 따라다녔다. 말수 없고 차분한 성격의 그녀는 남편 내조를 잘 하며 영업에도 일가견이 있었다. H가 운전하고 J가 옆에 타고 다니며 트럭 행상을 했다. 채소를 팔 때도 말수 없는 아내가 더 잘 팔았다. 그녀는 고객들에게 신뢰를 얻을 만큼 성실하고 예의 바른 여자였다. 계절에 따라 품목을 선택해서 재고 없이 그날그날 팔았다.

남편의 알코올 중독을 치료하려고 남편을 설득해서 병원에 입원시키고 장사 끝나면 병원으로 달려와 남편을 보고 가는 것이 일과였다. 가난한 부부는 신뢰와 믿음으로 서로를 챙기고 아끼는 사람들이었다. 날마다 오던 아내의 모습이 보이지 않자 남편은 불안했다. 이유 없이 병원에 오지 않을 것이라고 생각한 J는 집으로 가겠다고 퇴원해 달라고 원무과에 가서 졸랐다. 남편이 걱정할까 봐 J에게 비밀로 해 달라는 아내의 요청 때문에 제대로 말을 해줄 수 없는 병원 측으로선 부인이 올 때까지 기

나는 행복한

다리라는 말만 했다.

J는 집에 가려고 혈안이 되었다. 환자들이 잠들어 있는 새벽 시간 그는 탈출을 시도했다. 통풍용 유리창 문을 열고 몸을 빠져나가려고 고개를 밀어 넣었다. "쿵" 하는 소리에 병원 간호사와 직원이 달려나갔을 때 그는 신음소리를 토해내고 있었다. CT촬영을 해보니 늑골이 골절되는 중상을 입었다. 두 달 정도 치료를 받으면 퇴원할 줄 알았는데 망가진 몸으로 언제 퇴원할지 기약 없는 병원 생활을 하게 됐다는 사연에 마음이 아팠다. 늑골 골절에 폐렴까지 온 그의 병이 심상찮다고 했다. 그날도 면회 온 아내의 손을 잡고 눈물을 흘렸다.

"내가 죽어야 당신이 이 고생 안 하는데….”

"당신이 살아만 있는 것도 내게 힘이 되니 그런 말 하지 말아요.”

그는 감성주의자였다. 병실 유리창 밖을 바라보던 J는 벌거벗은 나무에 펄럭이는 메마른 나뭇잎을 보며 자신의 수명이 다해가는 것을 느껴서인지 혼잣말로 중얼거렸다.

"저 나뭇잎이 마치 내 생명 같아. 바람이 불면 마지막 잎새는 바닥에 떨어지겠지? 나도 얼마 안 있으면 저 나뭇잎이 땅에 떨어지듯 이 세상을 떠날 거고….”

그의 눈에 눈물이 그렁그렁 고였다. 세상에 죽고 싶은 사람이 어디 있겠는가. 환자일수록 삶에 대한 욕구는 더 간절하다. 시간은 무한하고 생명은 유한하다. 그는 아내와의 이별을 생각하고 있는 듯 깊은 상념에 빠져 있다. 그의 눈에서 떨어지는 눈물이 J의 손등을 적셨다.

한번은 그녀가 말했다.

"지난 해 어버이날이었어요. 아침밥을 먹으려고 남편을 찾았는데 눈에 보이지 않아요. 아침부터 어디 갔나 했더니 제과점에 가서 비를 부슬부슬 맞으며 내가 좋아하는 빵을 하나 사고 돈이 부족했는지 자기가 먹을 빵은 슈퍼에 가서 사 가지고 아픈 다리를 절룩거리며 들어오데요. 군대 간 아들을 대신해서 꽃을 사서 가슴에 달아주는 거예요."

J는 평소 일기를 썼다고 한다. 가끔은 시를 써서 아내의 손에 쥐어주곤 했단다. 언젠가는 손에 담뱃갑을 쥐어 주기에 펼쳐봤더니 거기에 아내에게 보내는 시를 적어서 주더란다. 습관처럼 생각날 때마다 노트에 시를 써 놓곤 했는데 시 습작 노트를 분실했다며 그거라도 꼭 간직하고 있으면 마음에 위로라도 받을 텐데 아쉽다며 눈물을 글썽였다.

남편은 떠나기 전 병상에서 아내를 위해 노래를 불렀다. 류근 시인이 쓴 고 김광석의 노래를 마지막으로 아내를 위해 불렀다.

그대 보내고 멀리
가을 새와 작별하듯
그대 떠나보내고

나는 행복한

(중간 생략)

너무 아픈 사랑은 사랑이 아니었음을

너무 아픈 사랑은 아니었음을

    서로 끔찍이 아끼고 사랑하는 부부의 모습에 가슴이 뭉클했다. 부부란 무엇으로 사는가. 돈? 그들에게는 돈보다 더 중요한 게 사랑과 신뢰였다. 돈은 살아가는데 필요한 수단에 불과했다. 그들의 사랑은 부부간의 사랑이 아닌 연인간의 사랑처럼 잔잔한 감동을 주었다. 연인을 떠나보낸 서글픈 마음을 노래한 '너무 아픈 사랑은 사랑이 아니었음을'은 그녀를 위해 부르는 노래 같았다.

    한 해의 마지막을 장식하는 서해안의 낙조처럼 사랑의 여운을 남기고 떠난 남편을 그리워하는 그녀는 그들이 생전에 주고받은 아름다운 사랑은 에로스가 아닌 아가페 사랑이었다.

3년의 기적

잿빛 하늘에 하얀 눈이 나비처럼 춤을 추듯 흘러내린다. 휠체어에 앉아서 TV를 보던 M 앞에 병실 문이 스르르 열리더니 검은색 두꺼운 점퍼를 입고 한 손에는 쇼핑백, 다른 한 손엔 귤상자를 들고 힘겹게 들어오는 이는 환자 M의 어머니다.

날씨가 추워져서 내의를 챙겨왔다며 쇼핑백 안에서 속옷가지를 꺼내놓는다. 아들이 아버지하고 같이 오지 않았냐고 묻자 원무과에서 입원비 내고 곧 올라올 거라며 아들 침대 한 귀퉁이에 몸을 기댔다. 아들을 면회 오면 부부가 항상 같이 온다. 오늘도 장사 나가려다 눈이 내리는 바람에 쉬는 날이라 병원에 들렀다면서 천하태평으로 앉아 있는 아들의 얼굴을 물끄러미 바라본다. 뒤따라온 아버지는 아들에게 지금도 담배 피우냐고 묻자 피울 담배가 있어야 피우잖냐며 시큰둥한 표정이다. M의 인생이 이렇게 휠체어에 의지한 채 다섯 살 아이지능으로 살아가게 되리라고는 누구도 예측하지 못했다.

　　　　　　　　　　　　　　　　　　　　나는 행복한

M은 중화요리식당을 운영하는 요리사였다. 그는 비 오는 날 이른 아침 재료상에 주문한 식재료가 오지 않자 재차 재촉을 했다. 약속한 시간이 되어도 식재료가 오지 않자 다시 재촉하면서 재료상 주인과 언쟁이 붙었다. 서로의 입장이 다르다 보니 막말까지 오가는 지경에 이르렀다. 홧김에 소주 한 병을 마시고 나자 끓어오르는 분노를 참기 어려웠다. 재료상에 가서 따지겠다며 차를 몰고 나갔다. 부모에게 연락이 갔을 때는 이미 살아 있다고 볼 수 없는 심각한 상태였다. 차끼리 충돌해서 차는 박살이 나고 상대편 운전자도 병원으로 실려 갔다. M의 생명은 경각에 달렸다. 술 취한 상태에서 낸 사고는 상대 차량에게도 말할 수 없는 피해를 안겨줬다. 아들이 가해자이면서도 생명을 장담할 수 없는 지경에 이르는 상태여서 어머니의 가슴은 무너져 내렸다.

병원 중환자실에 누워 있는 아들은 목에 삽관하고 온갖 의료 기구를 주렁주렁 단 채로 의식 없이 누워 있었다. 산소 호흡기에 겨우 연명하고 있는 아들의 모습에 반쯤 넋이 나간 며느리에게 "어차피 인명은 재천인데 아들의 일은 우리가 알아서 최선을 다하겠다며 위로하고 두 손녀를 위해서 아이들 돌보고 있으라고 안심시켰다."고 했다. 행여 차도가 있으려나 날마다 가슴 졸이며 찾은 아들은 어제나 오늘이나 나아질 기미가 보이지 않았다. 병실에 들어올 때마다 걸었던 기대는 물거품이 되어버려 집으로 가는 발걸음은 천근만근 온몸을 짓눌렀다.

엄마는 집에 들어가서는 털썩 주저앉았다. 그리고 기도했다.

"주님! 당신이 주신 생명 살리든 거두어가든 당신 뜻대로 하옵소서."

아버지는 침대에 드러누운 채 겨우 눈은 떴지만 아무런 의식 없는 아들을 향해 말했다.

"이놈아, 아비 왔다. 내 목소리가 들리느냐? 어디 부모한테 한마디라도 좋으니 말 좀 해봐라."

애타는 부모의 소리를 아는지 모르는지 두 눈만 겨우 뜨고 누워 있는 아들을 향해 부르짖곤 했다.

엄마는 설상가상 자신도 위암 수술 후로 휴식이 필요하고 남편도 대장암으로 치료중인데 아들의 사고수습과 생사의 기로에 선 아들 때문에 자신이 할 수 있는 건 한계에 부딪혀서 하나님께 모든 것을 맡겨버렸다고 했다. 이 어려운 현실을 스스로는 해결할 수 없음을 고백하고 '하나님의 뜻대로 하옵소서'라는 기도로서 자기의 책임을 다할 뿐이었다.

부부는 트럭에 목공예 조각을 싣고 다니면서 판다고 했다. 하루하루 벌어서 생활하면서도 큰 걱정 없이 생활했는데 아들의 사고 후에 가정이 풍비박산 났다며 부부가 다 암환자가 되어버린 특이한 케이스다. 비오는 날을 제외하고는 날마다 아파트 단지나 문화행사가 있는 거리 등을 돌면서 목공예 제품을 팔아서 병원비를 대 주고 며느리 생활비도 지원해 준단다.

삼 년을 하루같이 아들을 돌보는 부모는 어떻게 해서라도 살

나는 행복한

아만 주기를 간절히 바랐다. 서서히 환자가 의식을 찾기 시작했다. 드디어 기적이 일어났다. 묽은 죽 형태의 메디푸드를 레빈 튜브로 섭취하던 환자가 입으로 유동식을 먹기 시작했다. 어눌하지만 조금씩 말도 하기 시작했다. 병원 측에서는 임상에서 매우 희귀한 일이라며 M의 상태를 관찰했다. 주치의는 말을 시키고 기억을 되살리려 질문을 하면 대답을 하기 시작했다. 그에게 무슨 일을 했냐고 묻자 중국요리를 했다며 요리 만드는 재료와 순서를 정확히 말했다. 삼 년 만에 의식을 되찾은 것이다. 부모의 바람이 이루어졌다.

소식을 들은 아내가 두 딸을 데리고 병실에 왔다. 오랜만에 보는 아내가 반가운지 어눌한 말투에 주변에 보는 사람이 있건 말건 아내의 가슴을 더듬었다. 가슴 졸이며 기다린 삼 년의 세월치고 허무했다. 언젠가는 멀쩡한 모습은 아닐지라도 올바른 정신만은 지니고 깨어나기를 바랐는데 아이의 지능으로 돌아가 버린 남편을 보고 매우 실망하는 듯했다. 언제까지나 아이 같은 남편을 책임질 수 없다며 그녀는 그날 이후로는 병실에 나타나지 않았다. 시부모에게 연락조차 끊어버렸다.

M은 중환자가 아니라 밥도 스스로 먹고 혼자서 휠체어도 타고 돌아다니며 활동하면서 경환자실로 옮겼다. 몸 상태는 좋아졌지만 그는 슬슬 문제를 일으키기 시작했다. 간호사가 예쁘다며 좋아한다고 쫓아다니는 말썽을 피우는가 싶더니 여자 환자 병실을 기웃거리기 시작했다. 어디서 주웠는지 담배꽁초를 주

워서 피우기도 했다. 아들이 의식이 돌아오기를 그토록 바라던 부모마저도 생각지 못한 아들의 이상행동에 이제는 지쳐가기 시작했다.

"그래도 삼 년의 세월을 견디고 이렇게나마 움직일 수 있는 건 기적이에요. 순전히 부모님들의 정성 때문이에요."

"결과가 기쁘다고만 할 수 없네요. 교통사고 가해자라고 어제도 경찰서에서 출두하라고 통지서가 왔던데 아무것도 모르고 병원에 있는 사람인데 뭘 알겠냐며 아버지가 대신 다녀왔어요. 부모가 병든 몸인데 언제까지 아들 가족 뒷바라지를 할 수 있는 상황도 아니고 우리가 죽고 나면 얘는 어떻게 될지 걱정이 앞서요."

유리창 너머로 내리는 눈을 바라보는 그녀의 얼굴엔 근심이 가득하다.

"며느리가 이혼해 달라고 하기에, 무슨 일로 어디 가는지도 모르는 이런 아들을 데리고 지 자식 얼굴이라도 한번 보여주려고 법원에 가서 이혼 서류에 도장 찍었어요. 멀쩡한 며느리 앞길까지 막을 자신이 없어서죠. 이혼해 주면 두 아이들을 책임진다기에 며느리 뜻대로 해줬어요. 손녀가 올해 학교 입학한다고 연락이 왔기에 아이들 옷 사 입히라고 돈 좀 보냈는데 연락도 없고……. 우리 목숨 다하면 얘는 하나님이 책임져 주실 거라 믿어요."

눈 내리는 잿빛 하늘만큼 어두운 표정의 어머니는 무거운 발걸음을 돌린다.

나는 행복한